U0597357

童话往事　陈功　编著

人 民 邮 电 出 版 社
北　京

图书在版编目（CIP）数据

哈利·波特. 角色全书 / 童话往事，陈功编著. 北京 : 人民邮电出版社，2025. -- ISBN 978-7-115-66179-1

Ⅰ. I561.074

中国国家版本馆 CIP 数据核字第 2024B0D775 号

◆ 编　　著　童话往事　陈　功
责任编辑　李　东
责任印制　陈　犇

◆ 人民邮电出版社出版发行　　北京市丰台区成寿寺路 11 号
邮编　100164　　电子邮件　315@ptpress.com.cn
网址　https://www.ptpress.com.cn
北京市海天舜日印刷有限公司印刷

◆ 开本：880×1230　1/32
印张：11　　2025 年 5 月第 1 版
字数：320 千字　　2025 年 8 月北京第 3 次印刷

定价：69.80 元

读者服务热线：(010)81055410　印装质量热线：(010)81055316
反盗版热线：(010)81055315

前言

11岁生日之前，哈利·波特的世界里只有一个面容憔悴的姨妈，一个卖钻机的性格古板的姨父，一个蛮横的表哥，一条会说话的巴西巨蚺，一个疯疯癫癫的养猫老太太，还有和他一起住在女贞路4号楼梯储物间里的蜘蛛。“哈利·波特”系列的七本畅销小说（加上各种衍生书）催生出了一系列卖座电影、两座主题公园及一出百老汇戏剧，很显然J.K.罗琳的巫师世界正在逐步扩张，而我们才刚触及它的皮毛。

阅读哈利·波特的故事，意味着进入一个有着丰富巫师历史、文化和传说的魔法世界。这里有巫师、猫头鹰、精灵、麻瓜和反麻瓜分子。这里有能和蛇交流的人，也有能变成蛇的人。这里有读心术大师、变形大师、马人、巨人、有头的和差点没头的幽灵，还有一棵脾气火爆的柳树。

这部角色指南收录了“哈利·波特”系列小说、电影和舞台剧中出现的绝大部分角色。不论是正角、反派，还是被冤枉、被误解的角色，一并囊括其中。罗琳笔下的巫师世界如此迷人，主要归功于这些形形色色的角色。没有他们，哈利永远无法走出他的储物间，我们也不会在20多年之后依然沉醉其中。

目录

A

B

C

D

E

F

G

H

I

J

K

L

M

N

O

P

Q

R

S

T

U

V

W

Y

Z

西奥菲勒斯·阿博特 Theophilus Abbot

根据Wizarding World网站（现Harry Potter网站）上的资料，西奥菲勒斯·阿博特是美国的一位魔法历史学家，也是《肃清者与美国魔法国会的创立》（*Scourers and the Creation of MACUSA*）一书的作者。尚不清楚他是否是英国艾博巫师家族的远亲。

汉娜·艾博 Hannah Abbott

首次提及 《哈利·波特与魔法石》

类别 女巫

性别 女性

外表 金发，浅色皮肤

学校 霍格沃茨

学院 赫奇帕奇

相关家族 隆巴顿家族

技能与成就

- 级长
- 邓布利多军成员
- 参加霍格沃茨之战

角色事件

在汉娜上六年级的时候，她的妈妈被食死徒杀害

汉娜·艾博是赫奇帕奇学院的一名学生，和哈利·波特同年级。五年级时，她成为一名级长并加入邓布利多军。离开霍格沃茨后，她嫁给了纳威·隆巴顿，并成为破釜酒吧的女老板。

艾博夫人 Mrs. Abbott

在《哈利·波特与“混血王子”》中，食死徒在汉娜·艾博的家中杀害了她的妈妈艾博夫人。在得知艾博夫人的死讯后，汉娜便离开了霍格沃茨。

尤安·阿伯克龙比 Euan Abercrombie

尤安·阿伯克龙比首次被提及是在《哈利·波特与凤凰社》中，在哈利·波特升入五年级后，尤安是第一个参加分院仪式的新生，并被分入了格兰芬多。他相信《预言家日报》对哈利·波特的负面报道。

阿伯内西 Abernathy

阿伯内西首次被提及是在《神奇动物在哪里》(2016年电影)中，他就职于美国魔法国会魔杖许可办公室，是蒂娜·戈德斯坦和奎妮·戈德斯坦的上司。后来他成为盖勒特·格林德沃的追随者，曾协助被关押的格林德沃越狱。

斯图尔特·阿克利 Stewart Ackerley

斯图尔特·阿克利首次被提及是在《哈利·波特与火焰杯》中，哈利升入四年级后，斯图尔特是第一个参加分院仪式的新生。他在戴上分院帽时非常惊恐，被分入了拉文克劳学院。

阿格尼丝 Agnes

在《哈利·波特与凤凰社》中，阿格尼丝是圣芒戈医院杰纳斯西奇病房里的一名长住病人。阿格尼丝的头部长满了毛，她无法说话，只会吠叫。

康奈利·阿格丽芭 Cornelius Agrippa

康奈利·阿格丽芭（1486—1535）首次被提及是在《哈利·波特与魔法石》中，阿格丽芭是一位知名的魔法类图书作者，后来被麻瓜关押。哈利·波特上一年级的时候，就在巧克力蛙卡片上见过这个人。

巴巴吉德·阿金巴德 Babajide Akingbade

根据Wizarding World网站上的资料，巴巴吉德·阿金巴德毕业于非洲瓦加度魔法学校，接任阿不思·邓布利多的位置，担任国际巫师联合会会长。

阿基·阿尔德顿 Arkie Alderton

阿基·阿尔德顿首次被提及是在《哈利·波特与死亡圣器》中，阿基·阿尔德顿是一名著名的飞天扫帚设计师，可能也是阿基·阿尔德顿快修店的老板。在第二次巫师战争期间，有一个人在被麻瓜出生登记委员会审问时，声称阿尔德顿是他的父亲。

阿基·阿尔德顿的儿子（自称）Arkie Alderton' s son (allegedly)

阿基·阿尔德顿的儿子首次被提及是在《哈利·波特与死亡圣器》中，一名男子向麻瓜出生登记委员会声称他的父亲就是大名鼎鼎的飞天扫帚设计师阿基·阿尔德顿。最后他因为“偷窃魔法罪”被关入阿兹卡班监狱。

阿尔吉伯父 Great Uncle Algie

纳威的阿尔吉伯父首次被提及是在《哈利·波特与魔法石》中，为了证明纳威的魔法能力，阿尔吉伯父不惜把他推下码头，有时会把他扔出窗外。纳威的宠物蛤蟆和米布米宝都是阿尔吉伯父送给他的。

艾尔蒂达 Altheda

在童书《诗翁彼豆故事集》中，艾尔蒂达是《好运泉》里的主人公之一。她希望好运泉能让她摆脱贫困的生活。

阿玛塔 Amata

在童书《诗翁彼豆故事集》中，阿玛塔是《好运泉》中的三个女巫之一。她被爱人抛弃，希望好运泉能洗去她的悲痛。

安东尼奥 Antonio

安东尼奥首次被提及是在《神奇动物：格林德沃之罪》中，它是一只幼年食羊兽。当盖勒特·格林德沃被关押的时候，安东尼奥就被锁在格林德沃的椅子上。在它帮助格林德沃逃跑后，格林德沃把它从夜骐马车上扔了下去。

阿拉戈克 Aragog

首次提及 《哈利·波特与密室》

类别 八眼巨蛛 - ×××××

性别 雄性

外表 体型与小象相仿，全身呈黑灰色，眼睛失明，呈乳白色

相关家族 海格家族

技能与成就

繁殖出一个蜘蛛群落

角色事件

阿拉戈克是由一个不知名的旅人从遥远的国度带给海格的

阿拉戈克是一只生活在禁林中的八眼巨蛛，也是它所在蜘蛛大家族的首领。鲁伯·海格刚得到它时，它还只是一枚蛋。彼时还是学生的海格在霍格沃茨把它养大。多年来海格一直和阿拉戈克保持朋友关系，甚至给它找了一个伴侣。在《哈利·波特与密室》中，哈利·波特从汤姆·里德尔的日记中得知，在1943年，里德尔诬陷海格打开了密室，并且声称阿拉戈克是斯莱特林的怪物。后来，哈利和罗恩跟随蜘蛛来到禁林，并在那里遇见了阿拉戈克。他们从阿拉戈克口中得知，海格遭到里德尔的陷害并被学校开除了。在《哈利·波特与“混血王子”》中，阿拉戈克寿终正寝。哈利受海格的邀请参加了它的葬礼，并借助福灵剂获得了霍拉斯·斯拉格霍恩关于魂器的记忆。

“再见了，海格的朋友。”

——阿拉戈克，《哈利·波特与密室》

阿库斯 Arcus

阿库斯首次被提及是在《哈利·波特与死亡圣器》中，传说是他或者另一个巫师杀死了老魔杖的主人洛希亚斯（Loxias），并夺走了老魔杖。

侏儒蒲阿诺德 Arnold the Pygmy Puff

侏儒蒲阿诺德首次被提及是在《哈利·波特与“混血王子”》中，阿诺德是一只紫色的侏儒蒲，是金妮·韦斯莱的宠物。在金妮五年级开学的时候，莫丽·韦斯莱在韦斯莱魔法把戏坊买了这只宠物，并将其送给了金妮。它时不时会骑在金妮的肩膀上。

阿莎 Asha

在儿童故事集《诗翁彼豆故事集》中，阿莎是《好运泉》中的主人公之一。她希望好运泉能治好她的病。

伯特伦·奥布里 Bertram Aubrey

伯特伦·奥布里首次被提及是在《哈利·波特与“混血王子”》中，在20世纪70年代，詹姆·波特和小天狼星布莱克对伯特伦·奥布里使用毒咒，导致他的头变成两倍大。詹姆和小天狼星因此被关禁闭。

埃弗里家族 The Averys

埃弗里首次被提及是在《哈利·波特与火焰杯》中。埃弗里是一名食死徒，曾经和西弗勒斯·斯内普、莉莉·波特和詹姆·波特等人一起在霍格沃茨就读。另一个和汤姆·里德尔同时期上学、也叫埃弗里的巫师可能是他的爸爸。

阿尔奇·埃姆斯洛 Archie Aymslowe

根据Wizarding World网站上的资料，阿尔奇·埃姆斯洛是“新鲜空气清新一切”运动的领导者。这项运动的目的是反对穿麻瓜的裤子。在魁地奇世界杯期间，有个名叫阿尔奇的巫师穿了一件女士睡衣来观看比赛，可能就是阿尔奇·埃姆斯洛本人。

小兔巴比蒂 Babbitty Rabbitty

小兔巴比蒂首次被提及是在《哈利·波特与死亡圣器》中，她是《小兔巴比蒂和她的呱呱树桩》里的女巫，她操控愚蠢的麻瓜国王保护所有的巫师，而不是用魔法为自己谋私利。

芭斯谢达·巴布林 Bathsheda Babbling

出现于作者的官方网站中的霍格沃茨教授列表上，教授古代如尼文课程。

马尔科姆·巴多克 Malcolm Baddock

马尔科姆·巴多克首次被提及是在《哈利·波特与火焰杯》中，在哈利刚升入四年级时，巴多克被分进了斯莱特林学院。当马尔科姆在斯莱特林的桌子旁坐下时，马尔福大声鼓掌欢迎，而弗雷德和乔治两兄弟则发出嘘声。

巴格曼先生 Bagman,Sr.

巴格曼先生首次被提及是在《哈利·波特与火焰杯》中，他是一名巫师。他有两个儿子，分别是卢多和奥多。他是食死徒奥古斯特·卢克伍德的朋友。

卢多·巴格曼 Ludo Bagman

首次提及 《哈利·波特与火焰杯》

类别 男巫

性别 男性

外表 蓝色眼睛，金发，塌鼻子，肤色偏红，大肚子

学校 霍格沃茨（推测）

技能与成就

- 魔法体育运动司司长
- 英格兰魁地奇代表队球员
- 温布恩黄蜂队击球手

角色事件

魔法法律委员会在审判卢多·巴格曼时，可能是考虑到他魁地奇明星球员的身份，所以没有判他入狱

1994年，卢多·巴格曼是魔法体育运动司司长，也是前温布恩黄蜂队击球手兼英格兰魁地奇代表队球员。第一次巫师战争结束后，他被揭发向食死徒通风报信，但他本人坚称纯属意外。卢多帮亚瑟·韦斯莱弄到去魁地奇世界杯的票，并且参与世界杯赌球，还担任比赛的解说员。他还在霍格沃茨组织三强争霸赛，并同时担任主持人和评委。在三强争霸赛期间，卢多的种种行为让哈利起疑，因为他好像很希望帮助哈利获胜，并且身边总跟着一群妖精。最终哈利发现卢多欠下一大笔赌债，最后只能在三强争霸赛中打赌哈利会赢。在三强争霸赛的最后，哈利并未获得冠军，巴格曼为躲避妖精追债而仓皇逃跑。

奥多·巴格曼 Otto Bagman

在《哈利·波特与火焰杯》中，奥多·巴格曼因为对一架割草机使用魔法而被禁止滥用麻瓜物品办公室盯上，最后亚瑟·韦斯莱看在他哥哥卢多·巴格曼的面子上摆平了这件事。

米里森·巴格诺 Millicent Bagnold

米里森·巴格诺首次被提及是在《哈利·波特与凤凰社》中，1980至1990年，她担任魔法部部长，后来康奈利·福吉接任了她的职务。在伏地魔第一次垮台后，出现了大量违反《国际保密法》的庆祝行为，但是巴格诺对这些行为表示理解并不予追究。

巴希达·巴沙特 Bathilda Bagshot

巴希达·巴沙特首次被提及是在《哈利·波特与魔法石》中，她是《魔法史》一书的作者。她是盖勒特·格林德沃的姑婆，还是阿不思·邓布利多的朋友。1997年，巴希达遇害，她的身体被纳吉尼附身。

贝恩 Bane

首次提及 《哈利·波特与魔法石》

类别 马人 - ××××

性别 男性

外表 黑发，黑色身体，外表狂野

技能与成就

- 占卜
- 参加霍格沃茨之战

角色事件

在《哈利·波特与被诅咒的孩子》中，贝恩告诉哈利，他的儿子阿不思·波特被“乌云”环绕

贝恩是一名非常反对与人类接触的马人，哈利第一次进入禁林时就见到了他。在哈利五年级时，贝恩把多洛雷斯·乌姆里奇抓进了禁林。

“你这是在做什么？居然让一个人骑在你背上！你不觉得丢脸吗？你是骡子吗？”

——贝恩，《哈利·波特与魔法石》

班登女鬼 Bandon Banshee

在《哈利·波特与密室》中，吉德罗·洛哈特声称自己曾经驱逐过班登女鬼。据此推测，他的著作《与女鬼决裂》记载的就是这件事。但实际上，班登女鬼是被一个长着毛茸茸下巴的女巫驱逐的。

卡斯提蒂·巴瑞波恩 Chastity Barebone

首次提及 《神奇动物在哪里》（2016年电影）

类别 麻瓜

性别 女性

外表 金红色短发，蓝眼睛，浅色皮肤

角色事件

卡斯提蒂是玛丽·卢的养女中唯一一个没有魔法能力的人

卡斯提蒂·巴瑞波恩是玛丽·卢·巴瑞波恩的养女，她致力于宣传她养母的反巫术事业。在克莱登斯·巴瑞波恩摧毁第二塞勒姆教堂时，卡斯提蒂不幸身亡。

“把传单都发出去！要是敢扔了，我饶不了你们。有任何可疑情况立刻告诉我。”

——卡斯提蒂·巴瑞波恩，《神奇动物在哪里》（2016年电影）

克莱登斯·巴瑞波恩 Credence Barebone

首次提及 《神奇动物在哪里》（2016年电影）

类别 男巫

性别 男性

外表 黑发，棕色眼睛，浅色皮肤

相关家族 邓布利多家族（可能）

技能与成就

控制默默然

角色事件

克莱登斯是目前已知存活时间最长的默然者

小的时候，克莱登斯·巴瑞波恩——也叫奥睿利乌斯·邓布利多（Aurelius Dumbledore）——跟着他的阿姨乘船前往美国。途中，年幼的莉塔·莱斯特兰奇嫌弃自己同父异母的弟弟哭闹声太大，在周围人都不知情的情况下，她悄悄把克莱登斯和弟弟进行了调换。没想到途中遭遇船难，克莱登斯和莉塔搭上救生船获救，而小科沃斯不幸溺亡。

抵达美国后，克莱登斯被性格暴虐的玛丽·卢·巴瑞波恩收养。玛丽·卢是反巫师组织新塞勒姆慈善协会的会长。她给克莱登斯取了一个新名字——克莱登斯·巴瑞波恩。因为长期遭受养母的虐待，加上压抑自身的魔法能力（他对自己的魔法能力并不自知），导致默默然形成。彼时伪装成珀西瓦尔·格雷维斯的盖勒特·格林德沃在克莱登斯附近觉察到他身上蕴藏着巨大的力量，为此格林德沃开始接近克莱登斯，并答应把他打造成一名巫师。在遭到玛丽·卢的进一步虐待后，克莱登斯释放出了体内的默默然，杀死了玛丽·卢，这也让格林德沃确认克莱登斯就是他在寻找的力量。

在意识到格林德沃只是想利用自己后，克莱登斯以默默然的形态逃亡，并把纽约市搅得天翻地覆。纽特·斯卡曼德和蒂娜·戈德斯坦在与格林德

“我想知道我是谁。”

——克莱登斯·巴瑞波恩，《神奇动物：格林德沃之罪》

沃对峙时试图把他救出来，但是美国魔法国会发动了攻击。克莱登斯看似在冲突中身亡，但实际上他成功脱身，并且加入了一个巫师巡回马戏团，开始调查自己的身世。马戏团漂洋过海来到欧洲，克莱登斯和一个名叫纳吉尼的血咒兽人成为朋友。在巴黎，格林德沃劝说克莱登斯加入他的事业，克莱登斯答应了他，因为他认为格林德沃是他获知身世的唯一途径。克莱登斯和格林德沃及其同党一起前往纽蒙迦德。最终，格林德沃告诉克莱登斯他的真实身份是奥睿利乌斯·邓布利多。

玛丽·卢·巴瑞波恩 Mary Lou Barebone

首次提及 《神奇动物在哪里》（2016年电影）

类别 麻瓜

外表 英气，棕色短发，蓝眼睛，浅色皮肤

技能与成就

新塞勒姆慈善协会会长

角色事件

巴瑞波恩氏是肃清者协会成员的后代。肃清者是17世纪一帮心狠手辣的巫师雇佣兵，最终他们都隐藏在了麻鸡群体之中

玛丽·卢·巴瑞波恩是新塞勒姆慈善协会的会长，致力于在纽约组织反巫术活动。因为虐待养子克莱登斯，玛丽·卢遭到克莱登斯的默默然攻击，最终身亡。

莫迪丝蒂·巴瑞波恩 Modesty Barebone

莫迪丝蒂·巴瑞波恩是玛丽·卢·巴瑞波恩收养的最小的孩子。她一直在暗地里反抗养母的反巫术活动，她会把新塞勒姆慈善协会的宣传单扔掉。她偷偷藏了一根玩具魔杖。

卢卡斯·巴吉沃西 Lucas Bargeworthy

根据Wizarding World网站上的资料，卢卡斯·巴吉沃西是英格兰魁地奇代表队的击球手。虽然巴吉沃西参加了1877年的魁地奇世界杯比赛，但是他和其他所有参加过这次比赛的人都没有对这一赛事的记忆。

巴克尔 Barker

根据《神奇的魁地奇球》，巴克尔是一名飞天扫帚制造商，他和合作伙伴弗莱特一起开发出了特威格90飞天扫帚。虽然这款扫帚有很多噱头，而且价格不菲，但是很容易弯曲变形。

傻巴拿巴 Barnabas the Barmy

傻巴拿巴首次被提及是在《哈利·波特与凤凰社》中，据称，他试图教巨怪学跳芭蕾舞，并因此遭到巨怪的棒击。在有求必应屋入口的对面，就挂着一张描绘这一事件的挂毯。

堂弟巴尼 Cousin Barny

在《哈利·波特与死亡圣器》中，哈利假扮成“堂弟巴尼”去参加比尔·韦斯莱和芙蓉·德拉库尔的婚礼，以免遭受攻击。罗恩·韦斯莱后来被搜捕队抓住时，也使用了“巴尼”这个化名。

血人巴罗 The Bloody Baron

首次提及 《哈利·波特与魔法石》

类别 幽灵

性别 男性

外表 皮肤苍白，眼神空洞，面容憔悴，衣袍上血迹斑斑，戴着镣铐

学校 霍格沃茨

学院 斯莱特林

技能与成就

控制皮皮鬼

角色事件

他参加了差点没头的尼克500年忌辰派对

血人巴罗是霍格沃茨的第一批学生，他爱上了罗伊纳·拉文克劳的女儿海莲娜·拉文克劳。当海莲娜带着母亲的魔法冠冕逃往阿尔巴尼亚时，罗伊纳派巴罗去劝她女儿回家。海莲娜拒绝回家，巴罗便杀死了海莲娜，然后自杀。

果蝠巴尼 Barny the Fruitbat

果蝠巴尼首次被提及是在《神奇的魁地奇球》中，它是北爱尔兰魁地奇球队巴利卡斯蝙蝠队的吉祥物。果蝠巴尼还出现在一个黄油啤酒广告中，并且有一句非常有名的广告语：“I’m just batty about butterbeer！”（我爱死黄油啤酒了！）

巴鲁费奥 Baruffio

巴鲁费奥首次被提及是在《哈利·波特与魔法石》中，这名巫师念错了一个咒语，导致一只野牛站在他的胸口上。菲利乌斯·弗利维教授在课上强调咒语发音的准确性时，就以这一事件为例。

阿里·巴什尔 Ali Bashir

在《哈利·波特与火焰杯》中，飞毯商人阿里·巴什尔想要在英国开辟市场，但是魔法部严令禁止飞毯，为此巴什尔试图说服亚瑟·韦斯莱从禁用魔法物品目录中删除这一条目。

巴兹尔 Basil

巴兹尔首次被提及是在《哈利·波特与火焰杯》中，他是魔法部交通司的员工。魁地奇世界杯期间，他负责监管巫师使用的所有门钥匙。

赫蒂·贝利斯 Hetty Bayliss

在《哈利·波特与密室》中，赫蒂·贝利斯是生活在英格兰诺福郡的一名麻瓜。1992年9月1日，她在晒衣服的时候看到一辆蓝色福特车从头顶飞过。《预言家日报》对这起事件进行了报道。

维奥莱塔·博韦 Violetta Beauvais

根据Wizarding World网站上的资料，维奥莱塔·博韦是美国的一名魔杖制作人。她制作的魔杖都以湿地夏花山楂作为木材，以湿地狼人的毛发作为杖芯。

诗翁彼豆 Beedle the Bard

首次提及 《哈利·波特与死亡圣器》

类别 男巫

性别 男性

外表 胡须浓密

技能与成就

《诗翁彼豆故事集》的作者

角色事件

诗翁彼豆已知现存的唯一画像是一张木版画

诗翁彼豆是巫师童话《诗翁彼豆故事集》一书的作者，这本书在巫师世界就像《伊索寓言》在麻瓜世界一样家喻户晓。《诗翁彼豆故事集》原本是用如尼文书写的，后来才被翻译成英文。通过书中的故事可知，彼豆是一个亲麻瓜并且崇尚善良与创造力的人。其中的故事《三兄弟的传说》尤其突显出这种价值观，这个故事为哈利·波特寻找三大死亡圣器提供了很大帮助。

赫伯特·比尔利 Herbert Beery

根据《诗翁彼豆故事集》，在阿芒特·迪佩特担任校长期间，赫伯特·比尔利在霍格沃茨担任草药学老师。他坚持要导演《好运泉》的改编话剧，结果演出惨遭失败。

达摩克利斯·贝尔比 Damocles Belby

达摩克利斯·贝尔比首次被提及是在《哈利·波特与“混血王子”》中，他是一名巫师，因为发明狼毒药剂而被授予梅林爵士团勋章。在霍格沃茨上学期间，他还是魔药课教授霍拉斯·斯拉格霍恩非常喜欢的学生之一。

弗莱维·贝尔比 Flavius Belby

根据《神奇动物在哪里》，1782年，弗莱维·贝尔比通过守护神咒驱走了攻击她的伏地蝠。守护神咒是目前已知唯一能够驱逐伏地蝠的咒语。

马科斯·贝尔比 Marcus Belby

马科斯·贝尔比首次被提及是在《哈利·波特与“混血王子”》中，他是狼毒药剂的发明者达摩克利斯·贝尔比的侄子。马科斯·贝尔比申请加入鼻涕虫俱乐部被拒，推测是因为他和他的名人叔叔的关系不是很近。

贝尔比先生 Mr. Belby

贝尔比先生首次被提及是在《哈利·波特与“混血王子”》中，他是达摩克利斯·贝尔比的兄弟，但两人关系非常疏远。关于他的信息不多，只知道他不像他的兄弟那样对制作魔药充满热情。贝尔比先生的儿子马科斯在霍格沃茨上学。

汉弗莱·贝尔切 Humphrey Belcher

汉弗莱·贝尔切首次被提及是在《哈利·波特与“混血王子”》中，他是一名巫师发明家，曾经认为用奶酪做坩埚会是一个很好的主意（他“大错特错”）。

凯蒂·贝尔 Katie Bell

凯蒂·贝尔首次被提及是在《哈利·波特与魔法石》中，她是格兰芬多魁地奇球队的追球手，也是邓布利多军的成员。马尔福为了暗杀邓布利多，对凯蒂·贝尔使用了夺魂咒，并操控她将一个带着装有被诅咒的蛋白石项链的包裹送给邓布利多。没想到包裹破裂，凯蒂中了项链的诅咒。

本尼迪克特修士 Brother Benedict

本尼迪克特修士是一名中世纪的方济会修士。纽特·斯卡曼德1927年的著作《神奇动物在哪里》中，记述了本尼迪克特修士遭遇一只土扒貂的故事。

艾米·本森 Amy Benson

艾米·本森首次被提及是在《哈利·波特与“混血王子”》中，她和汤姆·里德尔生活在同一家孤儿院。里德尔曾带着她和丹尼斯·毕肖普一起进了一个山洞。在那之后，艾米就像变了一个人。

伯纳黛特 Bernadette

在《神奇动物在哪里》（2016年电影）中，伯纳黛特是一名美国魔法国会的行刑人。她消除了蒂娜·戈德斯坦的记忆，然后引导她走进装满死亡药水的水池。

比利尔斯叔叔 Uncle Bilius

在《哈利·波特与阿兹卡班的囚徒》中，罗恩·韦斯莱提到他的比利尔斯叔叔看到一只不祥——一只巨大的黑狗鬼魂，并在24小时之后身亡。哈利·波特在登上骑士公共汽车之前，也在女贞路看到了一只不祥，罗恩以此提醒他千万不要掉以轻心。

吉尔伯特·P. 宾利 Gilbert P. Bingley

吉尔伯特·P. 宾利首次被提及是在《神奇动物在哪里》（2016年电影）中，他是斯蒂恩国家银行的麻鸡贷款人员。当雅各布·科瓦尔斯基来到银行申请贷款以开烘焙坊时，吉尔伯特拒绝了他的申请。

宾基 Binky

在《哈利·波特与阿兹卡班的囚徒》中，宾基是拉文德·布朗的宠物兔子。拉文德在霍格沃茨上学期间，宾基死掉了，拉文德认为特里劳妮预料到了这只兔子会死。

卡思伯特·宾斯 Cuthbert Binns

卡思伯特·宾斯首次被提及是在《哈利·波特与魔法石》中，他是一个性格无趣至极的幽灵，也是霍格沃茨的魔法史教授。他在教工休息室睡着后意外去世。

丹尼斯·毕肖普 Dennis Bishop

丹尼斯·毕肖普首次被提及是在《哈利·波特与“混血王子”》中，他和汤姆·里德尔生活在同一家孤儿院，并且曾经被里德尔带进了一个山洞。从那之后，丹尼斯就像变了一个人。

阿尔法德·布莱克 Alphard Black

阿尔法德·布莱克首次被提及是在《哈利·波特与凤凰社》中，他是小天狼星布莱克最喜欢的舅舅。他把自己的财产都留给了叛逆的小天狼星，这一举动导致他在格里莫广场12号家谱挂毯上的名字被抹去。

埃拉朵拉·布莱克 Elladora Black

埃拉朵拉·布莱克首次被提及是在《哈利·波特与凤凰社》中，她是菲尼亚斯·奈杰勒斯·布莱克的妹妹。她开创了布莱克家的一项家族传统：当家养小精灵因年迈而无法继续干活的时候，就把他们的头砍下来，挂在格里莫广场12号的墙上。

菲尼亚斯·奈杰勒斯·布莱克 Phineas Nigellus Black

菲尼亚斯·奈杰勒斯·布莱克首次被提及是在《哈利·波特与凤凰社》中，他是霍格沃茨最不受欢迎的校长。在《哈利·波特与死亡圣器》中，菲尼亚斯通过他的画像把哈利、罗恩的情况和赫敏的位置告诉了斯内普。

高贵而古老的布莱克家族

布莱克家族是二十八大纯血统圣族之一，他们拒绝和那些与麻瓜、哑炮等有关联的人来往。

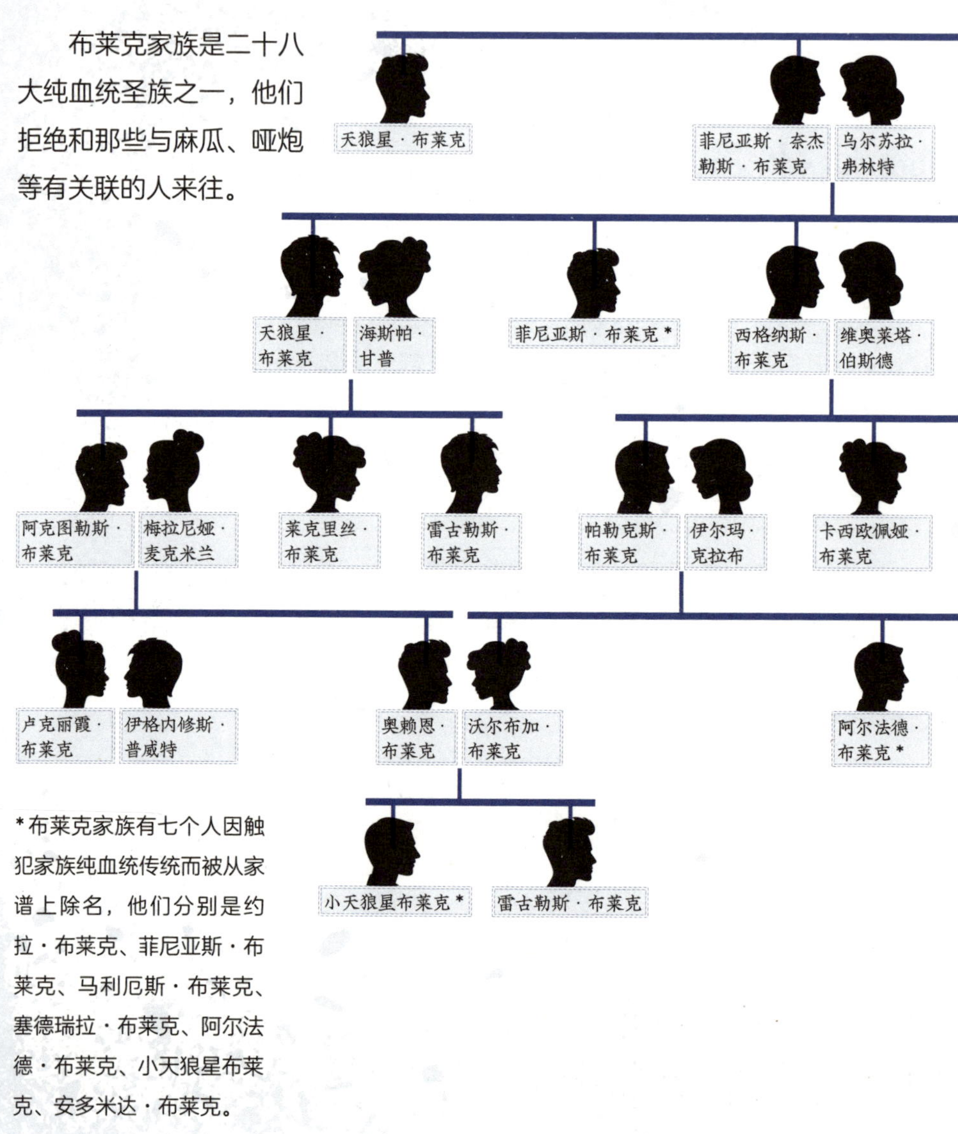

* 布莱克家族有七个人因触犯家族纯血统传统而被从家谱上除名，他们分别是约拉·布莱克、菲尼亚斯·布莱克、马利厄斯·布莱克、塞德瑞拉·布莱克、阿尔法德·布莱克、小天狼星布莱克、安多米达·布莱克。

布莱克家族以身为纯血统为荣，他们的家族格言就是“永远纯洁”。

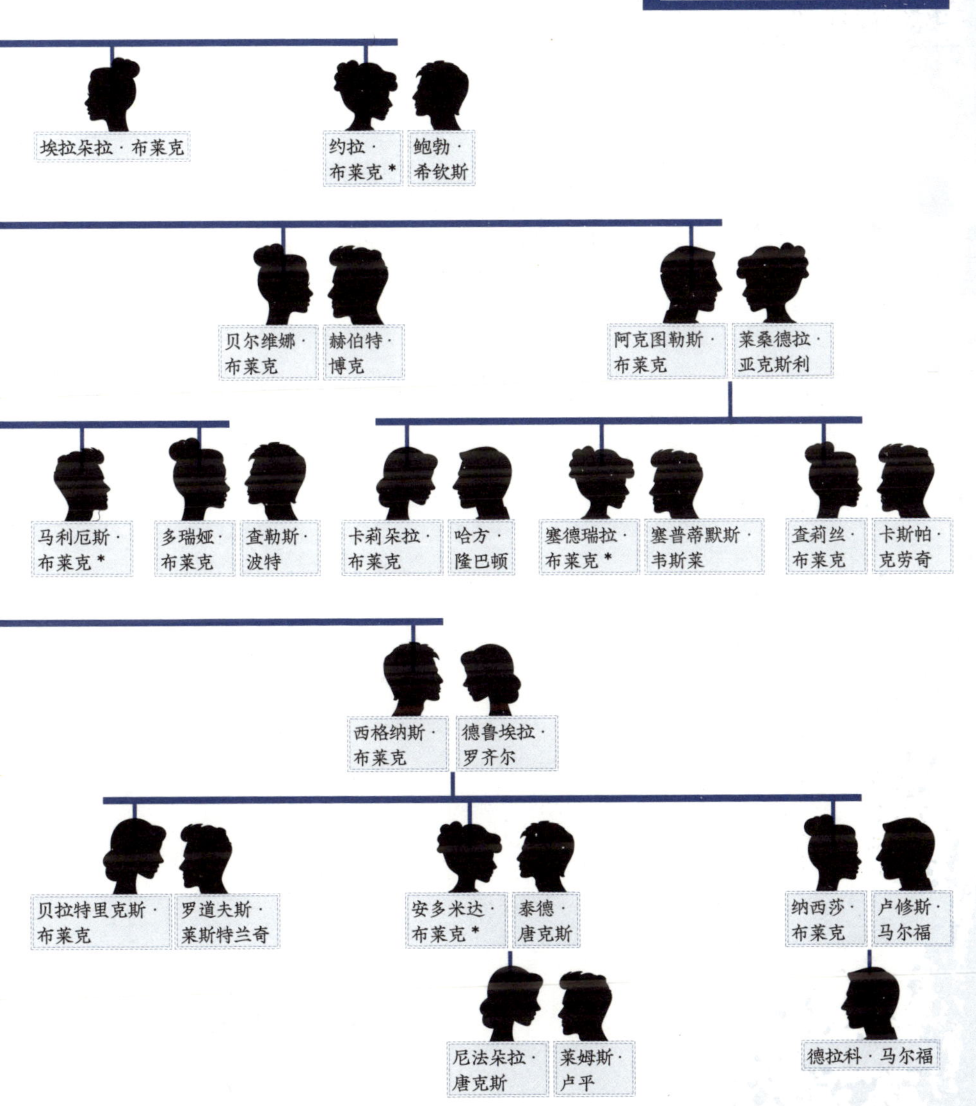

小天狼星布莱克 Sirius Black

首次提及 《哈利·波特与魔法石》

类别 男巫

性别 男性

外表 高个子，灰色眼睛，中等长度黑发，相貌英俊

学校 霍格沃茨

学院 格兰芬多

魔杖 不详

相关家族 莱斯特兰奇家族，唐克斯家族，马尔福家族，普威特家族

技能与成就

- 阿尼马格斯
- 能够使用无声魔法
- 为数不多的阿兹卡班越狱犯之一
- 用魔法改造了一辆麻瓜摩托

角色事件

布莱克家族的男性血脉因小天狼星之死而彻底断绝

“如果你想了解一个人，就好好看看他如何对待比他低等的人，而不是和他平起平坐的人。”

——小天狼星布莱克，《哈利·波特与火焰杯》

小天狼星布莱克是哈利·波特的教父，他是一名纯血统巫师，也是雷古勒斯·布莱克的哥哥。

小天狼星出生于1959年11月3日。布莱克家族成员一般会被分入斯莱特林学院，唯独小天狼星被分进了格兰芬多学院。他非常反对自己家族崇尚的纯血统精英主义和黑魔法。在霍格沃茨期间，他和詹姆·波特、莱姆斯·卢平成了最好的朋友，三人和小矮星彼得一起自称为“劫盗者”。和他的朋友一样，小天狼星也成为一名未注册的阿尼马格斯，可以变成一只体形硕大、相貌邋遢的黑狗，因此获得了“大脚板”和“伤风”的绰号。

在第一次巫师战争期间，小天狼星加入了凤凰社。后因小矮星彼得的背叛，莉莉·波特和詹姆·波特遇害，小天狼星背负谋杀小矮星和十二名麻瓜的罪名被关入阿兹卡班监狱。只有小天狼星和小矮星知道小矮星其实是装死，小天狼星是被冤枉的。

1993年，小天狼星从阿兹卡班越狱。他以阿尼马格斯形态躲藏在霍格沃茨，计划向小矮星彼得复仇，并与他的教子哈利·波特取得联系。在此期间，小天狼星被他的死对头、时任霍格沃茨魔药课教授的西弗勒斯·斯内普所俘，但是在哈利的帮助下，他骑着一只鹰头马身有翼兽成功逃脱。

在第二次巫师战争期间，小天狼星重新加入凤凰社，却因逃犯身份而无法经常参加活动。在神秘事务司之战中，小天狼星和他的表姐贝拉特里克斯·莱斯特兰奇展开决斗，最终被一个无名咒语击中，跌入死刑室的帷幔后身亡。

雷古勒斯·布莱克 Regulus Black

首次提及 《哈利·波特与凤凰社》

类别 男巫

性别 男性

外表 黑发，浅色皮肤，相貌英俊

学校 霍格沃茨

学院 斯莱特林

相关家族 莱斯特兰奇家族，唐克斯家族，马尔福家族，普威特家族

技能与成就

食死徒

角色事件

雷古勒斯发现伏地魔把斯莱特林的吊坠盒做成了一个魂器

雷古勒斯·布莱克是一名纯血统巫师，也是小天狼星布莱克的弟弟。和他的父母奥赖恩和沃尔布加一样，雷古勒斯也被分入了斯莱特林学院，并且崇拜伏地魔。

后来他加入了伏地魔的事业，成为一名食死徒。当伏地魔提出借用布莱克家族的家养小精灵克利切时，雷古勒斯欣然同意，但很快发现伏地魔的真实意图是用克利切来确保吊坠盒魂器的安全，并且让这个忠诚的家养小精灵等死。对此感到不满的雷古勒斯决定背叛他崇拜的偶像。他回到魂器的藏匿点，喝下了被诅咒的药水，并用一个赝品调包了斯莱特林的吊坠盒，然后把真正的魂器交给克利切，命令他回家。最后，雷古勒斯被阴尸拖入一片湖中。在《哈利·波特与“混血王子”》中，哈利·波特找到了雷古勒斯留下的吊坠盒，里面放着一张给伏地魔的纸条，署名是“R.A.B.”。

“……我甘冒一死，只愿你遇到命中对手时，又是凡人之躯。”

——雷古勒斯·布莱克留给伏地魔的遗书，《哈利·波特与“混血王子”》

沃尔布加·布莱克 Walburga Black

沃尔布加·布莱克首次被提及是在《哈利·波特与凤凰社》中，她是小天狼星布莱克和雷古勒斯·布莱克的母亲。她把布莱克族谱挂毯上不喜欢的人的名字都烧掉了。

布莱奇 Bletchley

布莱奇首次被提及是在《哈利·波特与死亡圣器》中，他是魔法部总部的一名员工，他的办公室因为某种原因一直在下雨。

迈尔斯·布莱奇 Miles Bletchley

迈尔斯·布莱奇首次被提及是在《哈利·波特与魔法石》中，他是斯莱特林学院魁地奇球队的守门员。他对艾丽娅·斯平内特使用恶咒，导致斯平内特的眉毛变得异常粗大。

比阿特丽克斯·布洛克萨姆 Beatrix Bloxam

根据《诗翁彼豆故事集》，比阿特丽克斯·布洛克萨姆创作了多本儿童故事书，包括大名鼎鼎的《毒菌故事集》，这是一本诱发小读者呕吐的故事书。她出现在巧克力蛙卡片上。

胖墩勃德曼 Stubby Boardman

胖墩勃德曼首次被提及是在《哈利·波特与凤凰社》中，他曾经是淘气妖精乐队的主唱，后来在1980年退出歌坛。多丽斯·珀基斯声称胖墩勃德曼其实就是小天狼星布莱克。

梅林达·波宾 Melinda Bobbin

在《哈利·波特与“混血王子”》中，梅林达·波宾是一个霍格沃茨的学生，因为她家经营一家大型连锁药店，所以霍拉斯·斯拉格霍恩教授邀请她加入鼻涕虫俱乐部。

布罗德里克·博德 Broderick Bode

布罗德里克·博德首次被提及是在《哈利·波特与火焰杯》中，他是魔法部的一名缄默人。博德被施了夺魂咒，受命为伏地魔取出一个预言水晶球。他最后被食死徒杀害。

鲍格罗德 Bogrod

鲍格罗德是古灵阁巫师银行的出纳员。在《哈利·波特与死亡圣器》中，哈利·波特对他使用夺魂咒并潜入莱斯特兰奇家族的金库。在电影版《哈利·波特与死亡圣器》中，这只可怜的妖精被看守金库的火龙活活烧死。

卢西安·博尔 Lucian Bole

在《哈利·波特与阿兹卡班的囚徒》中，斯莱特林魁地奇球队的击球手卢西安·博尔故意用球棒击打格兰芬多追球手艾丽娅·斯平内特，并声称自己误把她看成了游走球。

皮埃尔·波拿库德 Pierre Bonaccord

皮埃尔·波拿库德首次被提及是在《哈利·波特与凤凰社》中，他是国际巫师联合会的第一任会长。皮埃尔试图阻止猎杀巨怪，此举激怒了列支敦士登的巫师，因为他们一直和巨怪有冲突。

阿米莉亚·苏珊·博恩斯 Amelia Susan Bones

阿米莉亚·苏珊·博恩斯首次被提及是在《哈利·波特与凤凰社》中，在哈利·波特上五年级前的那个夏天，她主持了针对哈利·波特的听证会。次年夏天，康奈利·福吉告知麻瓜首相阿米莉亚遇害，推测她是被伏地魔亲自杀害的。

埃德加·博恩斯 Edgar Bones

埃德加·博恩斯是一名巫师，他和多名家人都遭到食死徒的杀害。在《哈利·波特与凤凰社》中，阿拉斯托·穆迪在一张初代凤凰社的照片中指出埃德加给哈利看。

苏珊·博恩斯 Susan Bones

苏珊·博恩斯首次被提及是在《哈利·波特与魔法石》中，哈利·波特在霍格沃茨就读期间，苏珊是赫奇帕奇学院的学生，后来加入了邓布利多军。在第一次巫师战争中，食死徒杀害了苏珊的多名家人。在幻影显形课上，苏珊发生了分体：一条腿和身体分离了。

波纳比勒女士 Madam Bonhabille

根据Wizarding World网站上的资料，波纳比勒女士是一名19世纪的女巫，也是一个帽子制造人。为了和皮皮鬼达成和平协议，时任霍格沃茨校长的尤普拉西娅·摩尔委托波纳比勒女士为皮皮鬼定做了一顶帽子。

伯尼菲斯修士 Brother Boniface

根据《神奇动物在哪里》，伯尼菲斯修士是一名中世纪的方济会修士，他酿制的芜菁酒特别烈，喝过的人都会流鼻血。

查威克·布特 Chadwick Boot

查威克·布特首次被提及是在Wizarding World网站中，他和弟弟韦伯·布特是伊尔弗莫尼魔法学校的联合创始人，也是雷鸟学院的创始人。关于伊尔弗莫尼魔法学校的创建历史，详见163页。

布特夫妇 Mr. & Mrs. Boot

布特夫妇首次被提及是在Wizarding World网站中，他们从爱尔兰移民至美国，他们的孩子查威克和韦伯是伊尔弗莫尼魔法学校的联合创始人。

泰瑞·布特 Terry Boot

泰瑞·布特首次被提及是在《哈利·波特与魔法石》中，哈利·波特在霍格沃茨就读期间，泰瑞是拉文克劳的一名学生，也是邓布利多军的成员。七年级的时候，泰瑞加入了重新组建的邓布利多军对抗卡罗兄妹，并在后来参与了霍格沃茨之战。

韦伯·布特 Webster Boot

韦伯·布特首次被提及是在Wizarding World网站中，他是伊尔弗莫尼魔法学校的创始人之一，也是猫豹学院的创始人。

拉迪斯·布思比 Gladys Boothby

根据《神奇的魁地奇球》，拉迪斯·布思比在1901年发明了月之梦，这种飞天扫帚比之前的扫帚速度快得多，并且深受魁地奇选手的欢迎，供不应求。

利巴修·波拉奇 Libatius Borage

利巴修·波拉奇是一位著名的南美药剂师，著有《高级魔药制作》一书。在《哈利·波特与“混血王子”》中，哈利读到了西弗勒斯·斯内普的《高级魔药制作》课本，并且发现斯内普在书上做了大量的注解。

博金先生 Mr. Borgin

博金先生首次被提及是在《哈利·波特与密室》中，他是博金-博克店的店主，这是一家位于翻倒巷、以售卖黑魔法物品而闻名的店铺。1996年，博金先生为德拉科·马尔福修好了消失柜，随后马尔福利用这个消失柜把食死徒带进了霍格沃茨。

糊涂波里斯 Boris the Bewildered

糊涂波里斯是一位历史人物，其雕像位于霍格沃茨城堡五楼，靠近级长盥洗室的地方。在《哈利·波特与火焰杯》中，哈利发现波里斯看上去表情迷茫，他的两只手套也戴反了。

贝蒂·博特 Bertie Bott

贝蒂·博特首次被提及是在《哈利·波特与魔法石》中，他是比比多味豆的发明者，这款零食以其丰富多样甚至让人大跌眼镜的味道而闻名。阿不思·邓布利多记得自己年轻时吃过一颗呕吐物味道的多味豆，他试了试另一颗，结果发现是耳屎味的。

小克雷格·鲍克 Craig Bowker Jr.

在《哈利·波特与被诅咒的孩子》中，戴尔菲折磨斯科皮·马尔福时不小心被小克雷格·鲍克撞见，戴尔菲便杀了他。大家都很怀念这位斯莱特林学院的学生，阿不思·波特后悔没有好好了解他。

博佐 Bozo

博佐首次出现是在《哈利·波特与火焰杯》中，他是一个大腹便便、个性急躁的人，也是《预言家日报》的摄影师。他参加过吉德罗·洛哈特的新书签售会，还和记者丽塔·斯基特一起负责报道1994年的三强争霸赛。

布拉德利 Bradley

在《哈利·波特与凤凰社》中，布拉德利是拉文克劳学院魁地奇球队的追球手。虽然罗恩·韦斯莱守门技术糟糕，布拉德利球技高超，但在最后一场比赛中，罗恩还是成功挡住了对方的射门。

巴伯鲁·布雷格 Barberus Bragge

根据《神奇的魁地奇球》，巴伯鲁·布雷格在担任巫师议会议长期间，于1269年把金色飞贼引入魁地奇，并设置一百五十加隆的奖金，以表彰能够抓住金色飞贼的球员。

贝蒂·布雷思韦特 Betty Braithwaite

在《哈利·波特与死亡圣器》中，贝蒂·布雷思韦特是《预言家日报》的一名记者。丽塔·斯基特的新书《阿不思·邓布利多的生平和谎言》即将出版时，贝蒂对丽塔进行了采访，并在文章中对丽塔赞不绝口，令哈利非常愤怒。

鲁道夫·布兰德 Rudolf Brand

根据《神奇的魁地奇球》，鲁道夫·布兰德是德国海德堡猎犬队的队长。当他向霍利黑德哈比队队长格温多·摩根求婚时，立刻遭到对方用飞天扫帚殴打。

马克西·布兰奇三世 Maximus Brankovitch III

根据《神奇的魁地奇球》，马克西·布兰奇三世是菲奇堡飞雀队的找球手，并在两届魁地奇世界杯中担任美国魁地奇国家队的队长。

埃莉诺·布兰斯通 Eleanor Branstone

埃莉诺·布兰斯通首次被提及是在《哈利·波特与火焰杯》中，她是霍格沃茨学校赫奇帕奇学院的学生，和劳拉·马德莱住同一间宿舍。

卡尔·布罗德莫、凯文·布罗德莫 Karl and Kevin Broadmoor

根据《神奇的魁地奇球》，卡尔·布罗德莫和凯文·布罗德莫在1958年至1969年间担任法尔茅斯猎鹰队的击球手。在这11年间，他们被魔法体育运动司停赛不下14次。

曼蒂·布洛贺 Mandy Brocklehurst

曼蒂·布洛贺首次被提及是在《哈利·波特与魔法石》中，他和哈利·波特同年级，被分进了拉文克劳学院。

鲁伯特“旋风斧”·布鲁克斯坦顿 Rupert "Axebanger" Brookstanton

在《哈利·波特与“混血王子”》中，赫敏·格兰杰在霍格沃茨图书馆搜索名字缩写为“R.A.B.”的人时，看到了鲁伯特的名字。虽然鲁伯特的绰号让人很在意，但是赫敏认为他和在吊坠盒里给伏地魔留字条的R.A.B.不是同一人。

拉文德·布朗 Lavendar Brown

首次提及
《哈利·波特与魔法石》

类别 女巫

性别 女性

学校 霍格沃茨

学院 格兰芬多

守护神 无实体

技能与成就

- 占卜
- 邓布利多军成员
- 参与霍格沃茨之战

角色事件

当海格的炸尾螺失控时，拉文德是少有的几个帮助海格平息混乱的格兰芬多学生之一

虽然拉文德总是给人一种傻乎乎的印象，但她无疑是霍格沃茨格兰芬多学院最勇敢的学生之一。她在五年级时加入邓布利多军。六年级时开始和罗恩·韦斯莱约会，并引发赫敏的强烈不满，后来又因罗恩提出分手而一度郁郁寡欢。在霍格沃茨之战期间，拉文德遭到芬里尔·格雷伯克的攻击，是赫敏救了她的命。

弗兰克·布莱斯 Frank Bryce

首次提及
《哈利·波特与火焰杯》

类别 麻瓜

性别 男性

外表 瘸腿，拄拐杖，耳背

技能与成就

- 退伍老兵
- 里德尔宅邸的园丁和管理人
- 直视伏地魔

角色事件

触发闪回咒时，弗兰克的鬼魂认出了伏地魔，并为哈利加油打气

弗兰克被冤枉杀害了里德尔一家。即便在他被无罪释放后，邻居们依然对他心存畏惧，纷纷避之不及。几十年后，伏地魔和小矮星彼得在里德尔家密谋时，不小心被弗兰克撞见。弗兰克呵斥伏地魔，要他“像个男人一样”看着自己。弗兰克刚一看到伏地魔可怕的模样就被他杀死。哈利和伏地魔在小汉格顿教堂墓地进行对决时，两人的魔杖产生连接，在此期间弗兰克以鬼魂形式出现。

安格斯·布坎南 Angus Buchanan

根据Wizarding World网站上的资料，安格斯·布坎南是一个出生于苏格兰纯血统巫师家族的哑炮。他曾试图混进霍格沃茨，但最终被识破。后来他成为一名著名的橄榄球选手，深受麻瓜和巫师的喜爱。

巴克比克 Buckbeak

首次提及 《哈利·波特与阿兹卡班的囚徒》

类别 鹰头马身有翼兽

性别 雄性

外表 半马半鸟，铅灰色，橙色眼睛，翅膀长12英尺（1英尺合0.3048米），爪子锋利

相关家族 海格家族，布莱克家族

化名 蔫翼

角色事件

鹰头马身有翼兽不相信频繁眨眼睛的人

在哈利三年级的第一堂保护神奇动物课上，海格带来了十几只鹰头马身有翼兽，其中一只就是巴克比克。哈利靠近巴克比克并获得了它的信任。但德拉科·马尔福对这只生物不敬，骄傲的巴克比克立刻划伤了马尔福的手臂。虽然伤口并不严重，但是马尔福在全校四处宣传自己遭到暴力攻击，于是魔法部处置危险动物委员会决定对巴克比克执行死刑。当赫敏和哈利穿越时空去拯救小天狼星布莱克时，他们意识到可以顺便拯救这只鹰头马身有翼兽，于是他们趁机把巴克比克从海格的后院带走。小天狼星布莱克骑着巴克比克逃跑，并过上了为期一年的逃亡生活。当凤凰社重新组建时，巴克比克载着小天狼星来到格里莫广场。小天狼星被贝拉特里克斯·莱斯特兰奇杀害后，巴克比克被重新取名为“蔫翼”，并和海格团聚。幸运的是，除凤凰社之外，没有人知道海格的新宠物就是当年被判死刑的巴克比克。

米里森·伯斯德 Millicent Bulstrode

米里森·伯斯德首次被提及是在《哈利·波特与魔法石》中，他和哈利同年级，是斯莱特林的学生。在《哈利·波特与密室》中，赫敏·格兰杰自以为拿到了米里森的头发，并制作出了一份复方汤剂。没想到她拿到的其实是猫毛，最后长出尾巴的赫敏只能去医务室治疗。

罗萨琳·安提岗·班格斯 Rosalind Antigone Bungs

罗萨琳·安提岗·班格斯首次被提及是在《哈利·波特与“混血王子”》中，赫敏·格兰杰在搜索神秘的“R.A.B.”时，查到了这个名字并记录下来。关于这个角色没有其他任何信息。

鹦鹉邦吉 Bungy the Budgie

在《哈利·波特与凤凰社》中，哈利躲在佩妮姨妈的花圃中听晚间新闻时，听到巴恩斯利的一只虎皮鹦鹉邦吉学会了滑水。

班蒂 Bunty

班蒂出现于《神奇动物：格林德沃之罪》，是纽特·斯卡曼德的助手，负责帮助纽特在地下室照看魔法生物。她和纽特一样，热爱魔法生物学，且非常喜欢纽特，可惜只是单恋。

凯瑞迪·布巴吉 Charity Burbage

凯瑞迪·布巴吉首次被提及是在《哈利·波特与死亡圣器》中，她是霍格沃茨麻瓜研究课的教授，她对麻瓜的热情激怒了伏地魔。伏地魔在食死徒面前杀害了她，当时她的前同事西弗勒斯·斯内普也在场。

卡拉克塔库斯·博克 Caractacus Burke

卡拉克塔库斯·博克首次被提及是在《哈利·波特与“混血王子”》中，他是翻倒巷黑魔法物品店博金–博克的联合创始人。在生下汤姆·里德尔之前，穷困潦倒的梅洛普·冈特曾拿着萨拉查·斯莱特林的吊坠盒去博金–博克卖钱，卡拉克塔库斯当时只给了她十加隆。

卡多根爵士 Sir Cadogan

首次提及 《哈利·波特与阿兹卡班的囚徒》

类别 画像

性别 男性

外表 身材矮胖，穿着一身盔甲

技能与成就

- 打败怀伊飞龙
- 格兰芬多塔楼守卫（临时）

角色事件

在霍格沃茨之战期间，卡多根爵士跟着哈利从一幅画像冲进另一幅画像，一边跑一边为他加油呐喊

卡多根爵士是一名巫师，他的画像挂在霍格沃茨的八楼。哈利·波特上三年级那年，在小天狼星布莱克袭击了胖夫人的画像后，卡多根爵士暂时负责格兰芬多塔楼入口的守卫工作。

尤里格·卡德瓦拉德 Eurig Cadwallader

在《哈利·波特与“混血王子”》中，尤里格·卡德瓦拉德是赫奇帕奇魁地奇球队的追球手。卢娜·洛夫古德在解说格兰芬多和赫奇帕奇的一次比赛时，怎么都想不起他的名字，让麦格教授非常恼火。

荷西菲娜·卡德隆 Josefina Calderon

根据Wizarding World网站上的资料，荷西菲娜·卡德隆是一名墨西哥治疗师，也是查威克·布特的妻子。她的后代卡德隆－布特家族，是美国巫师社会最具声望的巫师家族。

埃迪·卡米切尔 Eddie Carmichael

埃迪·卡米切尔首次被提及是在《哈利·波特与凤凰社》中，他是拉文克劳学院的一名学生。在哈利和罗恩参加O.W.L.考试之前，埃迪向他们推销一种非常可疑的巴费醒脑剂，声称这种药剂可以帮助他们在考试中考取高分。埃迪在O.W.L.考试中有九门科目都获得优秀评定。

兰科罗斯·卡尔佩 Rancorous Carpe

根据Wizarding World网站上的资料，兰科罗斯·卡尔佩是霍格沃茨的一名管理员，他自认为有办法把皮皮鬼赶出学校，但几经折腾后，却导致霍格沃茨全体人员紧急疏散。筋疲力尽的卡尔佩最后选择了提前退休。

卡罗 Carrow

首次提及 《神奇动物：格林德沃之罪》

类别 女巫

性别 女性

外表 红发

相关家族 卡罗家族

技能与成就

· 与盖勒特 · 格林德沃关系亲密

角色事件

卡罗可能是食死徒阿米库斯 · 卡罗和阿莱克托 · 卡罗的亲戚

在《神奇动物：格林德沃之罪》中，卡罗是盖勒特 · 格林德沃核心集团的一名成员。格林德沃在巴黎建立临时总部时，卡罗和格林德沃的手下袭击了一座麻瓜居住的房子。在格林德沃的命令下，卡罗杀害了这个麻瓜家庭中最小的孩子。

阿莱克托 · 卡罗 Alecto Carrow

阿莱克托 · 卡罗首次被提及是在《哈利 · 波特与"混血王子"》中，她是一名食死徒。在《哈利 · 波特与死亡圣器》中，阿莱克托在霍格沃茨担任麻瓜研究课的老师。当纳威 · 隆巴顿在课上顶撞她时，她划伤了纳威的脸。发现哈利 · 波特进入拉文克劳塔楼后，阿莱克托把伏地魔召唤至霍格沃茨，这件事标志着霍格沃茨之战的开始。

阿米库斯·卡罗 Amycus Carrow

阿米库斯·卡罗首次被提及是在《哈利·波特与“混血王子”》中，和妹妹阿莱克托一样，他也是一名食死徒。在《哈利·波特与死亡圣器》中，阿米库斯在霍格沃茨担任黑魔法防御术课的老师。当纳威·隆巴顿拒绝用钻心咒惩罚别的学生时，阿米库斯划伤了纳威的脸。阿米库斯向麦格教授的脸上吐口水后，被愤怒至极的哈利使用了钻心咒。

阿尔弗雷德·卡特莫尔 Alfred Cattermole

阿尔弗雷德·卡特莫尔首次被提及是在《哈利·波特与死亡圣器》中，他是玛丽·卡特莫尔和雷吉纳尔德·卡特莫尔的儿子，有两个姐妹——梅齐和埃莉。尚不清楚他和他的家人在第二次巫师战争中是否幸存。

埃莉·卡特莫尔 Ellie Cattermole

在《哈利·波特与死亡圣器》中，关于埃莉·卡特莫尔的信息并不多，只知道她是玛丽·卡特莫尔和雷吉纳尔德·卡特莫尔的女儿。

梅齐·卡特莫尔 Maisie Cattermole

梅齐·卡特莫尔首次被提及是在《哈利·波特与死亡圣器》中，她是玛丽·卡特莫尔和雷吉纳尔德·卡特莫尔的女儿。

玛丽·伊丽莎白·卡特莫尔
Mary Elizabeth Cattermole

在《哈利·波特与死亡圣器》中，玛丽·卡特莫尔是一个麻瓜出身的女巫，也是雷吉纳尔德·卡特莫尔的妻子。在麻瓜出身登记委员会审讯她的时候，哈利、罗恩和赫敏把她救了出来。从那之后，玛丽就和家人开始了逃亡生活。

雷吉纳尔德·卡特莫尔
Reginald Cattermole

在《哈利·波特与死亡圣器》中，罗恩使用复方汤剂变成雷吉纳尔德·卡特莫尔，并潜入魔法部。罗恩、哈利和赫敏从麻瓜出身登记委员会救出了雷吉纳尔德的妻子玛丽，并催促他们一家人赶紧逃跑。

欧文·考德威尔 Owen Cauldwell

欧文·考德威尔首次被提及是在《哈利·波特与火焰杯》中，在哈利·波特上四年级的时候，欧文·考德威尔是刚入学的一年级新生，并被分进了赫奇帕奇学院。

塞西利娅 Cecilia

塞西利娅首次被提及是在《哈利·波特与“混血王子”》中，她是一个长相美丽的麻瓜女性，也是老汤姆·里德尔的女朋友，两人很喜欢在背后说冈特家族的坏话。目前不清楚在梅洛普·冈特对老汤姆使用魔法并嫁给他后，塞西利娅去了哪里。

塞西莉 Cecily

塞西莉首次被提及是在《神奇动物在哪里》（2016年电影）中，她是美国魔法国会记忆注销员山姆的女朋友。奎妮·戈德斯坦得知山姆同时还在和同事露比交往后，质问山姆塞西莉是否知情。

阿图罗·塞法罗波斯 Arturo Cephalopos

根据Wizarding World网站上的资料，阿图罗·塞法罗波斯是一名19世纪的魔杖制作人，与加伯德·奥利凡德是竞争对手。加伯德·奥利凡德的孙子加里克·奥利凡德称塞法罗波斯是一个“粗疏的魔杖制作人”，还是个骗子。

钱伯斯 Chambers

在《哈利·波特与凤凰社》中，钱伯斯是拉文克劳魁地奇球队的追球手，在1995—1996赛季的决赛中，罗恩·韦斯莱扑救了钱伯斯投出来的一个球，为格兰芬多赢得了魁地奇杯。

秋·张 Cho Chang

首次提及 《哈利·波特与阿兹卡班的囚徒》

类别 女巫

性别 女性

外表 矮个子，非常漂亮，头发乌黑靓丽

学校 霍格沃茨

学院 拉文克劳

守护神 天鹅

技能与成就

- 参与霍格沃茨之战
- 邓布利多军成员
- 拉文克劳魁地奇球队找球手

角色事件

秋·张最喜欢的魁地奇球队是塔特希尔龙卷风队

秋·张是拉文克劳魁地奇球队的找球手。五年级的时候，她开始和被选为三强争霸赛霍格沃茨勇士代表的塞德里克·迪戈里谈恋爱。在三强争霸赛的最后一项任务中，伏地魔杀害了塞德里克，秋·张悲痛欲绝。她下定决心要反抗伏地魔，并加入了秘密组织邓布利多军，练习黑魔法防御术。后来秋·张和哈利·波特开始约会，但是两人的恋情并未持续太久，秋·张依然忘不了塞德里克的死。与此同时，她最好的朋友玛丽埃塔·艾克莫向多洛雷斯·乌姆里奇告发了邓布利多军的存在。毕业之后，秋·张再次回到母校参加霍格沃茨之战。

波莉·查普曼 Polly Chapman

波莉·查普曼是格兰芬多学院的一名学生，在《哈利·波特与被诅咒的孩子》中，她和斯科皮·马尔福及阿不思·波特是同学。她喜欢拿阿不思和他的爸爸哈利·波特做比较，以此来羞辱阿不思。当斯科皮和阿不思使用时间转换器扭转历史时，波莉也出现在平行时间线中。

赫伯特·乔莱 Herbert Chorley

在《哈利·波特与“混血王子”》中，赫伯特·乔莱是一名麻瓜助理部长。当他中了一名食死徒的夺魂咒后，开始像鸭子一样呱呱叫。

阿加莎·查布 Agatha Chubb

根据《神奇的魁地奇球》，阿加莎·查布是一名古代魔法产品研究专家，她从英国和爱尔兰的沼泽地里发现了12个制作于16世纪的铅制游走球。

喀耳刻 Circe

喀耳刻，又名瑟茜，是一名古希腊的女巫，热衷于把水手变成猪。在《哈利·波特与魔法石》中，哈利·波特在霍格沃茨特快列车上获得了喀耳刻的巧克力蛙卡片。

艾尔弗丽达·克拉格 Elfrida Clagg

根据《神奇的魁地奇球》，艾尔弗丽达·克拉格是巫师议会的议长，她立法禁止在魁地奇球比赛中使用金色飞贼。

珀涅罗珀·克里尔沃特
Penelope Clearwater

在《哈利·波特与密室》中，珀涅罗珀·克里尔沃特是拉文克劳的一名级长，也是珀西·韦斯莱的女朋友。后来她被斯莱特林的蛇怪石化，但是在服用了曼德拉草制成的魔药后恢复正常。每当学校有魁地奇球比赛时，她都很喜欢和珀西打赌。

克丽奥娜 Cliodna

克丽奥娜是一名爱尔兰德鲁伊，也是一名阿尼马格斯，她会用魔法给人治病。在《哈利·波特与魔法石》中，哈利·波特获得了克丽奥娜的巧克力蛙卡片。

若昂·科埃略 João Coelho

根据Wizarding World网站上的资料，若昂·科埃略毕业于巴西巫师学校卡斯特罗布舍，他是秘鲁魁地奇球队塔拉波托树上飞队的队长。

科尔夫人 Mrs. Cole

科尔夫人首次被提及是在《哈利·波特与“混血王子”》中，她是汤姆·马沃罗·里德尔小时候所在的孤儿院的管理人。她把汤姆的出生背景告诉了阿不思·邓布利多，并且怀疑这个孩子做过很多残忍的事情。

康诺利 Connolly

康诺利首次被提及是在《哈利·波特与火焰杯》中，他是爱尔兰魁地奇国家队的击球手，曾参加1994年的魁地奇世界杯比赛。比赛胜利后，他骑着飞天扫帚载着筋疲力尽的队友——艾丹·林齐绕场一周庆祝。

里切·古特 Ritchie Coote

首次提及 《哈利·波特与“混血王子”》

类别 男巫

性别 男性

外表 瘦弱

学校 霍格沃茨

学院 格兰芬多

技能与成就

- 神射手
- 格兰芬多魁地奇球队击球手

在《哈利·波特与“混血王子”》中，里切·古特是格兰芬多魁地奇球队的一名击球手，当考迈克·麦克拉根打中一个游走球并将哈利击落时，里切在空中接住了坠落的哈利。

迈克尔·科纳 Michael Corner

迈克尔·科纳首次被提及是在《哈利·波特与凤凰社》中，他是邓布利多军的成员之一。他曾经和金妮·韦斯莱约会，但是在一次魁地奇球比赛中，格兰芬多击败拉文克劳后，金妮斥责他是个“输不起的家伙”并甩了他。科纳后来参加了霍格沃茨之战。

老克拉布 Crabbe Sr.

老克拉布首次被提及是在《哈利·波特与火焰杯》中，在第一次巫师战争中，他是一名食死徒。1995年伏地魔卷土重来后，他又回到了主人的身边。老克拉布的儿子文森特是德拉科·马尔福的密友。

文森特·克拉布 Vincent Crabbe

首次提及 《哈利·波特与魔法石》

类别 男巫

性别 男性

外表 大块头，塌鼻子，西瓜头

学校 霍格沃茨

学院 斯莱特林

技能与成就

精通钻心咒

角色事件

克拉布的头发能把复方汤剂的颜色变成浑浊的深棕色

文森特·克拉布出生于一个黑巫师家庭。在霍格沃茨，克拉布和格雷戈里·高尔是德拉科·马尔福的跟班和保镖。在霍格沃茨之战中，克拉布在使用厉火时不小心害死了自己。

艾伦·克拉奈尔 Ellen Cracknell

根据Wizarding World网站上的资料，艾伦·克拉奈尔是多洛雷斯·乌姆里奇的麻瓜母亲。在乌姆里奇年幼时，艾伦带着她的哑炮儿子离开了这个家。

艾尔弗丽达·克拉格 Elfrida Cragg

艾尔弗丽达·克拉格首次被提及是在《哈利·波特与凤凰社》中，她的画像挂在圣芒戈医院。亚瑟·韦斯莱在神秘事务司被纳吉尼袭击后，一个名叫埃弗拉的巫师通过她的画像为亚瑟·韦斯莱检查伤势。

科林·克里维 Colin Creevey

科林·克里维是一个有麻瓜血统的巫师。他是狂热的摄影师，同时也是邓布利多军的成员和哈利·波特最热情的粉丝。在《哈利·波特与密室》中，他被斯莱特林的蛇怪石化，但因为他是从相机镜头中看到的蛇怪，所以幸免于难。虽然不满足年龄要求，但科林作为六年级学生依然参加了霍格沃茨之战，最终不幸战死。

丹尼斯·克里维 Dennis Creevey

丹尼斯·克里维首次被提及是在《哈利·波特与火焰杯》中，他是一名格兰芬多的学生，也是邓布利多军的成员和科林·克里维的弟弟。和他的哥哥一样，丹尼斯也非常崇拜哈利·波特。在去参加分院仪式的路上，丹尼斯掉进了湖中，并被巨型章鱼所救。

克里维先生 Mr. Creevey

在《哈利·波特与密室》中，科林·克里维提到了他的父亲克里维先生。克里维先生是一个麻瓜，也是一名送奶工，他不敢相信自己的儿子是个巫师。他的小儿子丹尼斯后来也进入霍格沃茨上学。

德克·克莱斯韦 Dirk Cresswell

德克·克莱斯韦首次被提及是在《哈利·波特与“混血王子”》中，他是一位有麻瓜血统的男巫，曾担任魔法部妖精联络处的主任。在《哈利·波特与死亡圣器》中，他和泰德·唐克斯、迪安·托马斯，以及妖精拉环和戈努克一起躲避麻瓜出身登记委员会的追捕，但最终被搜捕队抓住并杀害。

索尔·克罗克教授 Professor Saul Croaker

索尔·克罗克教授首次被提及是在《哈利·波特与火焰杯》中，他是魔法部神秘事务司的一名缄默人。他很清楚时间旅行可能造成的危害，因此对时间转换器的使用进行严格的监管。根据他的理论，一个人在穿越时空时，能够确保不对穿越者或者事件本身造成伤害的极限时长是五小时。《哈利·波特与被诅咒的孩子》对这一设定进行了进一步的探索。

多丽丝·克罗克福德 Doris Crockford

在《哈利·波特与魔法石》中，鲁伯·海格带哈利·波特第一次来到对角巷并走进破釜酒吧时，多丽丝·克罗克福德正好就在里面。她看到哈利非常激动，并和他握了好几次手。

克鲁克山 Crookshanks

胖乎乎、毛蓬松的克鲁克山是赫敏·格兰杰的爱猫。罗恩·韦斯莱很不喜欢这只姜黄色的混血猫狸子，因为它很喜欢攻击罗恩的宠物老鼠斑斑。在《哈利·波特与阿兹卡班的囚徒》中，克鲁克山帮助小天狼星布莱克发现了斑斑的真实身份其实是小矮星彼得。

老巴蒂·克劳奇 Barty Crouch Sr.

老巴蒂·克劳奇首次被提及是在《哈利·波特与火焰杯》中，他是魔法部魔法法律执行司的司长。在第一次巫师战争期间，他以对罪犯采取强硬手段而闻名。1995年，他在霍格沃茨被自己的儿子杀害。

小巴蒂·克劳奇 Barty Crouch Jr.

首次提及 《哈利·波特与火焰杯》

类别 男巫

性别 男性

外表 麦色头发，雀斑，肤色苍白

相关家族 克劳奇家族

技能与成就

- 从阿兹卡班越狱
- 活捉并囚禁“疯眼汉”阿拉斯托·穆迪长达八个月
- 食死徒

角色事件

小巴蒂·克劳奇和汤姆·马沃罗·里德尔都与父亲同名，而且两个人都杀死了自己的父亲

第一次巫师战争期间，小巴蒂·克劳奇因参与食死徒活动而被关入阿兹卡班监狱。他的父母利用复方汤剂把他救出来，出狱后的小巴蒂·克劳奇只能过着东躲西藏的生活。在《哈利·波特与火焰杯》中，他穿着隐形衣参加了魁地奇世界杯，并偷走了哈利的魔杖，放出黑魔标记。重新回到伏地魔身边后，伏地魔派他冒充霍格沃茨的黑魔法防御术新老师“疯眼汉”阿拉斯托·穆迪，并且暗中操控三强争霸赛的选举，确保哈利·波特能够顺利参与。小巴蒂·克劳奇把三强杯变成了一个门钥匙，在最后一项任务结束时，把哈利直接传送到伏地魔面前。哈利逃跑后，小巴蒂·克劳奇露出了真面目，并且详细讲述了自己的计划。后来他因自己的罪行而遭到摄魂怪的亲吻。

克劳奇夫人 Mrs. Crouch

克劳奇夫人首次被提及是在《哈利·波特与火焰杯》中，得知自己的儿子小巴蒂·克劳奇被关进阿兹卡班监狱后，克劳奇夫人悲痛欲绝。她使用复方汤剂冒充儿子并替他服刑，最后她死在阿兹卡班，并以小巴蒂·克劳奇的身份被埋葬。

巴拿巴斯·古费 Barnabas Cuffe

巴拿巴斯·古费是《预言家日报》的主编。在霍格沃茨读书期间，他是霍拉斯·斯拉格霍恩最喜欢的学生之一。霍拉斯后来还向哈利炫耀巴拿巴斯送给自己的签名照。

赫克托·达格沃斯-格兰杰
Hector Dagworth-Granger

赫克托·达格沃斯-格兰杰是一位知名药剂师，在《哈利·波特与“混血王子”》中，霍拉斯·斯拉格霍恩指出赫敏·格兰杰可能是赫克托·达格沃斯-格兰杰的远亲。作为一名麻瓜，赫敏并不相信这番言论。

罗杰·戴维斯 Roger Davies

罗杰·戴维斯首次被提及是在《哈利·波特与阿兹卡班的囚徒》中，英俊的罗杰·戴维斯是拉文克劳魁地奇球队的队长兼追球手。他陪同芙蓉·德拉库尔一起参加了圣诞舞会。秋·张后来告诉哈利，罗杰在塞德里克·迪戈里死后不久就找她约会，但遭到她的拒绝。

约翰·德力士 John Dawlish

约翰·德力士首次被提及是在《哈利·波特与凤凰社》中，他是一名傲罗，被派往霍格沃茨审问哈利·波特关于邓布利多军的事情。在《哈利·波特与死亡圣器》中，他好像被施了混淆咒。他试图挟持奥古斯塔·隆巴顿作为人质，不料却遭到奥古斯塔的反击，最后在圣芒戈医院接受治疗，住院数周。

卡拉多克·迪尔伯恩 Caradoc Dearborn

卡拉多克·迪尔伯恩是凤凰社的初始成员之一，在凤凰社成员拍完合照六个月后消失。在《哈利·波特与凤凰社》中，阿拉斯托·穆迪称卡拉多克的遗体仍未找到。

死神 Death

在《哈利·波特与死亡圣器》中，赫敏从《三兄弟的传说》中获知，戴着兜帽的死神把三件强大的礼物分别赠予成功躲过他的三兄弟。两个哥哥选择的礼物最终导致他们的死亡，而最小的弟弟选择的隐形斗篷让他成功活到了老年，他最终和死神打成了平手。

阿波琳·德拉库尔 Apolline Delacour

阿波琳生活在法国，她身上有一半巫师血统和一半媚娃血统。阿波琳已婚并育有两女：芙蓉和加布丽。在《哈利·波特与死亡圣器》中，阿波琳来到英格兰参加芙蓉的婚礼，并首次见到了比尔·韦斯莱的家人。

芙蓉·德拉库尔 Fleur Delacour

首次提及 《哈利·波特与火焰杯》

类别 女巫，四分之一媚娃血统

性别 女性

外表 及腰金发，蓝色眼睛，皮肤雪白

学校 布斯巴顿

魔杖 九又二分之一英寸（1英寸等于2.54厘米），坚硬，蔷薇木，杖芯是她的媚娃外婆的一根头发

相关家族 韦斯莱家族

技能与成就

- 三强争霸赛布斯巴顿勇士
- 参与霍格沃茨之战
- 获得英国和法国魔法部颁发的英勇勋章

角色事件

虽然芙蓉只有四分之一媚娃血统，但是她好像遗传了媚娃迷惑男性和龙的能力

芙蓉——讨厌她的人叫她“黏痰”——和她的父母及妹妹加布丽一起生活在法国。她就读于布斯巴顿魔法学校，毕业前的最后一年，她是以三强争霸赛布斯巴顿勇士的身份在霍格沃茨度过的。

在三强争霸赛的第一项任务中，芙蓉面对的是一条威尔士绿龙，她让龙陷入昏睡，但是龙鼻子里喷出的火焰烧了她的裙子。在勾引塞德里克·迪戈里失败并拒绝罗恩的邀约后，芙蓉和罗杰·戴维斯一起参加了圣诞舞会。在第二项任务期间，芙蓉使用泡头咒顺利潜入湖中，但因遭到格林迪洛的攻击而出局。她的妹妹加布丽被当作这项任务的人质，哈利无私地救出了加布丽，这一举动极大地改变了芙蓉对他的冷漠态度。在最后一项任务中，芙蓉是最后一个进入迷宫的勇士，并且遭到了威克多尔·克鲁姆的攻击，因为克鲁姆中了夺魂咒。

“我何必在乎他长什么样子？只要我好看就够了！”

——芙蓉·德拉库尔，《哈利·波特与“混血王子”》

从布斯巴顿毕业之后，芙蓉进入古灵阁巫师银行工作，并开始和比尔·韦斯莱约会。两人在一年之后订婚，她未来的婆婆和小姑对此非常不满。但是，在比尔遭到芬里尔·格雷伯克的袭击后，芙蓉对比尔无微不至的照顾，成功地赢得了莫丽的尊重。1997年8月1日，她和比尔正式结婚，然后搬到丁沃斯郊外的贝壳小屋，并收留战争期间的逃亡人士。芙蓉参加了霍格沃茨之战，并被法国和英国魔法部授予英勇勋章。她和比尔共育有三个孩子：维克托娃、多米尼克和路易。

加布丽·德拉库尔 Gabrielle Delacour

加布丽比她的姐姐芙蓉小了将近十岁。芙蓉对她的保护欲非常强。在《哈利·波特与火焰杯》中，加布丽在三强争霸赛的第二项任务期间被人鱼挟持为人质，但最终被哈利所救。

德拉库尔先生 M.Delacour

德拉库尔先生首次被提及是在《哈利·波特与死亡圣器》中，他是一名巫师，与妻子阿波琳及两个女儿——芙蓉和加布丽一起生活在法国。他来英格兰参加了芙蓉的婚礼，看上去是个非常热情迷人的人。

帕特里克·德莱尼-波德摩爵士

Sir Patrick Delaney-Podmore

帕特里克·德莱尼-波德摩爵士首次被提及是在《哈利·波特与密室》中，他是无头猎手队的队长。无头猎手队是一个专门为无头幽灵组建的俱乐部。差点没头的尼克申请加入无头猎手队，但遭到帕特里克的拒绝，因为他的头并没有从脖子上完全掉下来。

丹尼斯 Dennis

丹尼斯首次被提及是在《哈利·波特与魔法石》中，他是个大块头，样子咄咄逼人，是达力·德斯礼一伙中的一员，和他们混在一起的还有皮尔、马尔科姆和戈登。丹尼斯11岁那年的夏天，他几乎每天都在达力家玩达力最喜欢的游戏：追打哈利。

德雷克 Derek

德雷克首次被提及是在《哈利·波特与阿兹卡班的囚徒》中，当时他是霍格沃茨的一年级新生。在圣诞宴会上，阿不思·邓布利多问他有没有品尝宴会上的小香肠。

德里克 Derrick

在《哈利·波特与阿兹卡班的囚徒》中，德里克是斯莱特林魁地奇球队的击球手。在1994年斯莱特林对战格兰芬多的魁地奇决赛中，德里克和同队的击球手卢西恩·博尔原本想埋伏哈利·波特，却被哈利成功闪避，两人狠狠地撞在了一起。

戴丽丝·德文特 Dilys Derwent

戴丽丝·德文特在1722至1741年间担任圣芒戈医院的治疗师，1741至1768年担任霍格沃茨校长。她是霍格沃茨历史上最负盛名的女校长之一。圣芒戈医院和霍格沃茨都挂着她的画像，所以在《哈利·波特与凤凰社》中，亚瑟·韦斯莱被纳吉尼袭击后，她可以通过画像直接去医院检查他的伤情。

德拉戈米尔·德斯帕德 Dragomir Despard

在《哈利·波特与死亡圣器》中，赫敏假扮成贝拉特里克斯·莱斯特兰奇潜入古灵阁，并给罗恩取了一个假名字，即德拉戈米尔·德斯帕德。

巴拿巴斯·德夫里尔 Barnabas Deverill

巴拿巴斯·德夫里尔首次被提及是在《哈利·波特与死亡圣器》中，他生活在18世纪初期，曾经是老魔杖的主人。在老魔杖的帮助下，他成为令人闻风丧胆的黑巫师，但最终被洛希亚斯所杀。

德达洛·迪歌 Dedalus Diggle

德达洛·迪歌首次被提及是在《哈利·波特与魔法石》中，他是凤凰社成员之一，每次见到哈利都非常热情。德达洛戴着一顶紫色的大礼帽和一块会说话的怀表，身材矮小。后来他负责把哈利护送至格里莫广场12号，并把德思礼一家送至安全场所。

阿莫斯·迪戈里 Amos Diggory

首次提及 《哈利·波特与火焰杯》

类别 男巫

性别 男性

外表 面色发红，棕色的短胡须

学校 霍格沃茨（推测）

技能与成就

魔法生物管理控制司成员

角色事件

在《哈利·波特与被诅咒的孩子》中，阿莫斯住在圣奥斯瓦尔德巫师养老院。年迈的巫师在圣奥斯瓦尔德巫师养老院可以随心所欲使用魔法

阿莫斯·迪戈里就职于魔法部的魔法生物管理控制司，是一个总能在危急时刻挺身而出的人。在魁地奇世界杯期间，他从家养小精灵闪闪手中发现了制造黑魔标记的魔杖。当阿拉斯托·穆迪因制造会爆炸的垃圾箱而被禁止滥用魔法办公室盯上时，为了保住这位前傲罗，阿莫斯找到他的同事亚瑟·韦斯莱摆平了这起事件。

阿莫斯与妻子迪戈里太太及儿子塞德里克一起生活在韦斯莱家附近。他经常吹嘘自己的儿子参加魁地奇球比赛和三强争霸赛的事情，这总是让性格谦虚的塞德里克感到尴尬不已。在三强争霸赛的第三项任务中，塞德里克不幸遇害，令阿莫斯悲痛欲绝。

在《哈利·波特与被诅咒的孩子》中，阿莫斯·迪戈里依然对儿子的死没有释怀，他怪罪哈利害死了自己的儿子，并且试图让塞德里克死而复生。戴尔菲假扮成阿莫斯的侄女和圣奥斯瓦尔德巫师养老院的护工，并对阿莫斯使用了混淆咒。在咒语的影响下，阿莫斯乞求哈利使用被魔法部收缴的时间转换器来救回塞德里克。最终他得到了阿不思·波特的协助。阿不思·波特痛恨自己的父亲和伏地魔之间的争斗害死了太多人，他计划用时间转换器阻止塞德里克之死。但他最终意识到拯救塞德里克的计划只会把巫师世界变得面目全非。

“伏地魔要的是你！不是我的儿子！”

——阿莫斯·迪戈里对哈利·波特，《哈利·波特与被诅咒的孩子》

塞德里克·迪戈里 Cedric Diggory

首次提及 《哈利·波特与阿兹卡班的囚徒》

类别 男巫

性别 男性

外表 高大英俊

学校 霍格沃茨

学院 赫奇帕奇

魔杖 白蜡木，独角兽尾毛，十二又四分之一英寸，弹性十足

技能与成就

· 级长

· 赫奇帕奇魁地奇球队队长兼找球手

· 三强争霸赛霍格沃茨勇士代表，三强争霸赛联合冠军

角色事件

当塞德里克的鬼魂从伏地魔和哈利的魔杖中出现时，他给哈利打气，并请求哈利把他的尸体带回父母身边

“去洗个澡，然后——呃——带上金蛋，然后——呃——在热水里仔细琢磨琢磨。”

——塞德里克·迪戈里，《哈利·波特与火焰杯》

塞德里克是一个英俊又优秀的霍格沃茨学生，在学校很受同学的欢迎。他比哈利高两个年级。在《哈利·波特与阿兹卡班的囚徒》中，哈利在一场魁地奇球比赛中受摄魂怪的影响跌落扫帚，当时担任赫奇帕奇魁地奇球队找球手的就是塞德里克。虽然赫奇帕奇赢了那场比赛，但是当塞德里克得知哈利跌落的原因后，便提出和格兰芬多重新比一次。

三强争霸赛期间，霍格沃茨原本的勇士代表是塞德里克，但是哈利·波特莫名其妙被选为了第四名勇士。在整个比赛期间，塞德里克和哈利一直互相帮助：哈利告诉塞德里克第一项任务是通过火龙，作为回报，在第二项任务时，塞德里克提醒哈利解开金蛋之谜的方法。当学生们开始流行佩戴“支持塞德里克/波特臭大粪”的徽章时，塞德里克可能阻止了赫奇帕奇的学生参与其中。然而，在圣诞舞会之前，塞德里克邀请的舞伴正是哈利的暗恋对象秋·张。在第三项任务期间，塞德里克和哈利联手对抗中了夺魂咒的威克多尔·克鲁姆和一只八眼巨蛛。当塞德里克有机会先拿火焰杯时，他却决定和哈利一起分享胜利。两人一起抓住火焰杯，却被瞬间传送到小汉格顿教堂墓地。等在那里的伏地魔命令他的仆人小矮星彼得杀死塞德里克。在目击伏地魔卷土重来后，哈利带着塞德里克的尸体成功逃跑。在学年结束时，霍格沃茨为纪念塞德里克举办了追悼会。

在《哈利·波特与被诅咒的孩子》中，阿不思·波特和斯科皮·马尔福想要回到过去，试图通过阻止塞德里克在三强争霸赛中获胜而拯救他的生命。但在经过多次失败后，他们总算明白塞德里克的悲剧命运永远无法改变。

三大不可饶恕咒

对人类使用任何一个不可饶恕咒，都会被判处阿兹卡班终身监禁。

单纯说出“魂魄出窍”（Imperio）、“钻心剜骨”（Crucio）和“阿瓦达索命”（Avada Kedavra）这三个词并不会有任何危害，但是一旦带着恶意和目的念出这几个词，就有可能召唤出极具破坏性的黑魔法。长久以来，巫师世界一直把这三个咒语视作“不可饶恕”，因为它们能够剥夺他人的自主权、人身安全，甚至是生命。

在《哈利·波特与火焰杯》中，“疯眼汉”阿拉斯托·穆迪在黑魔法防御课上分别对三只蜘蛛使用了三种不可饶恕咒，让学生对这些咒语有了清晰的认识。

夺魂咒（魂魄出窍）

发音：因佩瑞欧

效果：控制目标的行动

夺魂咒能够让目标完全受控于施咒者，彻底剥夺他们的自由意志。在哈利上四年级时，穆迪教授在课上演示了如何用夺魂咒让蜘蛛跳舞，随后谈起食死徒是如何利用夺魂咒控制他人潜入魔法部的。实际上，许多食死徒之所以能够免去牢狱之灾，也要感谢这个咒语：只要他们声称自己受到夺魂咒的控制，就能免除刑罚。在《哈利·波特与“混血王子”》中，德拉科·马尔福对罗斯默塔夫人和凯蒂·贝尔使用了夺魂咒，控制她们刺杀阿不思·邓布利多。而在《哈利·波特与死亡圣器》中，哈利为了潜入古灵阁巫师银行对特拉弗斯和鲍格罗德使用了夺魂咒。不同于另外两大不可饶恕咒，受害者有时可以对夺魂咒进行抵抗。

其他著名使用案例：在《哈利·波特与火焰杯》中，威克多尔·克鲁姆在三强争霸赛的第三项比赛时中了夺魂咒；在《哈利·波特与死亡圣器》中，米勒娃·麦格也被阿米库斯·卡罗用夺魂咒短暂控制。

钻心咒（钻心剜骨）

发音：克如西欧

效果：对目标施加剧痛

钻心咒是魔法世界中最有效的折磨手段。麻瓜花了数千年的时间绞尽脑汁开发各种刑具，而巫师只需举起魔杖念出一句简单的咒语，就能让受害者遭受前所未有的痛苦。作为食死徒中性格最扭曲残忍的一员，贝拉特里克斯·莱斯特兰奇非常热衷于使用钻心咒。在整个哈利·波特系列中，钻心咒已经成了她的招牌技能。她曾经用钻心咒把弗兰克·隆巴顿和爱丽丝·隆巴顿夫妇逼疯。在《哈利·波特与死亡圣器》中，她使用这一咒语拷问赫敏。在《哈利·波特与凤凰社》中，当哈利对她使用这一咒语却没什么效果时，她甚至教起了哈利钻心咒的使用诀窍。在《哈利·波特与“混血王子”》中，当哈利·波特对德拉科·马尔福使用神锋无影时，德拉科·马尔福试图对哈利使用钻心咒。在《哈利·波特与死亡圣器》中，哈利终于在霍格沃茨之战期间积攒了足够的憎恨，对阿米库斯·卡罗成功使用了钻心咒。

其他著名使用案例：在《哈利·波特与火焰杯》中，小巴蒂·克劳奇、罗道夫斯·莱斯特兰奇与拉巴斯坦·莱斯特兰奇和贝拉特里克斯·莱斯特兰奇联手对纳威·隆巴顿的双亲使用钻心咒。在《哈利·波特与死亡圣器》中，伏地魔强迫德拉科·马尔福使用钻心咒折磨同为食死徒的罗尔。在《哈利·波特与被诅咒的孩子》中，戴尔菲用钻心咒折磨斯科皮·马尔福，迫使阿不思·波特执行她的计划。

杀戮咒（阿瓦达索命）

发音：阿瓦达 可达弗拉

效果：杀人

杀戮咒会让受害者没有痛苦地瞬间死去。杀戮咒是最强大的黑魔法咒语，在伏地魔两次统治巫师世界期间，食死徒通过这个咒语让整个社会笼罩在恐惧之中。后来哈利发现，在极少数情况下，这种强大的魔法可以用无私的爱进行阻挡。除了伏地魔杀害哈利·波特双亲，杀戮咒最著名的使用案例可能就是在《哈利·波特与“混血王子”》中，西弗勒斯·斯内普用杀戮咒杀害阿不思·邓布利多。

其他著名使用案例：伏地魔曾多次使用杀戮咒杀人，还曾三次对哈利·波特使用杀戮咒：一次是发生在《哈利·波特与魔法石》的故事之前，两次是在《哈利·波特与死亡圣器》中。

戴尔菲·“迪戈里” Delphi "Diggory"

在《哈利·波特与被诅咒的孩子》中，戴尔菲是伏地魔和贝拉特里克斯·莱斯特兰奇的女儿。她冒充阿莫斯·迪戈里的侄女，密谋改变历史，好让她的父亲能够击败哈利·波特，进而统治世界，让她成为强大的“卜鸟”（Augurey）。她的阴谋最终被波特、韦斯莱和马尔福家族挫败。

迪戈里夫人 Mrs. Diggory

在《哈利·波特与火焰杯》中，迪戈里夫人（名字不详）是阿莫斯·迪戈里的妻子，塞德里克·迪戈里的母亲。哈利把塞德里克的尸体从小汉格顿教堂墓地带回来后，迪戈里夫人向他表示感谢。

伊凡·迪隆斯比 Ivor Dillonsby

伊凡·迪隆斯比首次被提及是在《哈利·波特与死亡圣器》中，记者丽塔·斯基特为了写她的新书《阿不思·邓布利多的生平与谎言》，采访了伊凡·迪隆斯比。迪隆斯比声称邓布利多剽窃了他在龙血方面的研究成果。

迪米特洛夫 Dimitrov

迪米特洛夫首次被提及是在《哈利·波特与火焰杯》中，在1994年的魁地奇世界杯上，他是保加利亚魁地奇国家队的追球手。他和队友在赛场上的动作非常凶狠，迪米特洛夫一度直接朝着对方的追球手撞去。

哈罗德·丁戈 Harold Dingle

在《哈利·波特与凤凰社》中，哈罗德·丁戈是霍格沃茨的一名学生，他试图向考生兜售一种声称能够提升考试成绩的龙爪粉。赫敏没收了这些龙爪粉，发现这些不过是晒干的狐媚子粪便。

阿芒多·迪佩特 Armando Dippet

阿芒多·迪佩特首次被提及是在《哈利·波特与密室》中，他是邓布利多前一任的霍格沃茨校长。他对汤姆·里德尔青睐有加，并且相信里德尔的说法，认为密室是被海格打开的。他鼓励汤姆有朝一日成为一名教授。丽塔·斯基特写过一本阿芒多的传记，名字叫《阿芒多·迪佩特：大师还是白痴？》。

“机灵鬼”德克 "Dodgy" Dirk

根据《神奇动物在哪里》一书，“机灵鬼”德克是一个麻瓜。1932年，他在一片海滩上目睹了普通威尔士绿龙袭击事件。

埃玛·多布斯 Emma Dobbs

埃玛·多布斯首次被提及是在《哈利·波特与火焰杯》中，他是一名霍格沃茨的学生。哈利四年级开学时，埃玛在分院仪式上排在丹尼斯·克里维后面。

多比 Dobby

首次提及《哈利·波特与密室》

类别 家养小精灵

性别 男性

外表 蝙蝠一样的耳朵；网球大小的绿色暴突眼；铅笔形状的鼻子；细长的手指和脚；个头矮小

相关家族 马尔福家族

技能与成就

无杖魔法

角色事件

赫敏故意在格兰芬多公共休息室里放了大量的针织帽、针织袜和围巾，希望能解放霍格沃茨的家养小精灵

多比是一只家养小精灵，原本属于马尔福家族。因为受不了马尔福家族的残忍态度，多比开始崇拜哈利·波特，并且尽其所能帮助哈利。在得知有人密谋重新打开霍格沃茨的密室后，多比用尽各种手段阻止哈利·波特重返学校。后来，哈利用计让卢修斯·马尔福给了多比一只袜子，从而使多比获得自由。很快袜子便成了多比最喜欢的衣物。

四年级那年，哈利得知多比在霍格沃茨的厨房找到了一份工作。为了帮助哈利应对三强争霸赛的第二项任务，多比从斯内普那里偷来腮囊草，好让哈利能在水下呼吸。在《哈利·波特与凤凰社》中，多比告知哈利有求必应屋的存在，为邓布利多军提供了一个秘密集会场所。当多洛雷斯·乌姆里奇得知邓布利多军的存在后，多比第一时间赶来告知所有人危险临近。哈利上六年级时，他派遣刚刚继承的家养小精灵克利切暗中监视德拉科·马尔福，看看他到底在打什么鬼主意，在此期间多比也提供了协助。

在《哈利·波特与死亡圣器》中，多比把被囚禁的哈利、罗恩、赫敏等人从马尔福庄园救出来。在多比进行幻影显形时，贝拉特里克斯扔出一把飞刀刺中他。在贝壳小屋外，多比伤重身亡。失去这位忠诚的朋友令哈利悲痛不已，他徒手为这只家养小精灵挖出一个坟墓，并为他刻上墓志铭："自由的小精灵多比长眠于此。"

埃非亚斯·多吉 Elphias Doge

埃非亚斯·多吉首次被提及是在《哈利·波特与凤凰社》中，他是凤凰社的初始成员，也是阿不思·邓布利多儿时的好友。邓布利多死后，埃非亚斯为他写了讣闻。

安东宁·多洛霍夫 Antonin Dolohov

安东宁·多洛霍夫首次被提及是在《哈利·波特与火焰杯》中，他是一名食死徒。在第一次巫师战争期间，安东宁杀害了费比安·普威特与吉迪翁·普威特。在哈利上五年级那年，安东宁从阿兹卡班越狱，后来在霍格沃茨之战期间杀害了莱姆斯·卢平。

玛丽·多尔金 Mary Dorkins

在《哈利·波特与凤凰社》中，玛丽·多尔金是一名麻瓜电视记者，报道了鹦鹉邦吉的新闻。哈利在麻瓜新闻中搜寻伏地魔的蛛丝马迹时，碰巧听到了她的名字。

多特 Dot

在《哈利·波特与火焰杯》中，多特是小汉格顿的一位镇民，她坚信弗兰克·布莱斯就是1943年里德尔一家灭门惨案的幕后真凶。她还在当地酒吧里说布莱斯的闲话。

杜戈尔 Dougal

杜戈尔首次被提及是在《神奇动物在哪里》（2016年电影）中，它是一只长得像红毛猩猩的隐形兽。纽特·斯卡曼德来到纽约后，杜戈尔从纽特的箱子里逃了出来。当纽特在梅西百货大楼找到杜戈尔时，它正在照看逃跑的鸟蛇。魔法部给隐形兽的评级为×××× （危险）。

本妮吉达·多拉杜 Benedita Dourado

根据Wizarding World网站上的资料，本妮吉达·多拉杜是卡斯特罗布舍的校长。当霍格沃茨校长阿芒多·迪佩特抱怨皮皮鬼在学校里闹事时，本妮吉达建议他用狡猾的凯波拉来保护校园。

弗农·达力 Vernon Dudley

在《哈利·波特与死亡圣器》中，当哈利被搜捕队抓住时，他谎称自己叫弗农·达力，并声称自己是魔法部的人。（见《哈利·波特与死亡圣器》第23章）

伊尔玛·杜加尔德 Irma Dugard

在《神奇动物：格林德沃之罪》中，混血小精灵伊尔玛·杜加尔德是莱斯特兰奇家族的一名仆人。1901年，她陪着莉塔和小科沃斯一起搭船来到美国。克莱登斯·巴瑞波恩在1927年找到伊尔玛，希望从她口中获得答案，但是在盖勒特·格林德沃的指使下，伊尔玛在克莱登斯的眼前被杀。

柯利·杜克 Kirley Duke

根据《神奇的魁地奇球》，柯利·杜克是古怪姐妹乐队的主音吉他手。他的母亲是波特里狂人队最有名的追球手——卡特丽娜·麦克玛。

阿不福思·邓布利多 Aberforth Dumbledore

阿不福思·邓布利多首次被提及是在《哈利·波特与火焰杯》中，他是猪头酒吧的老板，也是阿不思·邓布利多的弟弟。他和阿不思的关系非常紧张。后来，在霍格沃茨之战中，他帮助很多人从校外潜入城堡，并加入战斗。

阿不思·邓布利多 Albus Dumbledore

见本书第90页阿不思·珀西瓦尔·伍尔弗里克·布莱恩·邓布利多。

阿不思·珀西瓦尔·伍尔弗里克·布莱恩·邓布利多

Albus Percival Wulfric Brian Dumbledore

首次提及 《哈利·波特与魔法石》

类别 男巫

性别 男性

外表 银色长发和胡须（年轻时头发为赤褐色）；蓝色眼睛；半月形眼镜；长长的鹰钩鼻；身材高瘦

学校 霍格沃茨

学院 格兰芬多

守护神 凤凰

魔杖 接骨木，夜骐尾毛杖芯，十五英寸（老魔杖）

技能与成就

- 霍格沃茨校长
- 霍格沃茨教授（黑魔法防御术，变形术）
- 凤凰社创始人和领导人
- 级长
- 学生会会长
- 梅林爵士团一级勋章
- 威森加摩首席魔法师
- 国际巫师联合会会长
- 打败黑巫师格林德沃
- 发现龙血的十二种用法
- 和尼可·勒梅一起研究炼金术
- 摄神取念大师
- 精通多门语言
- 才智过人，魔法高超

角色事件

在人生的不同阶段，邓布利多陆续获得过全部三件死亡圣器。只要集齐三件死亡圣器就能成为“死亡之主”

“哈利，展示出我们真实的自我，是我们的选择，而不是我们的能力。”

——阿不思·邓布利多，《哈利·波特与密室》

阿不思·邓布利多，全名阿不思·珀西瓦尔·伍尔弗里克·布莱恩·邓布利多（1881—1997），在哈利·波特就读于霍格沃茨期间是校长，对于哈利来说就像一个父亲一样。邓布利多是一个有着超常智慧和高超魔法的传奇巫师。作为巫师世界一位举足轻重的人物，他为人和善，但也性格古怪。他喜欢做针织，喜欢麻瓜的糖果，喜欢室内乐和十瓶保龄球。在对抗邪恶势力方面，他藏得很深，以至于从许多方面看来都像一个傀儡师。在他看来，为了伟大的事业是可以牺牲个体利益的。

阿不思·邓布利多是珀西瓦尔·邓布利多和坎德拉的儿子，他有一个弟弟阿不福思和一个妹妹阿利安娜。阿利安娜因为被麻瓜攻击而出现精神问题，珀西瓦尔也因此入狱。在此之后，他们一家搬到了戈德里克山谷。17岁那年，阿不思认识了盖勒特·格林德沃。两人计划联手让巫师统治人类，但后来阿不思心生悔意。在阿不思的弟弟阿不福思和格林德沃的一场决斗中，阿利安娜意外身亡。悲痛的阿不思从此与格林德沃分道扬镳，并且余生都背负着对妹妹的愧疚。

在《神奇动物：格林德沃之罪》中，我们得知，阿不思·邓布利多和格林德沃曾经立下血誓，永远不会彼此作对。因此，当格林德沃在随后的几十年里日渐崛起，并计划掀起一场巫师革命时，邓布利多无法直接反对他，而只能通过同伴来对抗他。据此推测，这一血誓后来应该被破坏了。1945年，邓布利多在一场旷世决战中击败了格林德沃。

邓布利多年纪轻轻就开始在霍格沃茨任教。20世纪40年代，他成了汤姆·里德尔的老师。里德尔凭借优秀的能力获得许多老师的青睐，但是邓布利多并不信任他，怀疑他在1943年打开了密室。事实证明邓布利多的怀疑是正确的。离开霍格沃茨后，里德尔改名为伏地魔，并开始召集一批信众，而邓布利多一直在关注着里德尔的一举一动。

大约在1965至1971年间，邓布利多成为了霍格沃茨的校长。在对抗伏地魔的第一次巫师战争中，邓布利多召集了一批值得信任的、骁勇善战的巫师，组建了凤凰社。他是伏地魔唯一惧怕的人。

哈利·波特出生后不久，邓布利多亲耳听到一个关于哈利将会打败伏地魔的预言。食死徒西弗勒斯·斯内普偷听到了这个预言的一部分，并报告给伏地魔。伏地魔杀害了哈利的父母詹姆和莉莉，随后在1981年倒台。邓布利多知道伏地魔终究会东山再起，所以立刻展开行动，用魔法保护哈利，并把他寄养在其姨妈和姨夫家里。一直暗恋莉莉的斯内普在得知莉莉的死讯后悲痛万分，并下定决心要帮助邓布利多保护那个“大难不死的孩子”。

十年后，哈利进入霍格沃茨上一年级时，伏地魔开始实施卷土重来的计划。邓布利多密切关注着哈利，因为很清楚这个一年级的小男孩迟早要与伏地魔对决。受到这个男孩的个性的感动，邓布利多感觉自己对哈利的感情越来越深，但他知道这是不明智的，因为哈利是他要彻底击败伏地魔计划中的一颗棋子。他迟迟未告诉哈利预言的内容。

在伏地魔的日记被摧毁后，邓布利多怀疑伏地魔在制造魂器的猜想得到了证实。到了这时，彻底击败伏地魔的方法已经摆在眼前，那就是先摧毁所有的魂器。1995年，在哈利亲眼目睹伏地魔恢复肉身后，邓布利多迅速重新组建凤凰社，但是魔法部拒绝相信伏地魔会卷土重来，《预言家日报》甚至宣称这位曾经的传奇巫师已经老糊涂了。于是，邓布利多被剥夺了威森加摩和国际巫师联合会的职务，并最终被免去霍格沃茨校长的职务。1996年6月，邓布利多在神秘事务司之战中与伏地魔展开对决。因为这次战斗有大量目击者，魔法部不得不承认伏地魔确实回来了，邓布利多的职务随即获得恢复。随后，邓布利多终于将预言的内容告知哈利。同年夏天，在寻找魂器的过程中，邓布利多身中诅咒，他知道自己活不过一年了，于是制订了一个秘密计划：让一直在当双面间谍的斯内普杀了他，以便增强伏地魔对斯内普的信任。邓布利多告诉哈利可能存在多个魂器，并留下了击败伏地魔的方法。1997年6月，在霍格沃茨的一次对战中，斯内普按照计划杀死了邓布利多。

在《哈利·波特与死亡圣器》中，哈利在国王十字路口火车站的幻境中见到了邓布利多。邓布利多表示为哈利感到骄傲，并且讲述了自己人生中面临的各种选择。后来，哈利给自己的一个孩子取名阿不思，以纪念阿不思·邓布利多。

在《哈利·波特与被诅咒的孩子》中，哈利和邓布利多的画像进行交谈。邓布利多建议哈利坦然接受他的儿子阿不思。谈及邓布利多过去的种种行为，哈利表示出失望，但是两人承认依然深爱彼此。

～（不含巧克力蛙）～

巧克力蛙卡片上的100位著名巫师

巧克力蛙是在巫师界中流行的一种设计成青蛙形状的纯巧克力糖果，包装内会附赠一张集换卡，每张集换卡上都印有一位世界著名巫师。

J.K. 罗琳私下为这些巫师写了不少有趣的背景故事，其中很多角色都出现在了《哈利·波特与密室》的电子游戏中或者 J.K. 罗琳官方网站上。

康奈利·阿格丽芭
阿基·阿尔德顿
无敌的安得罗斯
希思科特·巴巴里
穆斯多拉·巴克维斯
奥斯瓦尔德·比米什
弗莱维·贝尔比
巴尔弗·布兰
比阿特丽克斯·布洛克萨姆
芒戈·博纳姆
贝蒂·博特
格丽塔·卡奇洛夫
格兰达·奇托克
喀耳刻
艾尔弗丽达·克拉格
克丽奥娜
克里斯平·克朗克
吉迪翁·克拉姆
戴西·多德里奇
柯利·杜克
阿不思·邓布利多
威尔福·埃尔菲克
时刻准备的埃塞尔雷德
波佩图阿·范考特
胆小的福伯特
迪芙娜·弗马吉
米兰达·戈沙克
默顿·格雷维斯
马屁精格雷戈里
阿博瑞克·格伦尼恩
戈德里克·格兰芬多
戈斯穆尔的冈希尔达
伍德克罗夫特的汉吉斯
卑鄙的海尔波
格洛弗·希普沃思
赫尔加·赫奇帕奇
格韦诺格·琼斯
罗兰·凯格
埃拉朵拉·凯特里奇
蒙太·奈特利
阿特米希亚·勒夫金
梅芙女王
博蒙特·马奇班克斯
恶人墨瑞克
拉弗恩·德·蒙莫朗西
莫佳娜
布尔多克·马尔登
霍诺利亚·纳特科姆
邓巴·奥格尔索普
昌西·奥尔德里奇
格恩多琳·奥利芬特
吉福德·奥勒敦
帕拉瑟
格兰莫·珀克斯
贾斯特斯·皮利维克

卡洛塔·平克斯通
亚德利·普拉特
罗德里·普伦顿
米拉贝拉·普伦基特
孔博
格里弗·波凯比
哈利·波特
波托勒米
泽维尔·拉斯特里克
罗伊纳·拉文克劳
阿尔莫里克·索布里奇
纽特·斯卡曼德
德文特·辛普林
格斯帕德·辛格顿
萨拉查·斯莱特林
利奥波迪娜·斯梅绥克

布伦海姆·斯托克
海斯帕·斯塔基
埃德加·斯特劳格
格罗根·斯顿普
费利克斯·萨默比
哈夫洛克·斯威廷
若库达·塞克斯
奥尔西诺·斯拉斯顿
萨迪厄斯·瑟克尔
蒂莉·托克
艾伯塔·图赛尔
多纳汉·特姆利特
萨克丽莎·塔格伍德
诺威尔·唐克
怪人尤里克
卡桑德拉·瓦布拉斯基

约塞利德·瓦德考克
阿德贝·沃夫林
迈伦·瓦格泰尔
塞蒂娜·沃贝克
多卡斯·维尔比拉夫
怪人温德林
布丽奇特·温洛克
德夫林·怀特霍恩
伊格内希娅·怀尔德史密斯
赫尔曼·温廷汉姆
斯托达德·威瑟斯
鲍曼·赖特
西普里·尤德尔

角色事件

虽然波托勒米在哈利·波特系列小说原著中有提及，但是并没有出现在《哈利·波特与密室》的电子游戏中。

阿利安娜·邓布利多 Ariana Dumbledore

阿利安娜·邓布利多首次被提及是在《哈利·波特与死亡圣器》中，她是阿不思·邓布利多的妹妹。小时候，阿利安娜因使用魔法而遭到麻瓜小孩的攻击，这些经历给她留下了一生无法磨灭的心理创伤，让她无法控制自己的魔法。14岁那年，阿利安娜在哥哥阿不福思和盖勒特·格林德沃的一次决斗中不幸身亡。

奥睿利乌斯·邓布利多 Aurelius Dumbledore

见28页“克莱登斯·巴瑞波恩”。

坎德拉·邓布利多 Kendra Dumbledore

坎德拉·邓布利多首次被提及是在《哈利·波特与死亡圣器》中，她是阿不思、阿不福思和阿利安娜的母亲。坎德拉是因为女儿阿利安娜魔法失控而不幸被杀，对于这起悲剧，阿不思、阿不福思兄弟始终守口如瓶。这件事也催生了关于这家人的各种谣言。

珀西瓦尔·邓布利多 Percival Dumbledore

珀西瓦尔·邓布利多首次被提及是在《哈利·波特与死亡圣器》中，他是阿不思、阿不福思和阿利安娜的父亲。珀西瓦尔因为攻击三个袭击他女儿的麻瓜男子而被关入阿兹卡班监狱，并最终死于狱中。

达力·德思礼 Dudley Dursley

首次提及 《哈利·波特与魔法石》

类别 麻瓜

性别 男性

外表 蓝眼睛，浓密金发，身材壮硕

学校 圣格里高利小学，斯梅廷中学

相关家族 波特家族，伊万斯家族

技能与成就

斯梅廷中学拳击冠军

角色事件

达力因为胖到穿不下校服而被学校勒令节食

达力·德思礼是弗农·德思礼和佩妮·德思礼的独子，他从小开始欺凌表弟哈利。德思礼夫妇对这个儿子十分溺爱，经常送他礼物，而外甥哈利却只能挤在楼梯下的储物间里睡觉。当鲁伯·海格来到德思礼家给哈利送霍格沃茨入学通知信时，达力毫不客气地吃掉了哈利的生日蛋糕，海格立刻用魔法让达力长出了一条猪尾巴，最后达力不得不去私人医院接受切除手术。几年后，当韦斯莱一家来德思礼家接哈利时，弗雷德和乔治·韦斯莱双胞胎兄弟俩给了达力一个肥舌太妃糖，导致他的舌头肿胀起来。这些事件让达力变得和他的父亲一样恐惧和憎恨魔法。进入青春期后，达力开始学习拳击，并且组建了自己的帮派，四处惹是生非，欺负弱小。在哈利从摄魂怪手中救出达力后，达力对这个“怪胎”表弟的态度才发生转变，两人最终和解。在《哈利·波特与被诅咒的孩子》中，达力·德思礼把哈利第一天被送至德思礼家时包裹的毯子送还给了哈利。

“三十六个。比去年的礼物少了两个！”

——达力·德思礼，《哈利·波特与魔法石》

玛姬·德思礼 Marge Dursley

玛姬·德思礼首次被提及是在《哈利·波特与魔法石》中，人高马大的玛姬是弗农·德思礼的姐姐，也是达力·德思礼的姑妈。在《哈利·波特与阿兹卡班的囚徒》中，当她对哈利父母出言不逊时，愤怒的哈利无意中用魔法把她吹胀成了一个气球。最后魔法部把她变回原样，并清除了她的记忆。

佩妮·德思礼 Petunia Dursley

首次提及 《哈利·波特与魔法石》

类别 麻瓜

性别 女性

外表 身材偏瘦，金发，长脖子

相关家族 波特家族，伊万斯家族

技能与成就

- 母亲
- 监视邻居
- 园艺

角色事件

佩妮厌恶魔法，从小就厌恶自己的妹妹会魔法

佩妮·伊万斯是弗农·德思礼的妻子，随夫姓。她是莉莉·伊万斯（婚后随夫姓波特）的姐姐，是哈利·波特的姨妈。身为莉莉的麻瓜姐姐，在莉莉夫妇被害后，佩妮成了外甥哈利的监护人。她和丈夫弗农、儿子达力一样，都很厌恶哈利以及一切与魔法相关的东西。在《哈利·波特与被诅咒的孩子》中，佩妮已经去世，她儿子达力把哈利小时候刚被送来她家时包裹的毯子送给了他。

“巫师总喜欢乱碰别人的东西！”

——佩妮·德思礼，《哈利·波特与死亡圣器》

弗农·德思礼 Vernon Dursley

首次提及 《哈利·波特与魔法石》

类别 麻瓜

性别 男性

外表 身材硕大，黑发，浓密的小胡子，小眼睛，粗脖子

学校 斯梅廷中学

相关家族 波特家族，伊万斯家族

角色事件

弗农是“哈利·波特”系列小说中第一个登场的角色

弗农·德思礼和他的妻子佩妮一样，很重视“正常”的生活，并且本能地反感一切和巫师世界有关的东西。弗农个性傲慢，又恐惧魔法，所以总是毫不掩饰对寄居在家中的外甥哈利·波特的厌恶，并把他视作累赘。在《哈利·波特与死亡圣器》中，凤凰社成员把弗农、佩妮和达力从女贞路4号转移至安全地带，避免他们成为食死徒的目标。

“我可不要花钱让一个老疯子教他变戏法！”

——弗农·德思礼，《哈利·波特与魔法石》

海因里希·埃伯斯塔 Heinrich Eberstadt

在《神奇动物在哪里》（2016年电影）中，海因里希·埃伯斯塔是一名瑞士巫师，也是国际巫师联合会代表，他参加了讨论追捕盖勒特·格林德沃的紧急会议。

玛丽埃塔·艾克莫 Marietta Edgecombe

玛丽埃塔·艾克莫首次被提及是在《哈利·波特与凤凰社》中，她是拉文克劳学院的一名学生，在秋·张的劝说下不情愿地加入了邓布利多军。玛丽埃塔的母亲在魔法部工作，因为担心母亲的工作受牵连，很快便向魔法部官员多洛雷斯·乌姆里奇告发了邓布利多军。

艾克莫夫人 Mrs. Edgecombe

在《哈利·波特与凤凰社》中，玛丽埃塔·艾克莫的母亲艾克莫夫人（姓名不详）是魔法部飞路网的一名管理员，也是多洛雷斯·乌姆里奇的同事。她和魔法部部长康奈利·福吉观点一致，并不相信伏地魔已经重出江湖。

E

恶怪埃格伯特 Egbert the Egregious

恶怪埃格伯特首次被提及是在《哈利·波特与死亡圣器》中，他是中世纪的一名巫师，为了获得老魔杖，他杀死了恶人墨瑞克。邓布利多猜测埃格伯特应该也没活太久。

艾克斯蒂斯 Ekrizdis

根据Wizarding World网站上的资料，艾克斯蒂斯是一名黑巫师，是阿兹卡班小岛的最初居住者，常在那里进行黑魔法实验。在他死后，魔法部发现了这个隐秘的小岛，并把它改建成著名的阿兹卡班监狱。

急先锋艾尔弗里克 Elfric the Eager

急先锋艾尔弗里克首次被提及是在《哈利·波特与魔法石》中，他是巫师历史中一次著名起义事件的发起人。在复习魔法师考试时，赫敏·格兰杰专门研究了这一历史事件，但是考试中并未考到相关问题。

埃勒比 Ellerby

根据《神奇的魁地奇球》，埃勒比（全名不详）和埃布尔·巴德摩一起创建了埃勒比和巴德摩飞天扫帚公司。这家公司最有名的两款扫帚分别是脱弦箭和迅捷达。

艾尔西 Elsie

在《神奇动物：格林德沃之罪》中，纽特·斯卡曼德的助手班蒂告诉纽特一只名叫艾尔西的动物病情已经好转，但关于这只动物并没有更多相关信息。

恶人墨瑞克 Emeric the Evil

恶人墨瑞克首次被提及是在《哈利·波特与魔法石》中，他是中世纪时期的一名巫师，曾经是老魔杖的主人。卡思伯特·宾斯教授在魔法史课上提到过他的名字。

艾尼德伯母 Great Auntie Enid

艾尼德伯母首次被提及是在《哈利·波特与魔法石》中，她是纳威·隆巴顿的伯母。当纳威的伯父阿尔吉为了证明纳威的魔法能力，把八岁的纳威拎出窗外时，艾尼德递给阿尔吉一块蛋白酥，阿尔吉伸手去接，导致纳威坠落，最终证明纳威不是哑炮。

埃罗尔 Errol

埃罗尔首次被提及是在《哈利·波特与密室》中，它是韦斯莱家的猫头鹰，负责寄送邮件和包裹。1994年，埃罗尔已经“老得不中用”：因为视力衰退，它经常在飞行中出现问题。

埃斯波西托太太 Mrs. Esposito

在《神奇动物在哪里》（2016年电影）中，埃斯波西托太太是蒂娜和奎妮·戈德斯坦姐妹的房东，她严禁租客把男性带回家。

马克·伊万斯 Mark Evans

马克·伊万斯首次被提及是在《哈利·波特与凤凰社》中，他是一个十岁的男孩，住在德思礼一家附近。哈利表哥达力·德思礼和他的一帮朋友把马克打了一顿后，遭到哈利的当面质问。

伊万斯夫妇 Mr. and Mrs. Evans

伊万斯夫妇首次被提及是在《哈利·波特与魔法石》中，伊万斯夫妇是佩妮·德思礼和莉莉·波特（婚后改随夫姓）的父母，他们非常宠爱会魔法的莉莉。他们和马克·伊万斯并无血缘关系。

埃弗拉 Everard

在《哈利·波特与凤凰社》中，阿不思·邓布利多找到霍格沃茨前任校长埃弗拉的画像，让他通知魔法部亚瑟·韦斯莱遭到了攻击。

牙牙 Fang

首次提及 《哈利·波特与魔法石》

类别 猎犬

性别 雄性

外表 大型犬，黑毛

相关家族 海格家族

角色事件

在对战多洛雷斯·乌姆里奇时，牙牙为了保护鲁伯·海格而被昏迷咒击中

牙牙是鲁伯·海格养的狗，经常陪着海格一起去禁林。他对海格的保护欲很强，但是大部分时候很胆小。在《哈利·波特与“混血王子”》中，牙牙出席了八眼巨蛛阿拉戈克的葬礼。

杰玛·法利 Gemma Farley

根据Wizarding World网站上的资料，杰玛·法利是斯莱特林的一名级长，她给斯莱特林学院的新生写了一封欢迎信。

胖修士 The Fat Friar

首次提及

《哈利·波特与魔法石》

类别 幽灵

性别 男性

外表 身材矮胖，穿着修道士服装

学校 霍格沃茨

学院 赫奇帕奇

技能与成就

魔法治疗

角色事件

胖修士是一个非常善良的幽灵。哈利第一次见到胖修士时，胖修士正在对其他幽灵说，不管皮皮鬼最近搞出了什么麻烦，大家都应该原谅他。

胖修士是赫奇帕奇学院的幽灵，他性格开朗、平易近人。他在世的时候，只需用一根棍子轻轻一戳，便可以治好农民的痘类疾病，并因此而远近闻名。但是，这种异常的治疗方式和喜欢从圣餐杯中变出兔子的习惯让他惹祸上身，使他因此而遭到处决。

胖夫人 The Fat Lady

首次提及
《哈利·波特与魔法石》

类别 画像

性别 女性

外表 身材肥胖，穿着粉色丝裙

技能与成就
负责格兰芬多塔楼的守卫

角色事件
西弗勒斯·斯内普闯入格兰芬多塔楼时攻击了胖夫人的画像

胖夫人是一位女性的画像，她在格兰芬多塔楼的入口处担任守卫。当格兰芬多学生说出正确的密码后，画像才会打开门让他们进入。

福西特 Fawcett

福西特首次被提及是在《哈利·波特与密室》中，在《哈利·波特与火焰杯》中，她试图通过服用增龄剂把自己的名字投入火焰杯，没想到计划失败，她因此长出了长长的白胡子。圣诞舞会期间，她因为和斯特宾斯躲在外面约会被抓，导致所在的拉文克劳学院被扣10分。

福克斯 Fawkes

首次提及 《哈利·波特与密室》

类别 凤凰

性别 雄性

外表 雏鸟时期又小又皱；成年后全身长满赤金色羽毛

相关家族 邓布利多家族

技能与成就

- 可以携带重物和传送信件
- 非常忠诚
- 其眼泪具有疗伤的奇效
- 其歌声能让心灵纯洁之人充满力量与希望

角色事件

哈利·波特和伏地魔的魔杖杖芯都是出自福克斯的羽毛，因此这两只魔杖无法正常对决。哈利和伏地魔在小汉格顿墓地对决时，魔杖产生连接，随后福克斯的歌声响起，哈利的魔杖迫使伏地魔的魔杖重现了他之前使用的咒语

福克斯是阿不思·邓布利多养的一只凤凰。它对邓布利多忠心耿耿，并且对所有忠于邓布利多的人也表示忠诚。哈利第一次见到福克斯时，就见证了它如何涅槃重生。哈利在密室中展示出对邓布利多的忠诚之后，福克斯立刻赶来帮助哈利，它啄瞎了蛇怪的眼睛，扔下了分院帽，哈利从分院帽中拔出了格兰芬多之剑。

福克斯用它的眼泪为哈利治疗过两次：一次是在哈利被蛇怪袭击身负重伤后，另一次是在三强争霸赛的第三项比赛中哈利被八眼巨蛛袭击后。

当多洛雷斯·乌姆里奇发现邓布利多军的存在时，邓布利多带着福克斯一起逃走。在邓布利多被害后，福克斯的歌声响彻霍格沃茨校园，抚慰众人悲痛的心。

本吉·芬威克 Benjy Fenwick

本吉·芬威克首次被提及是在《哈利·波特与凤凰社》中，他是凤凰社的成员，在1981年被食死徒杀害。据阿拉斯托·穆迪表示，芬威克的尸体被发现时只剩下一些尸块。

阿拉贝拉·费格 Arabella Figg

阿拉贝拉·费格即费格太太，首次被提及是在《哈利·波特与魔法石》中，她住在哈利·波特与德思礼一家附近，是一名哑炮，喜欢饲养混血猫狸子。她经常照顾哈利，并且替邓布利多暗中监护哈利。

阿格斯·费尔奇 Argus Filch

首次提及 《哈利·波特与魔法石》

类别 哑炮

性别 男性

外表 驼背，眼睛暴突，下巴经常颤抖

技能与成就

- 麻瓜保洁能力
- 深谙各种体罚手段
- 参加过快速念咒函授课
- 对霍格沃茨的密道了如指掌

角色事件

密室被打开后，费尔奇的猫洛丽丝夫人被蛇怪石化，费尔奇悲痛欲绝，并且坚信这是哈利搞的鬼

阿格斯·费尔奇是一个哑炮，也是霍格沃茨的管理员。他很喜欢关人禁闭，并且打心底希望能把违规学生的手腕铐起来吊在天花板上，为此他经常在办公室里给锁链上油，以备不时之需。在《哈利·波特与凤凰社》中，多洛雷斯·乌姆里奇来到霍格沃茨教授黑魔法防御课，费尔奇非常支持这个性格残暴的新老师。

“批准鞭刑……可算让我等到了……他们早该尝尝鞭子的味道了……”

——阿格斯·费尔奇，《哈利·波特与凤凰社》

费力拔博士 Dr. Filibuster

费力拔博士首次被提及是在《哈利·波特与密室》中，目前不确定他是否是一名巫师，但他是各种魔法烟火的发明者，包括弗雷德和乔治·韦斯莱兄弟俩买来喂火蜥蜴吃的自动点火、见水开花神奇烟火。哈利·波特预言了韦斯莱兄弟将会“让费力拔博士失业”。

贾斯廷·芬列里 Justin Finch-Fletchley

首次提及 《哈利·波特与魔法石》

类别 男巫

性别 男性

外表 卷发

学校 霍格沃茨

学院 赫奇帕奇

技能与成就

邓布利多军成员

角色事件

贾斯廷原本是要去伊顿学院上学，后来发现自己拥有魔法天赋，才去了霍格沃茨

贾斯廷·芬列里是一名有麻瓜血统的赫奇帕奇学院学生，和哈利·波特同年级。虽然被蛇怪石化，但他还是幸存下来了。后来他加入了邓布利多军。七年级时，他很可能因为自己的麻瓜血统身份而被迫逃亡。

芬列里夫妇 Mr. and Mrs. Finch-Fletchley

芬列里夫妇首次被提及是在《哈利·波特与密室》中，他们是贾斯廷·芬列里的麻瓜父母。为了让母亲理解他去霍格沃茨上学的激动之情，贾斯廷让母亲阅读吉德罗·洛哈特的著作。

无畏者芬戈尔 Fingal the Fearless

根据《神奇的魁地奇球》，无畏者芬戈尔是一名传奇爱尔兰巫师，也是高跷火桶的冠军。高跷火桶是魁地奇出现之前的一项飞天扫帚运动，参赛选手要骑着飞天扫帚，带着一个被称作“多姆”的球穿越一系列燃烧的火桶。

巴纳布斯·芬克利 Barnabus Finkley

巴纳布斯·芬克利首次被提及是在《哈利·波特与死亡圣器》中，他是一位非常有名且成就显赫的巫师，著名的“巴纳布斯·芬克利优异施咒手法奖”就是以他的名字命名的。阿不思·邓布利多在霍格沃茨就读时就获得了这一奖项。

芬恩 Finn

芬恩首次被提及是在《神奇动物在哪里》（2016年电影）中，它是一只护树罗锅，和其他神奇生物一起生活在纽特·斯卡曼德的箱子里。它很喜欢给纽特最宠爱的护树罗锅皮克特找麻烦。

斐尼甘夫妇 Mr. and Mrs. Finnigan

斐尼甘夫妇首次被提及是在《哈利·波特与魔法石》中，他们是西莫·斐尼甘的父母。西莫说他的父亲原本并不知道他的母亲是个女巫。在《哈利·波特与凤凰社》中，当哈利说伏地魔已经卷土重来时，斐尼甘夫人并不相信哈利。

西莫·斐尼甘 Seamus Finnigan

首次提及

《哈利·波特与魔法石》

类别 男巫

性别 男性

外表 浅茶色头发

学校 霍格沃茨

学院 格兰芬多

守护神 狐狸

技能与成就

- 邓布利多军成员
- 参加霍格沃茨之战

角色事件

西莫的博格特（一种黑魔法变形生物，能够看透人的内心，变成其最害怕的东西）是一只女鬼的形态

西莫·斐尼甘是一名爱尔兰巫师，他和哈利同一年级，而且也是格兰芬多的学生。在《哈利·波特与死亡圣器》中，他加入了反抗卡罗兄妹的行动，并在霍格沃茨之战中从摄魂怪的手中救出了哈利。

费伦泽 Firenze

首次提及

《哈利·波特与魔法石》

类别 马人

性别 男性

外表 金发，蓝色眼睛，金黄色毛发

技能与成就

- 占卜
- 参加霍格沃茨之战

角色事件

马人是一种非常骄傲的生物，并且极度鄙视人类。费伦泽答应在霍格沃茨教占卜课后，其他马人愤怒至极，要不是海格及时相助，费伦泽差点被他的同族所杀

费伦泽是一只生活在霍格沃茨禁林里的马人。不同于其他马人，他对人类非常友好，甚至让哈利骑在他的背上，还答应在霍格沃茨任教。

威尔海姆·费歇尔 Wilhelm Fischer

首次提及
Wizarding World 网站

类别 男巫

性别 男性

学校 伊尔弗莫尼（推测）

技能与成就
傲罗

角色事件
威尔海姆·费歇尔的后代在美国巫师社会中受到极高的尊重

根据Wizarding World网站的资料，威尔海姆·费歇尔是美国十二名初代傲罗之一。傲罗的唯一工作就是追捕肃清者，也就是猎杀巫师的雇佣兵。

尼可·勒梅 Nicolas Flamel

首次提及
《哈利·波特与魔法石》

类别 男巫

性别 男性

外表 瘦弱，白色长发

技能与成就
·炼金术师
·发明魔法石

角色事件
尼可·勒梅是14世纪法国一名真实存在的历史人物

尼可·勒梅是一名法国巫师，他发明了魔法石——一种能够把任何金属变成金子的炼金术制品。魔法石还能制造出长生不老药，定期服用便可以让人获得永生。尼可·勒梅和他的妻子佩雷纳尔活了超过六百年。他们一直和邓布利多保持联系。

佩雷纳尔·勒梅 Perenelle Flamel

佩雷纳尔·勒梅首次被提及是在《哈利·波特与魔法石》中，她是著名炼金术师尼可·勒梅的妻子。她喝下了长生不老药，并活了六百多年。最后，夫妇两人商量好摧毁魔法石，不久之后他们便去世。

安格斯·弗利特 Angus Fleet

在《哈利·波特与密室》中,《预言家日报》报道称，1992年9月1日，一个叫安格斯·弗利特的苏格兰麻瓜碰巧看到罗恩·韦斯莱开往霍格沃茨的福特飞行车。

弗利特伍德 Fleetwood

弗利特伍德首次被提及是在《哈利·波特与阿兹卡班的囚徒》中。弗利特伍德速洁把手增光剂是一种飞天扫帚保养产品，尚不清楚这个弗利特伍德是否是巫师。

艾伯尔·弗莱明 Able Fleming

根据Wizarding World网站上的资料，艾伯尔·弗莱明是一名美国巫师，曾担任美国魔法国会的主席。美国独立战争期间，他被迫把美国殖民地的魔法首都迁至华盛顿。

蒙顿格斯·弗莱奇 Mundungus Fletcher

蒙顿格斯·弗莱奇首次被提及是在《哈利·波特与凤凰社》中，他是一名背景可疑的巫师，也是凤凰社的成员。在凤凰社护送哈利·波特前往陋居时，弗莱奇伪装成为哈利以保护他。但是，在伏地魔展开攻击时，弗莱奇由于害怕而使幻影显形，导致同伴阿拉斯托·穆迪被害。

菲尼亚斯·弗莱奇 Phineas Fletcher

菲尼亚斯·弗莱奇首次被提及是在2017版的《神奇动物在哪里》中，他的隐形兽逃跑后和一只食尸鬼杂交，意外诞生出暴力的隐匿怪。

马库斯·弗林特 Marcus Flint

在哈利·波特上一年级的时候，马库斯·弗林特是斯莱特林魁地奇球队的追球手兼队长。他和格兰芬多魁地奇球队队长奥利弗·伍德是死对头，因喜欢使诈而臭名昭著。在《哈利·波特与阿兹卡班的囚徒》中，弗林特、德拉科·马尔福、文森特·克拉布和格雷戈里·高尔假扮成摄魂怪，试图影响哈利在魁地奇球比赛中的表现。

菲利乌斯·弗利维 Filius Flitwick

首次提及 《哈利·波特与魔法石》

类别 男巫

性别 男性

外表 身材非常矮小，上课时要站在一堆书上才能看见讲台下的学生

学校 霍格沃茨

学院 拉文克劳

技能与成就

- 魔咒课教授
- 拉文克劳学院院长
- 参与霍格沃茨之战

角色事件

弗利维是个分院难题生，分院帽原本考虑把他分进格兰芬多，但最后还是分进了拉文克劳

菲利乌斯·弗利维是霍格沃茨的魔咒课老师，深受学生们的喜爱。有传言称他在年轻时是个决斗高手。在霍格沃茨之战期间，他击败了科班·亚克斯利和安东宁·多洛霍夫。

路威 Fluffy

首次提及 《哈利·波特与魔法石》

类别 三头犬

性别 雄性

外表 黑色，牙齿巨大

相关家族 海格家族

角色事件

只要播放点音乐就能让路威睡着

路威是一只三头犬，负责在霍格沃茨看守魔法石。路威是海格从别人手中买来的，后来才安排它看守魔法石。海格不小心向哈利、罗恩、赫敏和伏地魔透露了路威的弱点。

安布罗修·弗鲁姆 Ambrosius Flume

安布罗修·弗鲁姆首次被提及是在《哈利·波特与“混血王子”》中，他是霍格莫德村人气糖果店“蜂蜜公爵”的老板。他是霍拉斯·斯拉格霍恩教授最喜欢的学生之一，教授曾帮他介绍了第一份工作。后来，他成为糖果店老板，每年斯拉格霍恩过生日时都会给老师送上一大篮的糖果。

小雪 Flurry

小雪首次被提起是在《哈利·波特与被诅咒的孩子》中，他是斯科皮·马尔福想象出来的童年玩伴，两人因为在高步石的游戏规则上产生分歧而闹翻。当伏地魔私生女戴尔菲提到她小的时候有个想象出来的朋友时，斯科皮也聊起了小雪的故事。

艾吉尔伯特·冯塔纳 Agilbert Fontaine

艾吉尔伯特·冯塔纳首次被提及是在Wizarding World网站上。截至2016年，他依然是伊尔弗莫尼魔法学校的校长。

瑟达德·冯塔纳 Theodard Fontaine

根据Wizarding World网站上的资料，瑟达德·冯塔纳和另外十一名巫师自愿成为美国初代傲罗。初代傲罗中仅有两人安享晚年，他就是其中之一。

德克斯特·福斯科 Dexter Fortescue

德克斯特·福斯科首次被提及是在《哈利·波特与凤凰社》中，他曾担任霍格沃茨的校长，邓布利多的办公室挂有他的画像。当多洛雷斯·乌姆里奇和康奈利·福吉发现邓布利多军的存在并与邓布利多对峙时，德克斯特提出了抗议。

福洛林·福斯科 Florean Fortescue

福洛林·福斯科首次被提及是在《哈利·波特与阿兹卡班的囚徒》中，他在对角巷开了一家冰激凌店。在哈利升入三年级前的那个夏天，福洛林送了哈利不少免费圣代，还为他完成魔法史作业提供了帮助。在《哈利·波特与"混血王子"》中，福洛林遭到食死徒的绑架。

弗兰克 Frank

弗兰克首次被提及是在《神奇动物在哪里》（2016年电影）中，弗兰克是一只雷鸟，纽特·斯卡曼德在埃及时从贩子手中把它解救出来。在纽约市发生默默然袭击事件后，纽特释放出弗兰克，抹除掉所有麻鸡目击者的记忆。

雅恩·弗雷德里克斯 Yann Fredericks

在《哈利·波特与被诅咒的孩子》中，雅恩·弗雷德里克斯是和阿不思·波特、斯科皮·马尔福同年级的学生。看到阿不思被分进了斯莱特林学院后，雅恩表现得非常失望。

弗里德瓦法 Fridwulfa

弗里德瓦法首次被提及是在《哈利·波特与凤凰社》中，她是鲁伯·海格和格洛普的巨人母亲。在海格很小的时候，弗里德瓦法就抛弃了海格和她的人类丈夫，和他人生下格洛普。

维基·弗罗比舍 Vicky Frobisher

维基·弗罗比舍首次被提及是在《哈利·波特与凤凰社》中，为了参加魔咒俱乐部，她放弃了担任格兰芬多魁地奇球队守门员的机会。

法布斯特上校 Colonel Fubster

在《哈利·波特与阿兹卡班的囚徒》中，玛姬·德思礼姑妈来德思礼家时，只带走了她最喜欢的斗牛犬利皮。而把她养的其余的斗牛犬放在邻居法布斯特上校家寄养。

康奈利·福吉 Cornelius Fudge

康奈利·福吉首次被提及是在《哈利·波特与魔法石》中，在哈利·波特就读于霍格沃茨的前五年，康奈利·福吉一直是魔法部的部长。一开始他对哈利非常友善，但是后来他拒绝承认伏地魔重出江湖的事情，最终引咎辞职。

福吉夫人 Mrs. Fudge

福吉夫人是魔法部部长康奈利·福吉的妻子，姓名不详。在《哈利·波特与火焰杯》中，老巴蒂·克劳奇曾提起过她。

尤里克·甘普 Ulick Gamp

根据Wizarding World网站上的资料，尤里克·甘普是魔法部的首任部长，也是魔法法律执行司的创始人。麻瓜政府首相的办公室里就挂着他的画像。

科维努斯·冈特 Corvinus Gaunt

根据Wizarding World网站上的资料，科维努斯·冈特是萨拉查·斯莱特林的后代。霍格沃茨魔法学校修建地下排水系统时，科维努斯成功地守住了密室的秘密而未让外人发现。

葛姆蕾·冈特 Gormlaith Gaunt

根据Wizarding World网站上的资料，葛姆蕾·冈特是一名爱尔兰的纯血统女巫，也是伊索特·塞耶的姨妈。葛姆蕾热衷于黑魔法。在忍受了葛姆蕾多年的虐待后，伊索特横跨大西洋逃到了美洲，并在这里创办了伊尔弗莫尼魔法学校。

马沃罗·冈特 Marvolo Gaunt

马沃罗·冈特首次被提及是在《哈利·波特与密室》中，他是一个生性多疑、脾气暴虐的巫师，是伏地魔的外公。他和子女一直过着穷困潦倒的生活。他曾经因为袭击魔法部官员而在阿兹卡班监狱服刑，出狱后不久便去世。

梅洛普·冈特 Merope Gaunt

梅洛普·冈特首次被提及是在《哈利·波特与“混血王子”》中，她是萨拉查·斯莱特林的后代，也是马沃罗·冈特的女儿。她使用法术迷倒老汤姆·里德尔并和他结婚，两人育有一子。魔法效力退却后，老汤姆离开了梅洛普，随后梅洛普便死于贫困。他们的儿子汤姆·马沃罗·里德尔长大后成为了臭名昭著的伏地魔。

莫芬·冈特 Morfin Gaunt

莫芬·冈特首次被提及是在《哈利·波特与“混血王子”》中，和父亲马沃罗·冈特一样，莫芬·冈特也是一个性格暴虐的巫师，并且信仰纯血统至上主义。

吉本 Gibbon

在《哈利·波特与“混血王子”》中，吉本是一名食死徒，在西弗勒斯·斯内普杀害阿不思·邓布利多的当晚，就是吉本在霍格沃茨天文塔发射的黑魔标记。在天文塔之战期间，吉本被杀戮咒击中，当场死亡。

纳尔拉克 Gnarlak

在《神奇动物在哪里》（2016年电影）中，纳尔拉克是一只妖精，也是一家名叫“盲猪酒吧”的地下酒吧老板，偶尔也兼任蒂娜·戈德斯坦的线人。当被通缉的纽特·斯卡曼德光临纳尔拉克的酒吧时，他立刻通知了美国魔法国会。

戈德洛特 Godelot

戈德洛特首次被提及是在《哈利·波特与死亡圣器》中，他是一名中世纪的巫师，曾经是老魔杖的主人，他相信这支传奇魔杖是有智慧的。后来他被自己的儿子赫瑞沃德所杀害。

安东尼·戈德斯坦 Anthony Goldstein

安东尼·戈德斯坦首次被提及是在《哈利·波特与凤凰社》中，他是拉文克劳的一名级长。安东尼认为多洛雷斯·乌姆里奇没资格当黑魔法防御术老师。五年级时，安东尼加入了邓布利多军，并参加了霍格沃茨之战。

奎妮·戈德斯坦 Queenie Goldstein

首次提及 《神奇动物在哪里》（2016年电影）

类别 女巫

性别 女性

外表 金发，绿色眼睛，美得让人“眼前一亮”

学校 伊尔弗莫尼魔法学校

学院 普克奇学院

魔杖 蔷薇木，装饰艺术风格

相关家族 斯卡曼德家族

技能与成就

奎妮是天生的摄神取念师，拥有读取他人想法的能力

角色事件

美国女巫奎妮很难读取英国和法国巫师的思想，因为他们说话带口音

“啊，别担心，亲爱的，大部分男人第一次见到我，都和你一个想法。”

——奎妮·戈德斯坦，《神奇动物在哪里》（2016 年电影）

奎妮·戈德斯坦是一名美国女巫，和她的姐姐蒂娜·戈德斯坦一起生活在纽约市。姐妹俩都在美国魔法国会上班。虽然奎妮从事的是不起眼的文秘工作，除了煮咖啡和“用魔法洗厕所”就无事可做，但是她天生具备读心能力。

当蒂娜带着纽特·斯卡曼德和他的麻鸡伙伴雅各布·科瓦尔斯基回家时，奎妮非常惊讶。在此之前，奎妮从未和麻鸡打过交道，因为拉帕波特法律严禁魔法人士和非魔法人士进行交往。第二天，蒂娜和纽特被怀疑串通黑巫师盖勒特·格林沃德，并差点被处死，所幸二人被奎妮救出来。虽然有法律禁止，但是奎妮和雅各布之间还是擦出了爱情的火花。当一个默默然袭击了这座城市时，奎妮非常担心姐姐和新朋友的生命安全。得知他们全都安然无恙后，奎妮喜出望外，但这份快乐很快变成绝望，因为所有目击袭击事件的麻鸡都会被修改记忆。在雅各布被清除关于魔法世界的一切记忆之前，两人亲吻作别。

几个月后，纽特发现奎妮和雅各布又在一起了，而且奎妮对雅各布使用了一种爱情魔咒。纽特非常吃惊，并劝说奎妮停止使用这种不道德的咒语。雅各布清醒后，因为担心违反巫师世界法律而拒绝和奎妮结婚。孤独伤心的奎妮成为了格林德沃的目标。格林德沃许诺会让她和雅各布长相厮守。说服奎妮加入他的行列后，格林沃德立刻利用她的读心能力拉拢克莱登斯·巴瑞波恩。

蒂娜·戈德斯坦 Tina Goldstein

首次提及 《神奇动物在哪里》(2016年电影)

类别 女巫

性别 女性

外表 棕色短发，皮肤白皙，身材偏瘦

学校 伊尔弗莫尼魔法学校

学院 雷鸟

魔杖 粗大，设计实用

相关家族 斯卡曼德家族，洛夫古德家族

技能与成就

傲罗

角色事件

蒂娜和纽特·斯卡曼德的孙子罗夫·斯卡曼德娶了卢娜·洛夫古德为妻

“老实告诉我，箱子里还有别的东西吗？”

——蒂娜·戈德斯坦，《神奇动物在哪里》(2016年电影)

蒂娜·戈德斯坦是一名傲罗，就职于美国魔法国会。她心地善良，意志坚定，为了帮助被养母虐待的克莱登斯·巴瑞波恩，她不惜暴露自己的傲罗身份，在麻鸡面前使用了魔法。

第一次见到纽特·斯卡曼德，她就逮捕了这位魔法动物学家，因为他当着一名麻鸡——雅各布·科瓦尔斯基的面使用了魔法。蒂娜希望通过立功恢复自己的傲罗身份，但并未如愿。在搜寻纽特失踪的魔法生物时，蒂娜和纽特双双被指控参与盖勒特·格林德沃的活动，并被判处死刑。危急时刻，纽特释放出了一只蜷翼魔救了蒂娜一命，随后两人和蒂娜的妹妹奎妮、雅各布一起逃跑。后来，当克莱登斯·巴瑞波恩的默默然在城市中大肆破坏时，蒂娜认出了克莱登斯，并努力让他冷静下来。在蒂娜揭露出傲罗珀西瓦尔·格雷维斯的真实身份其实是格林沃德后，美国魔法国会恢复了她的傲罗身份。

在《格林沃德之罪》中，蒂娜被一则新闻误导，以为纽特和莉塔·莱斯特兰奇订婚，便和他断绝了联系。在得知克莱登斯出现在巴黎后，蒂娜前往法国寻找克莱登斯以维护魔法世界的和平与安全，但很快被一心想要杀死克莱登斯的巫师尤瑟夫·卡玛抓获。纽特和雅各布救出蒂娜后，蒂娜继续搜寻克莱登斯。为了重新获得蒂娜的爱，纽特同意潜入法国魔法部，寻找克莱登斯的记录，结果发现记录都是伪造的。不幸的是，蒂娜无法阻止妹妹加入黑巫师的阵营。蒂娜和纽特最后结婚了。

高高马 Golgomath

首次提及 《哈利·波特与凤凰社》

类别 巨人

性别 男性

外表 黑色头发，黑色牙齿，身形巨大

技能与成就

击败前任巨人首领卡库斯，并把他的头直接拧断

角色事件

高高马戴着一条用骨头串起的项链，里面有些似乎是人骨

高高马是北欧一支巨人部落的古戈（首领）。在《哈利·波特与凤凰社》中，海格讲述了他和奥利姆·马克西姆寻找高高马谈判的经历。

戈巴洛特 Golpalott

戈巴洛特首次被提及是在《哈利·波特与“混血王子”》中，他发现了关于制作混合毒药的解药的定律，被称为戈巴洛特三定律。《高级魔药制作》的课本中提到了戈巴洛特三定律。

戈登 Gordon

戈登首次被提及是在《哈利·波特与魔法石》中，他是达力·德思礼的一个朋友。在《哈利·波特与凤凰社》中，他很可能参加了对马克·伊万斯的霸凌。

德拉戈米尔·高尔格维奇
Dragomir Gorgovitch

在《哈利·波特与死亡圣器》中，德拉戈米尔·高尔格维奇是查德里火炮队的追球手，他也是单个赛季中投鬼飞球最多的纪录保持者。当哈利、罗恩和赫敏潜入古灵阁时，赫敏给罗恩取的假名叫德拉戈米尔·德斯帕德，可能就是源自德拉戈米尔的名字。

戈努克 Gornuk

戈努克首次被提及是在《哈利·波特与死亡圣器》中，他是一位在古灵阁巫师银行工作的妖精。在伏地魔和食死徒接管魔法部后，戈努克和泰德·唐克斯、迪安·托马斯、德克·克莱斯韦以及妖精拉环一起逃亡，但除了托马斯外其他人最终遭到搜捕队杀害。

米兰达·戈沙克 Miranda Goshawk

米兰达·戈沙克首次被提及是在《哈利·波特与魔法石》中，她是霍格沃茨教材《标准咒语》系列的作者。她是蝙蝠精咒的发明者，并且出现在了巧克力蛙卡片上。

高尔先生 Goyle Sr.

高尔先生首次被提及是在《哈利·波特与火焰杯》中，第一次巫师战争期间，高尔先生是一名食死徒。1995年伏地魔重出江湖之后，高尔回到了他的主人身边。他的儿子格雷戈里·高尔是德拉科·马尔福的密友。

格雷戈里·高尔 Gregory Goyle

首次提及 《哈利·波特与魔法石》

类别 男巫

性别 男性

外表 身材粗壮，头发又短又硬，小眼睛

学校 霍格沃茨

学院 斯莱特林

技能与成就

- 调查行动组成员
- 斯莱特林魁地奇球队击球手
- 参与霍格沃茨之战

角色事件

高尔的头发能把复方汤剂变成卡其色，并且使魔药不断冒泡

格雷戈里·高尔出生于一个黑巫师家庭。在霍格沃茨，他和文森特·克拉布是德拉科·马尔福的跟班和保镖。在阿米库斯·卡罗的指导下，高尔逐渐精通黑魔法。后来，罗恩和赫敏从克拉布召唤出的厉火中救了高尔和马尔福一命。

赫敏·珍·格兰杰 Hermione Jean Granger

首次提及 《哈利·波特与魔法石》

类别 女巫

性别 女性

外表 乱蓬蓬的棕色卷发，棕色眼睛，大门牙

学校 霍格沃茨

学院 格兰芬多

守护神 水獭

魔杖 葡萄藤木和火龙心脏神经，十又四分之三英寸

相关家族 韦斯莱家族

技能与成就

- 制造便携式防水火焰
- 家养小精灵权益促进会（S.P.E.W.）创始人
- 邓布利多军联合创始人
- 10门 O.W.L. 考试成绩均为“优秀”
- 摧毁一个魂器
- 参与霍格沃茨之战
- 魔法生物管理控制司成员
- 魔法法律执行司副司长
- 魔法部部长

角色事件

赫敏特别害怕失败，她的博格特就是麦格教授宣布她所有的课程全部挂科

“我希望你们对自己感到得意。我们很可能全部被杀，或者更惨——被开除。”

——赫敏·格兰杰，《哈利·波特与魔法石》

赫敏·格兰杰经常被誉为“同年龄段最聪明的女巫”。她出生自一个麻瓜家庭，父母都是牙医。在周围人眼中，赫敏就是个老师的宠儿，无所不知的优等生，但自从赫敏在巨怪事件中一人担下了所有责任后，她就和哈利·波特、罗恩·韦斯莱成为了最好的朋友。在三人的各种冒险中，赫敏大部分时候都扮演了一个侦探、研究者、智囊和理性之声的角色。她也很喜欢为他人打抱不平。

上一年级的时候，赫敏通过敏锐的观察力和研究能力，发现魔法石就藏在霍格沃茨。在三人组寻找魔法石的过程中，赫敏帮助大家逃脱了魔鬼网，并解开了魔药谜题。

二年级时，赫敏开始认识到自己的麻瓜血统让她在巫师世界中的处境非常危险。她努力调查斯莱特林传人的真实身份，甚至还为此制作了复方汤剂。全校只有赫敏发现斯莱特林的怪物是一只蛇怪，并推测出它在城堡中自由行动的方式。后来，虽然赫敏遭到石化，但她的研究依然帮助哈利和罗恩救了金妮一命。

赫敏上三年级时的风波不断：罗恩一口咬定是赫敏的宠物猫克鲁克山吃掉了他的宠物老鼠斑斑；哈利收到了一把神秘的火弩箭飞天扫帚，但因为赫敏向麦格教授打报告，这把飞天扫帚遭到没收；赫敏还同时报了许多门课，导致她分身乏术。但即便如此，她依然处处为他人着想。在对巴克比克的审判中，赫敏帮了海格不少忙，后来她还通过时间旅行拯救了巴克比克和小天狼星布莱克。

四年级时，在为哈利的三强争霸赛做准备中，赫敏发挥了至关重要的作用。在得知家养小精灵面临的种种社会不公后，赫敏创建了家养小精灵权益促进会（S.P.E.W.）。自从国际魁地奇巨星威克多尔·克鲁姆开始追求赫敏后，她就收到了大批小报媒体的关注和铺天盖地的恐吓信。

五年级时，赫敏和哈利创建了邓布利多军，领导学生对抗多洛雷斯·乌姆里奇和魔法部。她对加隆币使用了一个非常复杂的变化咒，可以通知邓布利多军成员集会的日期和时间。虽然她怀疑哈利中了敌人的计，但她依然协助哈利前往魔法部执行营救任务。在魔法部，赫敏遭到一名食死徒的诅咒攻击，但所幸没有伤及性命。

进入六年级后，赫敏变得非常失落：在魔药课上，她的表现不如已经掌握捷径的哈利，而且罗恩开始和拉文德·布朗约会。赫敏认为混血王子的咒语非常邪恶和危险，但在哈利怀疑西弗勒斯·斯内普时，赫敏却努力为斯内普辩护。当黑巫师潜入霍格沃茨时，赫敏是少有的几个对抗食死徒的学生。

虽然赫敏热爱学习，但在六年级结束后，她就离开霍格沃茨，和哈利、罗恩一起踏上摧毁魂器的旅程。旅途中，赫敏通过强大的保护性魔法、周详的计划和聪明的头脑，时刻保护着三人组的生命安全。当罗恩弃他们而去时，赫敏选择继续留在哈利身边。在三人被捕后，即便惨遭贝拉特里克斯·莱斯特兰奇的折磨，赫敏依然编造故事救下了所有人的命。在霍格沃茨之战中，赫敏英勇战斗，并摧毁了伏地魔的一个魂器。在战斗之中，赫敏亲吻了罗恩，两人终于确认了对彼此的感情。

战争结束后，赫敏进入魔法生物管理控制司和魔法法律执行司工作。工作期间，她努力废除魔法部许多针对边缘群体的不公正法律。赫敏和罗恩结婚并生下两个孩子——罗丝·韦斯莱和雨果·韦斯莱。

在《哈利·波特与被诅咒的孩子》中，赫敏已经升任魔法部部长，并且在办公室放着一个缴获的时间转换器。后来，伏地魔私生女戴尔菲为了复活伏地魔而偷走时间转换器，赫敏不得不竭尽所能保护魔法世界。在其中一条平行时间线中，赫敏在霍格沃茨担任黑魔法防御课的老师。

格兰杰先生 Mr. Granger

格兰杰先生首次被提及是在《哈利·波特与魔法石》中，他是一名牙医，也是赫敏·格兰杰的麻瓜爸爸。在帮助哈利·波特寻找魂器打败伏地魔期间，为了不让食死徒发现自己的爸爸，赫敏修改了他的记忆，并给他换了个名字叫温德尔·威尔金斯。

格兰杰夫人 Mrs. Granger

格兰杰夫人首次被提及是在《哈利·波特与魔法石》中，她是一名牙医，也是赫敏·格兰杰的麻瓜妈妈。为了保护她不受食死徒的伤害，赫敏做了一个艰难的决定，她用一忘皆空咒清除了她妈妈的记忆，并给她换了个名字叫莫妮卡·威尔金斯。第二次巫师战争结束后，赫敏再次和家人团聚。

刚度富士·格雷维斯 Gondulphus Graves

刚度富士·格雷维斯首次被提及是在Wizarding World网站上，他是登场于《神奇动物在哪里》（2016年电影）的珀西瓦尔·格雷维斯的祖先，也是美国魔法国会十二名初代傲罗之一。

默顿·格雷维斯 Merton Graves

默顿·格雷维斯首次被提及是在《哈利·波特与密室》的电子游戏中，她是超人气巫师乐队古怪姐妹的大提琴手。

珀西瓦尔·格雷维斯 Percival Graves

首次提及 《神奇动物在哪里》（2016年电影）

类别 男巫

性别 男性

外表 黑发

学校 伊尔弗莫尼魔法学校（推测）

技能与成就

- 傲罗
- 美国魔法法律执行部司长

角色事件

珀西瓦尔·格雷维斯是美国魔法国会十二名初代傲罗之一刚度富士·格雷维斯的后代

珀西瓦尔·格雷维斯是美国魔法国会的一名傲罗。1926年，黑巫师盖勒特·格林德沃伪装成珀西瓦尔，尚不清楚珀西瓦尔在此期间是被杀害还是被囚禁起来了。

“找到那个孩子，我们就自由了。”

——伪装成珀西瓦尔·格雷维斯的盖勒特·格林德沃，《神奇动物在哪里》（2016年电影）

格洛普 Grawp

格洛普首次被提及是在《哈利·波特与凤凰社》中，他是一名巨人，也是鲁伯·海格同母异父的弟弟。虽然格洛普起初对海格非常蛮横暴力，但是经过海格的教育，格洛普的性格变得温顺得多了。

阿斯托里亚·格林格拉斯

Astoria Greengrass

首次提及 Wizarding World 网站

类别 女巫

性别 女性

学校 霍格沃茨

学院 斯莱特林（推测）

相关家族 马尔福家族

角色事件

除了阿斯托里亚之外，整个哈利·波特系列中提到唯一一个有血液咒的角色是纳吉尼，她被诅咒不断变成蛇，直到失去人性为止

虽然阿斯托里亚身中血液咒，但她还是决定和丈夫德拉科·马尔福生一个孩子。阿斯托里亚的儿子斯科皮出生时，有传言称斯科皮其实是伏地魔的孩子。阿斯托里亚于2019年去世。

达芙妮·格林格拉斯 Daphne Greengrass

达芙妮·格林格拉斯首次被提及是在《哈利·波特与凤凰社》中，她和赫敏·格兰杰一起参加了魔咒学O.W.L.考试。她的妹妹阿斯托里亚后来嫁给了德拉科·马尔福。达芙妮、潘西·帕金森和米里森·伯斯德是哈利·波特就读于霍格沃茨期间仅有的三个有名有姓的斯莱特林女学生。

历届魔法部部长

正如每个国家都有国防部、情报部和财政部，巫师世界也有魔法部。

英国魔法社会的最高管理机构在1707年之前是巫师议会，1707年改为魔法部，尤里克·甘普成为首任魔法部部长。虽然魔法部常常应邀会见麻瓜政府首相，但是这两个政府机构并没有其他方面的联系。魔法部部长是通过民主选举产生的，没有任期限制，但是必须至少每七年进行一次选举。

尤里克·甘普
1707—1718

尤里克·甘普是魔法部的首任部长，也是魔法法律执行司的创建者。麻瓜政府首相的办公室里一直挂着一幅他的画像。

达摩克利斯·罗尔
1718—1726

珀尔修斯·帕金森
1726—1733

埃德里奇·迪戈里
1733—1747

艾伯特·布特
1747—1752

巴兹尔·弗莱克
1752

赫斯菲斯托斯·戈尔
1752—1770

马克西米兰·克劳迪
1770—1781

波蒂厄斯·纳奇布尔
1781—1789

安克谢斯·奥斯博特
1789—1798

阿特米希亚·勒夫金
1798—1811

格罗根·斯顿普
1811—1819

约瑟芬娜·弗林特
1819—1827

奥塔莱恩·甘布尔
1827—1835

拉道夫斯·莱斯特兰奇
1835—1841

部长试图关闭魔法部但未能成功，有传言称是这份工作的压力太大促使他辞职。

霍滕西亚·米里法特

1841—1849

伊万杰琳·奥平顿

1849—1855

普里西拉·杜邦

1855—1858

杜格德·麦克费尔

1858—1865

“啧子”法里斯·斯帕文

1865—1903

维努西亚·奎克利

1903—1912

阿切尔·埃弗蒙德

1912—1923

洛肯·麦克莱德

1923—1925

赫克托·弗利

1925—1939

伦纳德·斯潘塞-莫恩

1939—1948

威尔米娜·塔夫特

1948—1959

伊格内修斯·塔夫特

1959—1962

诺比·利奇

1962—1968

尤金尼娅·詹肯斯

1968—1975

哈罗德·明彻姆

1975—1980

米里森·巴格诺

1980—1990

米里森·巴格诺是在伏地魔杀害年幼的哈利·波特未遂的当晚入职魔法部部长的。为了庆祝伏地魔倒台，巫师们高调展开庆祝活动，对此米里森表示：“我坚决维护大家狂欢的权利。”

康奈利·福吉

1990—1996

在担任魔法部部长期间，康奈利·福吉组织了1994年的魁地奇世界杯比赛。当哈利宣称伏地魔已经重出江湖时，福吉和《预言家日报》联手“辟谣”。但是，后来福吉被迫承认伏地魔确实回来了。面对巫师社会的强烈谴责，福吉引咎辞职。

鲁弗斯·斯克林杰

1996—1997

鲁弗斯·斯克林杰部长是一名非常有能力的傲罗，但面对食死徒的渗透，他依然没能守住魔法部。当魔法部最终落入伏地魔手中后，伏地魔对鲁弗斯进行拷问，逼迫他交代哈利的下落。鲁弗斯最终死于严刑拷打。

皮尔斯·辛克尼斯

1997—1998

科班·亚克斯利对皮尔斯·辛克尼斯使用夺魂咒，标志着伏地魔完全控制了魔法部。在辛克尼斯任职期间，具有麻瓜血统的巫师遭受迫害、追捕和杀害。

金斯莱·沙克尔

1998—约 2019

金斯莱·沙克尔是一名经验丰富的傲罗，也是二代凤凰社的成员之一。在参加霍格沃茨之战后不久，他就被选为魔法部部长。他重建了魔法部，确保所有的食死徒都受到正义的制裁。

格里戈维奇 Gregorovitch

首次提及 《哈利·波特与火焰杯》

类别 男巫

性别 男性

外表 白发，浓密的胡须

魔杖 老魔杖

角色事件

威克多尔·克鲁姆的魔杖就是格里戈维奇制作的最后一批产品之一

格里戈维奇是一名欧洲魔杖制作师，他四处吹嘘自己拥有老魔杖，最后老魔杖却被格林德沃偷走。伏地魔为了问出老魔杖的下落，对格里戈维奇进行了百般折磨。

马屁精格雷戈里 Gregory the Smarmy

在《哈利·波特与魔法石》中，弗雷德和乔治·韦斯莱双胞胎兄弟说他们在马屁精格雷戈里的雕像后面发现了一条密道。马屁精格雷戈里是格雷戈里奉承剂的发明人。这位著名的中世纪魔药师还出现在了巧克力蛙卡片上。

格雷女士（海莲娜·拉文克劳）

The Grey Lady (Helena Ravenclaw)

首次提及 《哈利·波特与死亡圣器》

类别 幽灵

性别 女性

外表 长发及腰

学校 霍格沃茨

学院 拉文克劳

技能与成就

- 偷走母亲的拉文克劳冠冕
- 帮助哈利·波特找到拉文克劳冠冕魂器

角色事件

海莲娜把拉文克劳冠冕藏在阿尔巴尼亚的一个树洞里。汤姆·里德尔后来把这个冠冕变成了一个魂器

海莲娜·拉文克劳是大名鼎鼎的罗伊纳·拉文克劳的女儿，她偷走了母亲的魔法冠冕，后来遭到追求她的血人巴罗的杀害。海莲娜告诉了汤姆·里德尔拉文克劳冠冕的下落，后来又把她的故事告诉了哈利·波特。

“我希望变得比母亲更聪明，更重要。”

——格雷女士，《哈利·波特与死亡圣器》

芬里尔·格雷伯克 Fenrir Greyback

首次提及 《哈利·波特与“混血王子”》

类别 男巫，狼人

性别 男性

外表 长手长脚，灰色头发和胡子，牙齿锋利

技能与成就

伏地魔的追随者

角色事件

莱姆斯·卢平的父亲莱尔在法庭上冒犯了格雷伯克，为了报复，格雷伯克袭击了莱姆斯

格雷伯克鼓励其他狼人为伏地魔工作，并且将咬人致其感染变为狼人作为一种政治恐怖袭击的手段。格雷伯克在莱姆斯·卢平小时候袭击了他，还在非狼人的形态下袭击了比尔·韦斯莱。

格丽夫女士 Lady Grieve

格丽夫女士首次出现是在J.K.罗琳的官方网站上。格丽夫女士是亨利七世国王宫廷里的贵族侍女，她让尼古拉斯·德·敏西－波平顿爵士帮她整一整牙齿，结果尼古拉斯不小心给她变出了一根獠牙。尼古拉斯因此被斩首，但斧子砍了他45下还是没能把他的头彻底砍下来，这就是其绰号“差点没头的尼克”的由来。

格林尼·格里思 Glynnis Griffiths

根据《神奇的魁地奇球》，格林尼·格里思是霍利黑德哈比队的找球手,在1953年对阵海德堡猎犬队的比赛中,她花了7天时间才抓住金色飞贼。这场比赛被奉为有史以来最精彩的一场魁地奇球比赛。

甘纳·格林姆森 Gunnar Grimmson

在《神奇动物：格林德沃之罪》中，野兽猎人甘纳·格林姆森一直想要杀死纽特·斯卡曼德努力保护的动物。在盖勒特·格林德沃的命令下，格林姆森杀掉了科沃斯·莱斯特兰奇的混血小精灵伊尔玛·杜加尔德。

罗伯特·葛林斯汀奇 Robert Grimsditch

根据Wizarding World网站上的资料，罗伯特·葛林斯汀奇是美国十二名初代傲罗之一。他和其他初代傲罗为了全体巫师的安全而不惜牺牲自己的生命，在巫师历史上留下了浓墨重彩的一笔。

伊莱亚·格里姆斯通 Elias Grimstone

根据《神奇的魁地奇球》，伊莱亚·格里姆斯通是橡木箭79飞天扫帚的设计师。因为这款飞天扫帚重视的是飞行续航能力而非速度，所以并不适合魁地奇球比赛。

盖勒特·格林德沃 Gellert Grindelwald

首次提及 《哈利·波特与魔法石》

类别 男巫

性别 男性

外表 金发，相貌英俊

学校 德姆斯特朗

魔杖 老魔杖

相关家族 巴沙特家族

技能与成就

- 偷走老魔杖
- 占卜术
- 操控人心
- 在中欧地区实行恐怖统治

角色事件

格林德沃能借助一个头骨水烟向别人展示自己预见的场景

被德姆斯特朗魔法学校开除后，年轻的盖勒特·格林德沃和他的姑婆巴希达·巴沙特一起生活，并结识了阿不思·邓布利多。两个才华洋溢的巫师一拍即合，并且计划掀起一场巫师革命。但是，在阿不思弟弟阿不福思和格林德沃的一场决斗中，阿不思的妹妹阿利安娜意外身亡，阿不思和格林德沃的亲密关系就此破裂。

格林德沃偷走了老魔杖，并很快找到了一个生活在纽约的默然者——克莱登斯·巴瑞波恩。美国魔法协会意识到格林德沃越来越危险，于是将他逮捕，但是他成功逃狱，并且操控克莱登斯加入他的麾下。

在1945年的一场旷世决斗中，格林德沃败给了邓布利多。在接下来的几十年时间里，格林德沃都是在纽蒙迦德监狱中度过的。当伏地魔为了寻找威力无穷的老魔杖来拜访格林德沃时，格林德沃声称自己从来都没有这件死亡圣器，心有不悦的伏地魔当场杀死了格林德沃。

拉环 Griphook

首次提及

《哈利·波特与魔法石》

类别 妖精

性别 男性

外表 长手指，黑眼睛，皮肤灰黄，大脑袋，又细又黑的胡须

技能与成就

· 古灵阁银行雇员

· 能从妖精制造的金属物品中鉴别出赝品

角色事件

拉环认为，如果一个巫师拥有由妖精制作的物品，那么在他死后这些物品应该归还妖精。因此，在他看来，格兰芬多之剑就应该属于他

拉环在古灵阁巫师银行上班，也是第一个带领哈利·波特去波特金库的妖精。伏地魔接管古灵阁后，拉环离开了古灵阁，并帮助哈利、罗恩和赫敏潜入古灵阁，条件是要哈利把格兰芬多之剑交给他。

“你是一个与众不同的巫师，哈利·波特。”

——拉环，《哈利·波特与死亡圣器》

威尔米娜·格拉普兰 Wilhelmina Grubbly-Plank

威尔米娜·格拉普兰是一名保护神奇动物课教授，在《哈利·波特与火焰杯》和《哈利·波特与凤凰社》中，威尔米娜代替海格成了这门课的代课老师。令哈利惊讶的是，威尔米娜居然比海格教得更好。

阿博瑞克·格伦尼恩 Alberic Grunnion

阿博瑞克·格伦尼恩首次被提及是在《哈利·波特与魔法石》中，他是粪弹的发明者。在哈利·波特第一次搭乘前往霍格沃茨的特快列车时，就获得了阿博瑞克的巧克力蛙卡片。

戈德里克·格兰芬多 Godric Gryffindor

首次提及 《哈利·波特与魔法石》

类别 男巫

性别 男性

学校 霍格沃茨（联合创始人之一）

学院 格兰芬多（创始人）

技能与成就

- 霍格沃茨联合创始人之一
- 格兰芬多学院创始人
- 著名决斗大师

角色事件

阿不思·邓布利多和哈利·波特都在戈德里克山谷生活过

戈德里克·格兰芬多和赫尔加·赫奇帕奇、罗伊纳·拉文克劳、萨拉查·斯莱特林为霍格沃茨四大联合创始人。这四位好友对格兰芬多的帽子施加魔法，好让这顶帽子能在他们都去世之后负责新生分院的工作。后来，萨拉查·斯莱特林因为偏好纯血统而与格兰芬多产生分歧，两人从此分道扬镳。妖精国王莱格纳克一世费尽心血为格兰芬多锻造了一把镶有红宝石的宝剑，但是事后开始反悔，并指派手下去把宝剑偷回来。格兰芬多击退了前来偷剑的妖精，从此所有的妖精都记下了这笔账。在任何勇敢的格兰芬多学子有需要的时候，格兰芬多之剑都会神奇地出现。哈利·波特和纳威·隆巴顿在霍格沃茨期间都曾使用过这把剑。

戴维·格杰恩 Davey Gudgeon

在《哈利·波特与阿兹卡班的囚徒》中，莱姆斯·卢平提到一个叫戴维·格杰恩的学生，他曾经为了触摸打人柳的树干而忍受打人柳的抽打。这起事件发生后，霍格沃茨开始禁止学生靠近打人柳。

格拉迪丝·格杰恩 Gladys Gudgeon

格拉迪丝·格杰恩首次被提及是在《哈利·波特与密室》中，他是吉德罗·洛哈特的狂热粉丝之一，每周都坚持给洛哈特写信，即便在洛哈特被送入圣芒戈魔法伤病医院后也没有停止。

戈斯穆尔的冈希尔达 Gunhilda of Gorsemoor

戈斯穆尔的冈希尔达首次被提及是在《哈利·波特与阿兹卡班的囚徒》中，她是16世纪的一名著名治疗师，并且出现在了巧克力蛙卡片上。在霍格沃茨通往“蜂蜜公爵”糖果店的一条密道口，立着一尊她的雕像。

暴力手甘特 Günther the Violent

根据《神奇的魁地奇球》，暴力手甘特是中世纪时期的一名德国巫师，也是一名护柱戏选手。护柱戏是一种飞天扫帚比赛，在一幅1105年的甘特画像中，就描绘了这一运动的场景。

霍格沃茨四大学院

不管你是麻瓜血统还是纯血统，只要戴上一顶会说话的帽子，就能在霍格沃茨找到属于你的家。

霍格沃茨学校的四位联合创始人，也分别是四大学院的创始人，他们在教育年轻巫师方面各有特色。为了确保在他们去世之后他们的教学方式能够延续下去，四位创始人给戈德里克·格兰芬多的帽子施加魔法，使它能够根据学生的需求把他们分入不同的学院。每年九月，一年级新生都会聚集在礼堂，轮流戴上这顶古老的分院帽。经过一番沉思后，分院帽就会大声宣布这名新生将被分进哪个学院，而这个学院将成为该新生在霍格沃茨期间的家。虽然分院的过程通常很快，但是有些学生会让分院帽纠结很久。让分院帽犹豫五分钟以上的学生叫作“分院难题生”，但这种情况非常稀少。在哈利认识的人里面就有两个“分院难题生”：米勒娃·麦格和小矮星彼得。

准“分院难题生”

分院帽差点把赫敏·格兰杰分入了拉文克劳学院，并且拒绝了纳威·隆巴顿希望被分入赫奇帕奇学院的请求。

格兰芬多

戈德里克·格兰芬多喜欢意志坚定、有勇气、有胆识、有决心的学生。格兰芬多学子勇于面对任何挑战，但是也会因为过度自信而鲁莽行事。

知名格兰芬多学子：

阿不思·邓布利多
赫敏·格兰杰
鲁伯·海格
莱姆斯·卢平
米勒娃·麦格
差点没头的尼克
哈利·波特
罗恩·韦斯莱

赫奇帕奇

赫尔加·赫奇帕奇欢迎友善、耐心、忠诚的学生，但最看重的品质是努力。善良、公正的赫奇帕奇学子以优秀的草药学技能和热情好客而闻名，并且往往比同年龄的人更加谦逊。

知名赫奇帕奇学子：

汉娜·艾博
塞德里克·迪戈里
西尔瓦努斯·凯特尔伯恩
厄尼·麦克米兰
纽特·斯卡曼德
波莫娜·斯普劳特
尼法朵拉·唐克斯
胖修士

拉文克劳

罗伊纳·拉文克劳青睐头脑聪明、渴求知识的学生，他们热衷研究，不断努力磨炼自身技能。拉文克劳学子很重视原创能力，为了学习知识，他们愿意接受各种离经叛道的想法。

知名拉文克劳学子：

米里森·巴格诺
秋·张
菲利乌斯·弗利维
格雷女士
吉德罗·洛哈特
卢娜·洛夫古德
加里克·奥利凡德
西比尔·特里劳尼

斯莱特林

萨拉查·斯莱特林喜欢出类拔萃、头脑机敏的学生，他们足智多谋、野心勃勃，为达目的不择手段。斯莱特林学子通常都有强烈的防备心和攻击性，是非常强大的对手。

知名斯莱特林学子：

菲尼亚斯·奈杰勒斯·布莱克
血人巴罗
贝拉特里克斯·莱斯特兰奇
德拉科·马尔福
梅林
汤姆·马沃罗·里德尔
霍拉斯·斯拉格霍恩
西弗勒斯·斯内普

阿诺德·古兹曼 Arnold Guzman

阿诺德·古兹曼首次被提及是在《神奇动物：格林德沃之罪》中，1927年，他是国际巫师联合会的美国大使。纽特·斯卡曼德曾去魔法部找过古兹曼，希望能解除针对自己的国际旅游禁令。

格韦诺格 Gwenog

根据《神奇的魁地奇球》，格韦诺格是一个名叫格蒂·基德尔的女巫的朋友。11世纪，她们在魁地奇沼泽见证了早期魁地奇球的发展。

海格先生 Mr. Hagrid

首次提及
《哈利·波特与火焰杯》

类别 男巫（推测）

性别 男性

学校 霍格沃茨（推测）

技能与成就
单亲爸爸

角色事件
弗里德瓦法抛夫弃子而去时，儿子鲁伯·海格只有三岁

鲁伯·海格的父亲海格先生是一个人类，但是和女巨人弗里德瓦法产生了感情。弗里德瓦法抛夫弃子后，海格先生伤心欲绝。在儿子二年级时，海格先生就去世了。

鲁伯·海格 Rubeus Hagrid

首次提及 《哈利·波特与魔法石》

类别 半巨人半巫师

性别 男性

外表 身材巨大，蓬乱长发，胡须杂乱，黑色眼睛

学校 霍格沃茨

学院 格兰芬多

守护神 无（无法召唤守护神）

魔杖 橡木，十六英寸，质地柔韧（魔杖曾被折断过，推测已经过修复，并藏在一把粉色的雨伞中）

技能与成就
- 霍格沃茨教授（保护神奇动物课）
- 霍格沃茨守门人
- 凤凰社成员

角色事件
邓布利多曾说过他可以把身家性命托付给海格

“该来的迟早会来，一旦来了我们就必须面对。”

——鲁伯·海格，《哈利·波特与火焰杯》

鲁伯·海格是一名混血巨人，是霍格沃茨的守门人，是两代凤凰社成员，也是哈利·波特的好友。

海格在霍格沃茨读书时，因为被人诬陷打开密室而遭到开除。阿不思·邓布利多相信海格是清白的，所以让他待在学校当守门人。正是因为这件事，海格从此死心塌地追随邓布利多。

1981年哈利的双亲被害后，海格把哈利从房屋的废墟里救出来，护送至德思礼一家。十年之后，海格给哈利送来了霍格沃茨入学通知信，他也是第一个带领哈利进入巫师世界的人。

海格痴迷危险生物，包括但不限于龙、八眼巨蛛、三头犬路威、炸尾螺，而且他还养殖炸尾螺。哈利·波特进入三年级后，保护神奇动物课的老师就是海格。

虽然身材高大威猛，但是海格善良体贴，而且心思敏锐。1995年伏地魔重出江湖后，邓布利多派海格和同为混血巨人的奥利姆·马克西姆去找巨人族结盟。在此期间，海格遇见了自己同母异父的弟弟格洛普。格洛普是一个身高16英尺的巨人，但因为身材矮小而遭到其他巨人的欺凌。海格把格洛普带回来，并藏在禁林中。

在霍格沃茨之战期间，海格被食死徒俘虏。后来，伏地魔强迫悲痛的海格抱着哈利的尸体从森林里走出来，让所有人都看到哈利已死……

在《哈利·波特与死亡圣器》的结尾，海格依然健在，推测哈利送孩子上学时，海格仍旧在霍格沃茨工作。

哈德温 Hardwin

根据Wizarding World网站的资料，哈德温是哈利·波特的祖先。他娶了艾欧兰斯·佩弗利尔为妻，并继承了妻子家族的隐形衣。哈德温的父亲是斯廷奇库姆的林弗雷德。

索恩顿·哈卡威 Thornton Harkaway

索恩顿·哈卡威首次被提及是在Wizarding World网站上，他曾担任美国魔法国会的主席，后来因为他养的一群燕尾狗袭击了一群麻鸡而引咎辞职。

西塞隆·哈基斯 Ciceron Harkiss

在《哈利·波特与“混血王子”》中，霍拉斯·斯拉格霍恩回忆起，曾经把爱徒安布罗修·弗鲁姆介绍给西塞隆·哈基斯，让他帮忙介绍一份工作。多年过去后，弗鲁姆成为了“蜂蜜公爵”糖果店的老板，他坚持每年给斯拉格霍恩送糖果。

哈珀 Harper

在《哈利·波特与“混血王子”》中，哈利上六年级的时候，哈珀代替德拉科·马尔福成为了斯莱特林魁地奇球队的找球手，推测是因为当时的马尔福正忙着在有求必应屋执行他的计划。

海德薇 Hedwig

首次提及 《哈利·波特与魔法石》

类别 猫头鹰

性别 雌性

外表 浑身雪白的美丽猫头鹰

相关家族 波特家族

技能与成就

送信

角色事件

哈利·波特是从《魔法史》中找到“海德薇”这个名字的

海德薇是哈利·波特的白色猫头鹰宠物。海格在对角巷的咿啦猫头鹰商店买到这只猫头鹰，并送给哈利作为他的十一岁生日礼物。海德薇非常聪明，忠心耿耿，经常为哈利及罗恩、赫敏、海格、小天狼星等哈利的好友送信。海德薇会通过轻咬哈利的耳朵表现对主人的亲昵。但是，当哈利惹恼它的时候，它也会毫不客气地表达不满，并且会把问题怪罪在哈利头上，罗恩的飞行车坠落在打人柳上的那起事件就是最好的例子。海德薇是一只非常骄傲的猫头鹰，它似乎很看不起罗恩养的小猫头鹰朱薇琼，也很鄙视躲藏在热带地区的小天狼星用来送信的一群色彩斑斓的鸟。在七个波特之战期间，海德薇依然忠实地陪在哈利的身边。不幸的是，海德薇被杀戮咒击中并当场死亡，令哈利悲痛欲绝。

“她精神挺好的，之前几次给你送信时，差点没把我们啄死。”

——罗恩·韦斯莱，《哈利·波特与凤凰社》

伍德克罗夫特的汉吉斯
Hengist of Woodcroft

伍德克罗夫特的汉吉斯首次被提及是在《哈利·波特与魔法石》中，他是中世纪时期的一名苏格兰巫师，也是霍格莫德村的建立者。他出现在了巧克力蛙卡片上。

亨利 Henry

亨利出现于《神奇动物在哪里》（2016年电影）的结尾，他是雅各布·科瓦尔斯基的烘焙助手。在影片中，雅各布递给他一串储藏室的钥匙。

赫瑞沃德 Hereward

赫瑞沃德首次被提及是在《哈利·波特与死亡圣器》中，推测他在中世纪时期可能曾经是老魔杖的主人。老魔杖原本属于他的父亲戈德洛特，戈德洛特曾在自己的著作中对老魔杖赞不绝口。后来赫瑞沃德从父亲手中夺走老魔杖，并把父亲锁在地窖中等死。

赫梅斯 Hermes

赫梅斯是珀西·韦斯莱的猫头鹰。珀西当上级长时，父母莫丽和亚瑟买下这只猫头鹰作为礼物送给他。在《哈利·波特与凤凰社》中，珀西通过赫梅斯给弟弟罗恩送信，奉劝他与哈利“划清界限”。

卑鄙的海尔波 Herpo the Foul

卑鄙的海尔波首次被提及是在《神奇动物在哪里》（2016年电影）中，他是古希腊的一名黑巫师，并且被印在了巧克力蛙卡片上。他的成就包括培育出蛇怪（这只蛇怪活了超过900年），制造出第一个魂器。

尤拉莉·希克斯 Eulalie Hicks

在《神奇动物：格林德沃之罪》中，尤拉莉·希克斯是伊尔弗莫尼魔法学校的一名年轻美国教授。1927年，尼可·勒梅通过一本魔法书和尤拉莉进行交流，尤拉莉鼓励他加入拉雪兹神父公墓之战。

贝蒂·希格斯 Bertie Higgs

贝蒂·希格斯首次被提及是在《哈利·波特与“混血王子”》中，他和考迈克·麦克拉根、鲁弗斯·斯克林杰等人喜欢一起去诺福克郡捕猎矮猪怪。霍拉斯·斯拉格霍恩对希格斯非常了解，称他在巫师世界是一个有权势又有影响力的人。

特伦斯·希格斯 Terence Higgs

在《哈利·波特与魔法石》中，特伦斯·希格斯是斯莱特林魁地奇球队的一名找球手，也是哈利在当年赛季第一场比赛中的主要对手。后来德拉科·马尔福取代希格斯成为了斯莱特林的找球手。

罗伯特·希利亚德 Robert Hilliard

根据Wizarding World网站上的资料，罗伯特·希利亚德是拉文克劳学院的一名级长，他给拉文克劳学院的新生写了一封欢迎信。

郝琪 Hokey

首次提及 《哈利·波特与“混血王子”》

类别 家养小精灵

性别 女性

外表 个头很小；年纪很大；皮肤松垮，像纸一样

相关家族 史密斯家族

技能与成就

管理家务

角色事件

郝琪的记忆帮助邓布利多推测出了伏地魔七大魂器的两个究竟是什么

伏地魔杀害赫普兹巴·史密斯并夺走她的传家宝赫奇帕奇金杯和斯莱特林吊坠盒，为了栽赃陷害赫普兹巴的家养小精灵郝琪，伏地魔给郝琪植入了一段虚假记忆，让她误以为是自己在主人茶中误放毒药而毒死了主人，让她成为谋杀案的替罪羊，被关进了阿兹卡班监狱。

霍诺利亚姑妈 Aunt Honoria

首次提及 《诗翁彼豆故事集》

类别 女巫

性别 女性

相关家族 邓布利多家族

技能与成就

独立女性

角色事件

传言称她是因为发现自己的未婚夫在逗弄霍克拉普（一种粉色的、带刺毛的、蘑菇般的动物）而解除婚约

霍诺利亚是阿不思·邓布利多的姑妈，一直未嫁。她声称自己的未婚夫“铁石心肠”，并和她解除了婚约。

罗兰达·霍琦 Rolanda Hooch

首次提及 《哈利·波特与魔法石》

类别 女巫

性别 女性

外表 灰色短发，黄色眼睛

学校 霍格沃茨（推测）

技能与成就

·霍格沃茨飞行老师

·魁地奇球比赛裁判

角色事件

霍琦是靠一把银箭飞天扫帚学会了飞行，这款飞天扫帚在1994年时已经停产

罗兰达·霍琦是霍格沃茨一年级新生的飞行课老师，学校里的绝大多数魁地奇球比赛也是由她担任裁判的。她是一名公正的裁判，而且每场比赛前都要求队长互相握手。

“犯规！格兰芬多犯规！我从来没见过这种打法！”

——霍琦老师，《哈利·波特与阿兹卡班的囚徒》

杰弗里·胡珀 Geoffrey Hooper

在《哈利·波特与火焰杯》中，安吉利娜·约翰逊向大家解释了为什么不选择杰弗里·胡珀这样的冠军型选手加入格兰芬多魁地奇球队的原因，并让罗恩·韦斯莱成为了格兰芬多队的新守门员。

马法尔达·霍普柯克 Mafalda Hopkirk

马法尔达·霍普柯克首次被提及是在《哈利·波特与密室》中，她在禁止滥用魔法办公室工作，负责给违反规定的未成年巫师寄通知信。在《哈利·波特与死亡圣器》中，赫敏使用复方汤剂假扮成马法尔达的样子潜入了魔法部。

霍比 Hoppy

霍比首次被提及是在《神奇动物在哪里》（2016年电影）中，她是纽特·斯卡曼德和蒂娜·斯卡曼德饲养的三只猫狸子之一，它还出现在了纽特的传记中。

凯文·霍普伍德 Kevin Hopwood

根据Wizarding World网站上的资料，凯文·霍普伍德是一名高布石世界冠军。为了提升这项体育赛事的关注度，全国高布石协会特意开展了一项名为“再给高布石一个机会”的宣传活动，凯文·霍普伍德则是他们的重点宣传对象。

奥利夫·洪贝 Olive Hornby

首次提及 《哈利·波特与密室》

类别 女巫

性别 女性

外表 不详，但推测没有戴眼镜

学校 霍格沃茨

角色事件

哭泣的桃金娘死后就一直对奥利夫纠缠不休

奥利夫·洪贝首次被提及是在《哈利·波特与密室》中，她和汤姆·里德尔是同一期的学生。在她嘲笑桃金娘沃伦的眼镜后，桃金娘躲进了卫生间，并被斯莱特林的蛇怪所杀。桃金娘死后就一直缠着欺凌她的奥利夫不放。

奥利夫·洪贝的哥哥 Olive Hornby's Brother

奥利夫·洪贝的哥哥首次被提及是在《哈利·波特与火焰杯》中，原著中并未提及他的具体姓名，只提到哭泣的桃金娘为了报复奥利夫，甚至跑去她哥哥的婚礼上闹得天翻地覆。

巴兹尔·霍顿 Basil Horton

根据《神奇的魁地奇球》，巴兹尔·霍顿曾经是法尔茅斯猎鹰队的球员，也是彗星贸易公司的联合创始人。他和他的拍档伦道夫·凯奇发明了霍顿-凯奇制动咒，并给他们生产的彗星飞天扫帚都施加了这一咒语。

霍普·豪厄尔 Hope Howell

根据Wizarding World网站上的资料，霍普·豪厄尔嫁给了莱尔·卢平，并生下了莱姆斯·卢平。霍普是一个麻瓜，莱尔曾经从一个博格特手中救出了霍普，两人因此而结识。

赫尔加·赫奇帕奇 Helga Hufflepuff

首次提及 《哈利·波特与密室》

类别 女巫

性别 女性

学校 霍格沃茨（联合创始人之一）

学院 赫奇帕奇（创始人）

相关家族 史密斯家族

技能与成就

- 霍格沃茨联合创始人之一
- 赫奇帕奇学院创始人
- 擅长与美食相关的魔咒

角色事件

分院帽称赫奇帕奇来自“开阔的谷地”。“开阔的谷地”通常指的是威尔士

赫尔加·赫奇帕奇是霍格沃茨的四名联合创始人之一。她非常看重忠诚、勤奋与公平，也喜欢具备这些品质的学生，她还很乐意教导那些不太能融入其他学院的学生。赫尔加以擅长美食类魔咒而闻名，并且发明了许多食谱，霍格沃茨的许多传统美食正是诞生于此。让家养小精灵在霍格沃茨的厨房里工作也是赫尔加的提议。赫尔加和罗伊纳·拉文克劳是很好的朋友，当萨拉查·斯莱特林坚持要把麻瓜血统学生驱逐出校时，赫尔加选择和戈德里克·格兰芬多、罗伊纳·拉文克劳坚定地站在一起。赫尔加有一个金杯，上面刻着赫奇帕奇学院标志——獾。这个金杯经由好几代人之手传下来，最终传到了赫普兹巴·史密斯的手中。后来汤姆·里德尔偷走了这个金杯，并把它变成了一个魂器。

“赫奇帕奇感到，最勤奋努力的人才最有资格进入赫奇帕奇学院。”

——分院帽，《哈利·波特与火焰杯》

汉克尔顿·亨布尔 Hankerton Humble

根据Wizarding World网站上的资料，汉克尔顿·亨布尔是霍格沃茨创始人亲自任命的首位管理员，他也是第一个被皮皮鬼折磨的霍格沃茨管理员。

罗伊斯顿·埃德温德 Royston Idlewind

根据Wizarding World网站上的资料，罗伊斯顿·埃德温德是澳大利亚魁地奇国家队的明星追球手，后来担任国际巫师联合会魁地奇委员会国际主管。他因为讨厌人群聚集而遭到外界的诟病。

伊尼戈·英麦格 Inigo Imago

伊尼戈·英麦格首次被提及是在《哈利·波特与凤凰社》中，他是《解梦指南》一书的作者，这本书也是霍格沃茨五年级占卜课的教材。哈利觉得《解梦指南》这本书很无聊，更谈不上有什么实际用处。

抑扬诗人因戈尔夫 Ingolfr the Iambic

抑扬诗人因戈尔夫首次被提及是在《神奇的魁地奇球》中，他是15世纪初的一个挪威诗人，曾经写过一首关于魁地奇的诗，证明在魁地奇于欧洲普及之前，挪威就已经出现了类似的运动。

伊万诺瓦 Ivanova

伊万诺瓦首次被提及是在《哈利·波特与火焰杯》中，在1994年魁地奇世界杯赛期间，她担任保加利亚魁地奇国家队的追球手。在对阵爱尔兰魁地奇国家队时，她在爱尔兰队连续进三个球后为保加利亚队进了第一个球。

通往伊尔弗莫尼之路

伊索特·塞耶逃离爱尔兰，前往新世界，希望能打造一个属于她自己的霍格沃茨。

1. 爱尔兰·凯里郡

伊索特·塞耶是爱尔兰女巫莫瑞根的后代。她出生于凯里郡的柯姆洛格拉谷地，父亲是威廉·塞耶，母亲是雷欧娜·塞耶。伊索特在一场大火中失去双亲，随后被带到附近的柯姆加里谷地，由她的姨妈葛姆蕾·冈特收养，但是葛姆蕾性情残暴，痛恨麻瓜。

2. 英格兰·普利茅斯

经受了多年与世隔绝的生活，遭受姨妈的百般虐待后，伊索特终于忍无可忍，她偷走姨妈的魔杖，逃往英格兰普利茅斯。她制订了一个计划，可以让她永远逃离葛姆蕾的魔掌。

3. 五月花号

伊索特假扮成一个名叫伊莱亚·史托利的男孩搭上前往美洲的五月花号，准备去新世界开始她的全新生活。

4. 新英格兰·普利茅斯殖民地

为了避免被那些虔诚的清教徒发现自己会使用魔法，伊索特偷偷离开普利茅斯殖民地，只身进入荒野。

5. 格雷洛克山

在抵达新世界后，伊索特结识了一只普克奇（一种个子矮小、魔法强大的、狡黠调皮的魔法生物），并给他取名为威廉。后来她又从一只隐匿怪手中救出了两个男孩：查威克·布特和韦伯·布特兄弟（可惜他们的父母没能活下来）。最后，伊索特嫁给了一个名叫詹姆·斯图尔特的麻鸡。詹姆在格雷洛克山的山顶上给伊索特建了一个石头小屋，伊索特就在这个小屋里给她的两个养子上课，这也是美国首个魔法学校伊尔弗莫尼魔法学校的雏形。

伊尔弗莫尼魔法学校创建史

根据葛姆蕾·冈特讲述的霍格沃茨的故事，伊索特和她的家人建造了四个学院，并以各自喜欢的魔法生物给四个学院命名。伊索特选择了长角水蛇，查威克选择了雷鸟，韦伯选择了猫豹，詹姆在听说了伊索特当年在野外求生时遇见威廉的故事后选择了普克奇。不久，伊索特就生下了一对双胞胎女儿：雷欧娜和玛莎。随着伊索特的巫师学校声名远播，消息终于传到了葛姆蕾的耳中。这个邪恶的女巫最终找到了伊索特一家，并袭击了她的家人。幸运的是，伊索特在无意中召唤了威廉，威廉用一支箭射穿了葛姆蕾的心脏。

伊索特以自己出生时的伊尔弗莫尼小屋为这所学校命名，很快这个小石屋便扩建成为一座城堡。作为北美第一所魔法学校的首任男校长和女校长，詹姆和伊索特雇佣了一批教职员工，并且用心经营这所人气日益高涨的魔法学校，确保它不被麻鸡社会发现。

2. 普利茅斯

世界各地的魔法学校

霍格沃茨是哈利的母校，但是绝不是世界上唯一的一所魔法学校。

根据Wizarding World网站上的资料，全球共有十一所知名魔法学校（如果你赫敏附体，你会发现这个名单上只有八所学校，你没看错，还有三所学校尚未披露），它们的具体位置至今仍是机密。

1. 伊尔弗莫尼魔法学校

伊尔弗莫尼魔法学校是由一名爱尔兰女巫和她的麻鸡丈夫共同创建的，这所学校位于马萨诸塞州西部荒无人烟的格雷洛克山的山顶，那里原本是这对夫妇的家。伊尔弗莫尼魔法学校是效仿霍格沃茨学校而建的，学生也会被分入四个学院，并且有海量的学科可以选择，比如标准魔咒和黑魔法防御术，以及古代如尼文之类更具挑战性的选修课。知名校友包括美国魔法国会主席瑟拉菲娜·皮奎利和蒂娜·戈德斯坦。

2. 卡斯特罗布舍

卡斯特罗布舍是巴西的魔法学校，深藏在亚马孙雨林之中。因为施加了魔法，所以这所学校从外面看上去就像一座古代遗迹。为了保护校区不受干扰，学校还有一种名叫凯波拉的灵人负责巡逻。卡斯特罗布舍的学生以精通神奇动物学和草药学而闻名。

3. 霍格沃茨魔法学校

霍格沃茨魔法学校无疑是世界上最有名的魔法学校。在过去的一千年里，霍格沃茨为英国海内外培养了大批杰出的巫师。这些知名校友全都可以在本书中找到。

4. 布斯巴顿魔法学校

布斯巴顿魔法学校位于比利牛斯山上，是距离霍格沃茨最近的一所魔法学校。布斯巴顿魔法学校吸引了来自西欧的大批学生慕名而来。这所学校的课程安排和霍格沃茨并没有太大区别，但是能在一座宏伟华丽的法式城堡中读书，感觉自然不一样。布斯巴顿魔法学校的知名校友包括炼金术师尼可·勒梅和三强争霸赛勇士芙蓉·德拉库尔。

5. 德姆斯特朗学校

德姆斯特朗学校位于北欧某个不知名的地方。德姆斯特朗学院因为和盖勒特·格林德沃、前校长兼前食死徒伊戈尔·卡卡洛夫关系密切，以及对黑魔法的青睐，导致这座学校声名狼藉。三强争霸赛勇士威克多尔·克鲁姆就是德姆斯特朗学校的学生。和其他毕业生一样，克鲁姆在毕业后也找不到母校，因为所有毕业生的相关记忆都会被抹除。

6. 瓦加度

瓦加度深藏在乌干达的“月亮山”之中，是世界上最大的一所魔法学校，也是一座非常神秘的学校。瓦加度不是靠猫头鹰送入学通知信，而是通过梦境使者传递讯息。瓦加度以无杖魔法而闻名，年轻的巫师还可以在这里获得最顶尖的炼金术、星象学和变形术教育。巴巴吉德·阿金巴德就是瓦加度的知名校友之一，在阿不思·邓布利多被开除国际巫师联合会的会长职位后，就是阿金巴德接替了这个位置。

7. 科多斯多瑞兹魔法学校

科多斯多瑞兹魔法学校位于俄罗斯，关于这所学校的信息并不多，但是该校获得了国际巫师联合会的认可。科多斯多瑞兹的学生也会参加一种类似魁地奇的运动，但选手不是骑着飞天扫帚，而是骑在被连根拔起的树上进行比赛。

8. 魔法所

在十一座魔法学校之中，魔法所是规模最小的一座学校。魔法所是一座用玉石打造的宫殿，隐藏在日本沿海的一座火山岛上。学生从七岁开始入学，每个学生都必须严格遵守校规。学校一旦发现有学生练习黑魔法，便会立刻将其开除。魔法所的魁地奇球员举世闻名。

约西亚·杰克森 Josiah Jackson

约西亚·杰克森首次被提及是在Wizarding World网站上，1693年，约西亚·杰克森被选为美国魔法国会的首任主席，他在塞勒姆女巫审判案发生后扮演了一个强有力的领导角色，并招募了美国的十二名初代傲罗。

玛丽·乔安西 Mary Jauncey

根据Wizarding World网站上的资料，玛丽·乔安西是美国魔法国会十二名初代傲罗之一。玛丽·乔安西英年早逝，且死因不明。

乔艾·詹肯斯 Joey Jenkins

乔艾·詹肯斯首次被提及是在《哈利·波特与火焰杯》中，他是查德里火炮队的一名击球手。哈利翻看《与火炮队一起飞翔》时，在一张动态插图上看到乔艾·詹肯斯击中一个游走球的英姿。

卡尔·詹肯斯 Karl Jenkins

在《哈利·波特与被诅咒的孩子》中，卡尔·詹肯斯是和阿不思·波特同年级的一名赫奇帕奇学生。在分院仪式上，他很激动能和哈利·波特的儿子坐在一块，但是，当他发现阿不思的魔法能力非常平庸时，他的兴奋很快变成了不屑。在其中一条平行时间线中，他非常喜欢折磨麻瓜血统者。

伦纳德·朱克斯 Leonard Jewkes

根据《神奇的魁地奇球》，伦纳德·朱克斯是一个扫帚工匠，也是银箭飞天扫帚之父。霍格沃茨的飞行老师罗兰达·霍琦就是靠一把银箭飞天扫帚学会了飞行。

阿森尼·吉格 Arsenius Jigger

阿森尼·吉格首次被提及是在《哈利·波特与魔法石》中，他是一位非常高产的作家，也是一位魔药专家。他的魔药著作是霍格沃茨一年级新生的必读书目。

安吉利娜·约翰逊 Angelina Johnson

首次提及 《哈利·波特与魔法石》

类别 女巫

性别 女性

外表 深色皮肤，长相漂亮

学校 霍格沃茨

学院 格兰芬多

相关家族 韦斯莱家族

技能与成就

- 格兰芬多魁地奇球队追球手兼队长
- 邓布利多军成员
- 参与霍格沃茨之战

角色事件

在1994年的圣诞舞会上，安吉利娜·约翰逊是弗雷德·韦斯莱的舞伴

在霍格沃茨就读期间，安吉利娜·约翰逊是一名活力十足的魁地奇选手，也是哈利·波特的忠实支持者。霍格沃茨之战结束后，她嫁给了乔治·韦斯莱，两人育有两个孩子：罗克珊和弗雷德二世。

格韦诺格·琼斯 Gwenog Jones

格韦诺格·琼斯首次被提及是在《哈利·波特与“混血王子”》中，她是全女性阵容的职业魁地奇球队霍利黑德哈比队的队长兼击球手，性格强势，冲动急躁。哈利第一次见到霍拉斯·斯拉格霍恩时，斯拉格霍恩告诉哈利，自己每次想看霍利黑德哈比队比赛的时候，格韦诺格就会给他送免费的门票。

海丝佳·琼斯 Hestia Jones

海丝佳·琼斯首次被提及是在《哈利·波特与凤凰社》中，在第二次巫师战争期间，她是凤凰社的成员，并参与了多次护送哈利·波特与德思礼一家的任务。

约翰内斯·琼克尔 Johannes Jonker

根据Wizarding World网站上的资料，约翰内斯·琼克尔是20世纪初美国四大魔杖制作人之一，其他三人分别是希柯巴·沃尔夫、蒂亚戈·奎塔纳和维奥莱塔·博韦。约翰内斯·琼克尔制作的魔杖上都镶嵌有珍珠母，而且杖芯都是用了猫豹的毛发。

李·乔丹 Lee Jordan

首次提及 《哈利·波特与魔法石》

类别 男巫

性别 男性

外表 深色皮肤，脏辫

学校 霍格沃茨

学院 格兰芬多

技能与成就

- 邓布利多军成员
- 霍格沃茨魁地奇球比赛解说员
- 秘密电台节目《波特瞭望站》主持人
- 参加霍格沃茨之战

角色事件

李·乔丹在解说魁地奇球时经常跑题，米勒娃·麦格教授为此经常训斥他

在霍格沃茨就读期间，李·乔丹一直是个大受欢迎的男生，并且以热情洋溢的魁地奇球比赛解说员身份为霍格沃茨师生们所熟知。弗雷德·韦斯莱和乔治·韦斯莱双胞胎是他最好的朋友，三个人经常在一起惹是生非。

在《哈利·波特与凤凰社》中，李·乔丹七年级的时候，在多洛雷斯·乌姆里奇的恐怖统治之下，弗雷德和乔治决定离开霍格沃茨，但李·乔丹坚持留下来骚扰乌姆里奇。李·乔丹把特别擅长破坏的嗅嗅放进了乌姆里奇的办公室，甚至还直接攻击乌姆里奇。从霍格沃茨毕业后，李·乔丹主持了一档秘密电台节目《波特瞭望站》，播报第二次巫师大战的新闻以及伤亡情况。后来，他还利用对霍格沃茨密道的了解参与了霍格沃茨之战。

乔丹先生 Mr. Jordan

乔丹先生首次被提及是在《哈利·波特与火焰杯》中，他是李·乔丹的父亲。乔治·韦斯莱提到卢多·巴格曼曾经欠了乔丹先生的钱。

伯莎·乔金斯 Bertha Jorkins

首次提及 《哈利·波特与火焰杯》

类别 女巫

性别 女性

外表 身材圆胖

学校 霍格沃茨

技能与成就

· 魔法部魔法体育运动司员工

· 聊八卦

角色事件

伯莎·乔金斯的上司是卢多·巴格曼

伯莎·乔金斯是魔法部的一名员工，她喜欢搬弄是非，而且好像头脑不太灵光。在《哈利·波特与火焰杯》中，包括珀西·韦斯莱、亚瑟·韦斯莱和小天狼星布莱克在内的多名角色都提到，她在去阿尔巴尼亚度假时消失了。后来我们才得知，她是遭到伏地魔的绑架、折磨和杀害。伏地魔利用她的死把血咒兽人纳吉尼做成了一件魂器。

加格森 Jugson

加格森首次被提及是在《哈利·波特与凤凰社》中，他是一名食死徒，也是伏地魔最忠实的拥护者之一。在神秘事务司之战中，他和卢修斯·马尔福、贝拉特里克斯·莱斯特兰奇以及另外十名食死徒并肩作战。

劳瑞娜·卡玛 Laurena Kama

劳瑞娜·卡玛首次被提及是在《神奇动物：格林德沃之罪》中，她和穆斯塔法·卡玛曾经有一段幸福的婚姻，两人育有一子尤瑟夫·卡玛。但是，后来科沃斯·莱斯特兰奇对劳瑞娜使用夺魂咒并将她绑架，她生下他们的女儿莉塔·莱斯特兰奇之后不久便去世。

尤瑟夫·卡玛 Yusuf Kama

首次提及
《神奇动物：格林德沃之罪》

类别 男巫

性别 男性

外表 深色皮肤

学校 布斯巴顿（推测）

魔杖 黑檀木杖柄，杖柄和杖身之间被一圈银环分开，杖柄末端包有银带

相关家族

莱斯特兰奇家族

角色事件
尤瑟夫冒着生命危险从格林德沃的魔法中救出了纳吉尼

尤瑟夫·卡玛是一名塞内加尔裔的法国巫师，曾立下牢不可破的誓约要杀死克莱登斯·巴瑞波恩，因为尤瑟夫认为是克莱登斯的父亲绑架了他的母亲劳瑞娜·卡玛。

伊戈尔·卡卡洛夫 Igor Karkaroff

首次提及
《哈利·波特与火焰杯》

类别 男巫

性别 男性

外表 身材高瘦，蓝色眼睛，言行冷酷，短下巴，白头发，山羊胡

学校 德姆斯特朗

技能与成就
- 德姆斯特朗校长
- 食死徒

角色事件
在第一次巫师战争结束后，卡卡洛夫为了保住自己而供出了奥古斯特·卢克伍德等食死徒

伊戈尔·卡卡洛夫曾经是一名食死徒，在伏地魔首次败北后，卡卡洛夫通过检举揭发其他食死徒免受牢狱之灾，后来他成为了德姆斯特朗魔法学校的校长。伏地魔卷土重来后，卡卡洛夫望风而逃，最终被他曾经的同伙杀死。

卡库斯 Karkus

首次提及 《哈利·波特与凤凰社》

类别 巨人

性别 男性

外表 身高 23 英尺，皮肤像犀牛皮

技能与成就

巨人部落的古戈（首领）

角色事件

卡库斯的继任者是一个名叫高高马的巨人

卡库斯是目前已知的最后一个巨人部落的古戈（首领），他乐意接受邓布利多的结盟提议。卡库斯后来遭到杀害，高高马成为了继任者。

格蒂·基德尔 Gertie Keddle

根据《神奇的魁地奇球》，格蒂·基德尔是11 世纪生活在魁地奇沼泽的一个女巫。她详细记录下了她的邻居玩的一种游戏，这种游戏后来被称为魁地奇球。

伦道夫·凯奇 Randolph Keitch

根据《神奇的魁地奇球》，伦道夫·凯奇曾效力于法尔茅斯猎鹰队。后来他和队友巴兹尔·霍顿一起成立了彗星贸易公司。德拉科·马尔福曾拥有一把彗星260飞天扫帚。

西尔瓦努斯·凯特尔伯恩
Silvanus Kettleburn

首次提及 《哈利·波特与阿兹卡班的囚徒》

类别 男巫

性别 男性

学校 霍格沃茨

学院 赫奇帕奇

魔杖 栗木，凤凰羽毛杖芯，十一又二分之一英寸，有弹性

技能与成就

霍格沃茨神奇动物保护课教授

角色事件

在霍格沃茨执教期间，凯特尔伯恩因为对神奇动物过度热情，行事鲁莽不计后果，总共遭到62次留用察看处罚

西尔瓦努斯·凯特尔伯恩曾担任神奇动物保护课教授，并于1993年退休。阿不思·邓布利多送给了他一套有魔法的木制义肢。

凯文 Kevin

在《哈利·波特与火焰杯》中，凯文是在魁地奇世界杯露营地玩耍的一个孩子。这个小宝宝抓住他父亲的魔杖戳了一下一只鼻涕虫，导致鼻涕虫变得异常巨大。

安德鲁·柯克 Andrew Kirke

安德鲁·柯克首次被提及是在《哈利·波特与凤凰社》中，在多洛雷斯·乌姆里奇禁止韦斯莱双胞胎兄弟参加魁地奇球比赛后，安德鲁·柯克成为了格兰芬多魁地奇球队的击球手。但是大家都认为安德鲁的表现很差劲。

艾琳·尼丹德 Irene Kneedander

艾琳·尼丹德首次被提及是在Wizarding World网站上，她曾经担任美国魔法国会魔法物种保护组织的主席。她对大脚怪的铁腕政策，引发了1892年的大脚怪之乱。

古德温·尼恩 Goodwin Kneen

根据《神奇的魁地奇球》，古德温·尼恩是一名12世纪的巫师。在给挪威表亲的信中，他描写了一场约克郡的魁地奇球比赛。这封信被认为是关于魁地奇球的最早的文字记录之一。

雅各布·科瓦尔斯基 Jacob Kowalski

首次提及 《神奇动物在哪里》(2016年电影)

类别 麻鸡

性别 男性

外表 身材矮壮，浅色皮肤，棕色卷发，棕色眼睛，小胡子

技能与成就

- 烘焙
- 一战老兵

角色事件

如果雅各布是一名巫师，并且去伊尔弗莫尼魔法学校上学的话，他会被分入猫豹学院

雅各布·科瓦尔斯基是一名美国麻鸡，生活在20世纪20年代的纽约市。1926年12月，他去银行申请贷款开烘焙坊，但遭到拒绝。很快他便遇上了英国巫师兼神奇动物学家纽特·斯卡曼德，并意外目击到纽特使用召唤咒。纽特试图用遗忘咒消除这个受到惊吓的麻鸡的记忆，但是没等纽特施展完咒语，雅各布就用纽特的魔法行李箱袭击了他，然后拔腿就跑。

雅各布到家后不久，行李箱突然弹开，好几只魔法生物从里面逃了出来。纽特和蒂娜·戈德斯坦及时赶到，并迅速把雅各布带到蒂娜的公寓，还帮他治疗被莫特拉鼠咬伤的伤口。蒂娜的妹妹奎妮·戈德斯坦和蒂娜生活在一起，奎妮很快就看上了雅各布。为了寻找其他逃跑的神奇动物，他们跑遍了全城，但是他们的冒险很快因为美国魔法国会的出现而突然中断。美国魔法国会抓住了他们，并且消除了雅各布的记忆。

纽特悄悄把珍贵的鸟蛇蛋壳送给了雅各布，雅各布用这些蛋壳作为抵押开了一家烘焙坊。虽然巫师的法律严禁巫师和麻鸡通婚，但奎妮不顾危险对雅各布使用了一种爱情魔咒，希望能和他结婚。后来，纽特破除了这一咒语，虽然雅各布想要告诉奎妮他依然爱她，但是她已经逃去了法国，和她的姐姐一起生活。经过了漫长的追逐后，他们找到了奎妮，却发现她已经加入了盖勒特·格林德沃的麾下。伤心的雅各布再次离开奎妮，和纽特一起去寻找邓布利多。

克拉夫特 Krafft

在《神奇动物：格林德沃之罪》中，克拉夫特是黑巫师盖勒特·格林德沃的忠实追随者。虽然克拉夫特参加了格林德沃在巴黎的集会活动，但是傲罗在现场出现后，克拉夫特立刻使用幻影显形逃离现场。

克罗尔 Krall

克罗尔首次被提及是在《神奇动物：格林德沃之罪》中，他是盖勒特·格林德沃的忠实支持者，并追随这位黑巫师来到巴黎寻找克莱登斯·巴瑞波恩。他没有通过格林德沃的考验，并被活活烧死。

克利切 Kreacher

首次提及 《哈利·波特与凤凰社》

类别 家养小精灵

性别 男性

外表 像猪一样的鼻子，布满血丝的眼睛

相关家族 布莱克家族，波特家族

技能与成就

- 无杖魔法
- 无比忠诚

角色事件

在和哈利·波特成为朋友之前，克利切在1996年圣诞节送了哈利一个装满蛆的盒子

克利切是一个家养小精灵，最初服侍布莱克家族，尤其忠诚于前主人雷古勒斯·布莱克。1979年，伏地魔把克利切带到一个海边的洞穴中，这里也是伏地魔藏匿魂器的地方。伏地魔强迫克利切喝下一种魔药，然后让克利切留在那里等死。幸运的是，克利切能够通过幻影显形转移至安全地带。这起事件成为雷古勒斯背叛伏地魔的导火索。雷古勒斯和克利切一起回到洞穴中，雷古勒斯喝下了被诅咒的魔药，获得了魂器，然后用赝品掉包真正的魂器，并命令克利切回家。因为家养小精灵不能违背主人的命令，克利切只能幻影显形。克利切最后看到雷古勒斯时，已经奄奄一息的雷古勒斯正被伏地魔的阴尸拖入水中。

克利切继续服侍布莱克家族其他成员，但是它无法摧毁魂器，因为这是雷古勒斯的命令。在雷古勒斯母亲沃尔布加·布莱克也去世后，小天狼星布莱克成为了克利切的主人，但克利切毫不掩饰对小天狼星的憎恶。

1996年小天狼星去世后，哈利成为了克利切的主人。最终哈利的善良换来了这个小精灵的忠诚。在霍格沃茨之战中，克利切带领其他家养小精灵冲锋对抗伏地魔，并从大战中存活下来。

根据J.K.罗琳在推特（2023年7月更名为X）上的说法，克利切是在666岁时才去世的。

克鲁姆夫妇 Mr. & Mrs. Krum

克鲁姆夫妇首次被提及是在《哈利·波特与火焰杯》中，他们是威克多尔·克鲁姆的父母。为了观看儿子在三强争霸赛第三项比赛中的表现，克鲁姆夫妇特意从保加利亚赶来霍格沃茨。

威克多尔·克鲁姆 Viktor Krum

首次提及 《哈利·波特与火焰杯》

类别 男巫

性别 男性

外表 粗鲁，粗眉毛，大块头，鹰钩鼻，外八字脚，懒散

学校 德姆斯特朗

魔杖 鹅耳枥木，火龙心脏神经杖芯，长十又四分之一英寸，材质坚硬

技能与成就

· 保加利亚魁地奇国家队找球手

· 三强争霸赛德姆斯特朗学院勇士

角色事件

2014年，时年38岁、已经退役的威克多尔·克鲁姆重新复出，代表保加利亚队参加了2014年的魁地奇世界杯。他们一路打进决赛，最终克鲁姆抓住金色飞贼，为保加利亚队赢得胜利

在《哈利·波特与火焰杯》中，威克多尔·克鲁姆忙了一整年。他不仅是1994年魁地奇世界杯保加利亚国家队的找球手，而且还代表德姆斯特朗学院参加三强争霸赛。虽然粉丝无数，但是克鲁姆喜欢上了赫敏·格兰杰。克鲁姆邀请赫敏当他的圣诞舞会舞伴，并开始和她确立恋爱关系（罗恩因此妒火中烧）。因为恋人关系，在三强争霸赛的第二项比赛中，赫敏还成为了克鲁姆的营救对象。

在第三项任务中，小巴蒂·克劳奇对克鲁姆使用了夺魂咒，迫使他对塞德里克·迪戈里发起攻击，好让哈利能够顺利获得火焰杯（然后被火焰杯送到伏地魔面前）。三强争霸赛结束后，克鲁姆与哈利、罗恩成为朋友，并且写信和赫敏保持联系。后来在芙蓉·德拉库尔和比尔·韦斯莱的婚礼上，克鲁姆还以宾客身份出现。

瘦子拉克伦 Lachlan the Lanky

瘦子拉克伦首次被提及是在《哈利·波特与凤凰社》中，他的雕像和胖夫人的画像在同一个走廊。罗恩为了不让别人发现他在为守门员选拔赛做准备而躲在瘦子拉克伦的雕像后面，但却被哈利看见。

赫克托·拉蒙特 Hector Lamont

根据Wizarding World网站上的资料，赫克托·拉蒙特是苏格兰魁地奇国家队的找球手。在1990年的魁地奇世界杯中，他因为分毫之差没能抓住金色飞贼，他把这次失误怪罪在他的父亲“矮子”拉蒙特头上。

“矮子”拉蒙特 "Stubby" Lamont

根据Wizarding World网站上的资料，赫克托·拉蒙特在1990年魁地奇世界杯比赛中出现重大失误后把责任归咎于自己的父亲“矮子”拉蒙特，“矮子”拉蒙特因此被推上风口浪尖，并成为媒体的关注焦点。

兰斯洛特 Lancelot

兰斯洛特首次被提及是在《哈利·波特与死亡圣器》中，在阿利安娜·邓布利多小的时候，兰斯洛特是圣芒戈医院的一名治疗师。他告诉自己的表妹穆丽尔，阿利安娜从来没有去医院看过病。这证实了穆丽尔的怀疑:坎德拉·邓布利多的家里有不可告人的秘密。

莉塞特·德·拉潘 Lisette de Lapin

《诗翁彼豆故事集》中提到，莉塞特·德·拉潘是一位法国女巫，也是能够变成体型较大白兔的阿尼马格斯（能够不依靠魔杖施咒就能变成特定动物的巫师）。在因女巫身份被处决的头天晚上，她从牢房消失了。

利妮 Leanne

在《哈利·波特与“混血王子”》中，利妮注意到她的朋友凯蒂·贝尔带着一个可疑的包裹去找阿不思·邓布利多。当她试图把包裹夺走时，包裹被撕开，导致凯蒂接触到了被诅咒的项链。

贝拉特里克斯·莱斯特兰奇 Bellatrix Lestrange

首次提及 《哈利·波特与火焰杯》

类别 女巫

性别 女性

外表 黑色长发；黑色眼睛，垂眼睑；面色憔悴；言行傲慢

学校 霍格沃茨

学院 斯莱特林

魔杖 胡桃木,火龙心脏神经杖芯,十二又四分之三英寸,材质坚硬

相关家族 莱斯特兰奇家族,布莱克家族,马尔福家族,唐克斯家族，里德尔家族

技能与成就

食死徒

角色事件

伏地魔安排贝拉特里克斯负责保护伏地魔的一个魂器

贝拉特里克斯·布莱克嫁给了罗道夫斯·莱斯特兰奇而随夫姓，是伏地魔最信赖的手下之一，也是伏地魔最凶狠、最残忍的信徒。1981年，贝拉特里克斯因为使用钻心咒把爱丽丝·隆巴顿和弗兰克·隆巴顿夫妇折磨致精神失常，而被关入阿兹卡班监狱。许多年后，贝拉特里克斯和一群食死徒在一起大规模越狱事件中逃出阿兹卡班。

在《哈利·波特与凤凰社》中，贝拉特里克斯参与了神秘事务司之战，在此期间，她折磨了隆巴顿夫妇的儿子纳威，并杀害了小天狼星布莱克。哈利试图对她使用钻心咒，但是她指出没有足够的怨恨根本没法施展这一咒语。

后来，西弗勒斯·斯内普承诺会为了保护德拉科·马尔福而协助杀死邓布利多，贝拉特里克斯帮助斯内普和她的姐姐纳西莎·莱斯特兰奇之间定下牢不可破的誓言。当哈利、罗恩和赫敏被带到马尔福庄园时，贝拉特里克斯发现他们身上带着格兰芬多之剑，并确信他们闯进了古灵阁偷出了这把剑。贝拉特里克斯为此折磨赫敏，所幸多比及时赶到，救下了它的朋友们。虽然多比被贝拉特里克斯投飞刀杀死，但是哈利得以成功脱险。因为这一严重失误，贝拉特里克斯遭到了主人伏地魔可怕的训斥。

在霍格沃茨之战期间，贝拉特里克斯一直和伏地魔在一起。但是在战斗过程中，她犯了一个致命的错误——攻击金妮·韦斯莱，此举激怒了金妮的母亲莫丽·韦斯莱，贝拉特里克斯最终被莫丽杀死。在《哈利·波特与被诅咒的孩子》中，揭露出贝拉特里克斯和伏地魔其实有个私生女名叫戴尔菲，而且戴尔菲一直试图复活伏地魔。

小科沃斯·莱斯特兰奇

Corvus Lestrange Jr.

小科沃斯·莱斯特兰奇首次被提及是在《神奇动物：格林德沃之罪》中，他是老科沃斯·莱斯特兰奇的幼子。在去美国的船上，小科沃斯同父异母的姐姐莉塔·莱斯特兰奇把他和克莱登斯·巴瑞波恩进行了调换。后来他们遭遇沉船事故，小科沃斯搭乘的救生船出现翻船，小科沃斯因此溺死。

老科沃斯·莱斯特兰奇

Corvus Lestrange Sr.

首次提及 《神奇动物：格林德沃之罪》

类别 男巫

性别 男性

外表 身材矮小，灰色头发和胡须，神情严肃

相关家族 卡玛家族

角色事件

老科沃斯·莱斯特兰奇很有可能是拉巴斯坦·莱斯特兰奇和罗道夫斯·莱斯特兰奇的远亲。罗道夫斯·莱斯特兰奇是贝拉特里克斯·莱斯特兰奇的丈夫

老科沃斯·莱斯特兰奇是一个邪恶的法国巫师，他绑架并侵犯了劳瑞娜·卡玛。劳瑞娜在生下老科沃斯的女儿莉塔·莱斯特兰奇之后不久便去世。后来老科沃斯又再婚，并生下儿子小科沃斯。

莉塔·莱斯特兰奇 Leta Lestrange

首次提及 《神奇动物在哪里》(2016年电影)

类别 女巫

性别 女性

外表 黑发，黑色眼睛

学校 霍格沃茨

学院 斯莱特林

相关家族 卡玛家族

技能与成就

对抗盖勒特·格林德沃

角色事件

莉塔的博格特是她同父异母的弟弟小科沃斯溺死的场景。莉塔一直认为弟弟的死是自己的责任

莉塔很清楚自己的出生是父亲科沃斯·莱斯特兰奇使用夺魂咒侵犯她母亲劳瑞娜·卡玛的结果。在霍格沃茨期间，莉塔结识了纽特·斯卡曼德，并和他成为好友，从此这两个和集体格格不入的年轻人结下了深厚的感情。有一次，莉塔不小心闯祸，纽特主动站出来担责，导致他被学校开除，两人的校园时光因此戛然而止。

在《神奇动物：格林德沃之罪》中，莉塔已经在魔法法律执行司工作，并且和纽特的哥哥忒修斯·斯卡曼德订婚。在莉塔小时候乘船来美国的途中，她的弟弟小科沃斯不幸溺亡。但是现在，莉塔听到有传言称她的弟弟实际上还活着。后来她加入了黑巫师盖勒特·格林德沃在巴黎的集会活动。当傲罗赶到现场，混战爆发时，莉塔为了掩护忒修斯和纽特逃走而牺牲了自己。

“哦，纽特，没有你见了不喜欢的怪物。”

——莉塔·莱斯特兰奇，《神奇动物：格林德沃之罪》

拉巴斯坦·莱斯特兰奇

Rabastan Lestrange

拉巴斯坦·莱斯特兰奇首次被提及是在《哈利·波特与火焰杯》中，他是罗道夫斯·莱斯特兰奇的弟弟，是一名食死徒。因为参与折磨弗兰克·隆巴顿和爱丽丝·隆巴顿夫妇，拉巴斯坦、罗道夫斯兄弟俩连同贝拉特里克斯·莱斯特兰奇、小巴蒂·克劳奇一起被关进了阿兹卡班监狱。1996年，拉巴斯坦越狱，并再次加入伏地魔的麾下。

罗道夫斯·莱斯特兰奇

Rodolphus Lestrange

罗道夫斯·莱斯特兰奇首次被提及是在《哈利·波特与火焰杯》中，他是一名食死徒，他和妻子贝拉特里克斯等一起把弗兰克·隆巴顿和爱丽丝·隆巴顿夫妇折磨致精神失常。后来他从阿兹卡班监狱越狱，并重新加入食死徒的行列。在霍格沃茨之战结束后，他再次被关入阿兹卡班。

莱弗斯基 Levski

莱弗斯基首次被提及是在《哈利·波特与火焰杯》中，他是保加利亚魁地奇国家队的追球手。在魁地奇世界杯比赛期间，哈利观看了莱弗斯基和队友威克多尔·克鲁姆的比赛。

斯廷奇库姆的林弗雷德
Linfred of Stinchcombe

根据Wizarding World网站上的资料，斯廷奇库姆的林弗雷德是一名12世纪的巫师，其绰号Potterer后来演化成姓氏Potter（波特），是哈利·波特的祖先。他发明了很多魔药，这些药剂后来被用于制作生骨灵和提神剂。

利维亚斯 Livius

利维亚斯首次被提及是在《哈利·波特与死亡圣器》中，他是诸多声称打败黑巫师洛希亚斯并夺走老魔杖（洛希亚斯称之为“死亡棒”）的巫师之一。当哈利、罗恩和赫敏拜访谢诺菲留斯·洛夫古德了解更多关于死亡圣器的事情时，谢诺菲留斯向他们讲述了老魔杖背后的血腥历史，并提到在洛希亚斯被打败后老魔杖一度消失，因为没人知道究竟是谁打败了洛希亚斯。几个世纪过去后，老魔杖在魔杖制作人格里戈维奇的手中出现，随后被盖勒特·格林德沃夺走，最后又被阿不思·邓布利多夺走。

“危险”戴伊·卢埃林

"Dangerous" Dai Llewellyn

首次提及 《哈利·波特与凤凰社》

类别 男巫

性别 男性

技能与成就

- 职业魁地奇选手
- 圣芒戈医院的一间病房就是以他的名字命名的

角色事件

在圣芒戈医院有一间“危险”戴伊·卢埃林病房，专门收治被魔法生物咬伤的病人，很有可能是因为戴伊·卢埃林就是被客迈拉兽吃掉的

“危险”戴伊·卢埃林是卡菲利飞弩队最有名的球员，以其大胆鲁莽的行事风格而闻名。英国和爱尔兰魁地奇联盟每年都会颁发“危险”戴伊纪念奖给该赛季最大胆的球员。戴伊在希腊惨遭客迈拉兽吞食，为此威尔士巫师专门为他举国哀悼一天。亚瑟·韦斯莱在被纳吉尼咬伤之后也被送进了圣芒戈医院的“危险” 戴伊·卢埃林病房接受救治。

吉德罗·洛哈特 Gilderoy Lockhart

首次提及 《哈利·波特与密室》

类别 男巫

性别 男性

外表 金发，蓝眼睛，闪闪发亮的牙齿，五颜六色的长袍

学校 霍格沃茨

学院 拉文克劳

技能与成就

· 畅销书作者

· 荣获梅林爵士团三级勋章

· 黑魔法防御联盟荣誉会员

· 五次获得《巫师周刊》最迷人微笑奖

· 擅长记忆类魔咒

角色事件

阿不思·邓布利多聘请洛哈特来校执教，就是要揭穿他的谎言，因为邓布利多认识的两个人就是被洛哈特盗用了他们的成就

吉德罗·洛哈特是一位明星巫师、畅销书作者和一个不折不扣的大骗子。他周游世界各地，采访了许多打败过各种各样黑暗生物的巫师，然后消除他们的记忆，并把他们的功绩占为己有。在《哈利·波特与密室》中，他成了霍格沃茨的黑魔法防御术老师。在哈利和罗恩·韦斯莱营救金妮·韦斯莱的过程中，洛哈特还和他们一起进入了密室。洛哈特试图消除他们的记忆然后逃跑，但是他的记忆咒发生反弹。后来哈利、罗恩、金妮和赫敏在圣芒戈医院见到了洛哈特，当时他正在病房里给他的粉丝签名。

“拜托，你以为我为什么学写连笔字？”

——吉德罗·洛哈特，《哈利·波特与凤凰社》

爱丽丝·隆巴顿 Alice Longbottom

爱丽丝·隆巴顿首次被提及是在《哈利·波特与火焰杯》中，她原本是一名傲罗。伏地魔刚刚得势时，她是凤凰社成员之一。爱丽丝和丈夫弗兰克至少和伏地魔交手过三次。在伏地魔倒台后，爱丽丝和弗兰克夫妻遭到贝拉特里克斯·莱斯特兰奇等食死徒的袭击，夫妻俩虽然幸免于难，但却被食死徒折磨发疯。他们的儿子纳威和奶奶去圣芒戈医院探望他们时，他们都认不出纳威了。

奥古斯塔·隆巴顿 Augusta Longbottom

首次提及 《哈利·波特与魔法石》

类别 女巫

性别 女性

外表 帽子上顶着一只秃鹰，狐裘围巾，红色大手提包，神情严肃

学校 霍格沃茨

相关家族 隆巴顿家族

技能与成就

- 逃过魔法部抓捕
- 参加霍格沃茨之战

角色事件

根据米勒娃·麦格教授的说法，奥古斯塔在霍格沃茨就读期间没有通过魔咒 O.W.L. 考试，因此她非常讨厌这门课程

奥古斯塔·隆巴顿是纳威的奶奶。在纳威的父母被折磨发疯后，是她把纳威抚养长大。对于纳威与哈利并肩作战并在霍格沃茨领导反抗势力一事，她非常自豪。这位年迈的女巫还轻松打败了被派去攻击她的食死徒。

弗兰克·隆巴顿 Frank Longbottom

弗兰克·隆巴顿首次被提及是在《哈利·波特与火焰杯》中，他和妻子爱丽丝都是傲罗，也是凤凰社的成员，夫妻俩曾经三次与伏地魔交手。在伏地魔第一次倒台后，贝拉特里克斯·莱斯特兰奇等食死徒袭击了这对夫妇，把他们折磨至发疯。当他们的儿子纳威和奶奶奥古斯塔去圣芒戈医院探望他们时，他们都不认得纳威了。纳威继承了父亲的魔杖，并且努力变得像父母一样优秀。

隆巴顿先生 Mr. Longbottom

隆巴顿先生首次被提及是在《哈利·波特与凤凰社》中，他是纳威的爷爷，他的妻子是奥古斯塔·隆巴顿。纳威参加过爷爷的葬礼。

纳威·隆巴顿 Neville Longbottom

首次提及 《哈利·波特与魔法石》

类别 男巫

性别 男性

外表 圆脸，矮胖，金发

学校 霍格沃茨

学院 格兰芬多

魔杖 纳威在一岁那年继承了他父亲的魔杖，但是后来这支魔杖在神秘事务司之战中折断。他的第二支魔杖长十三英寸，樱桃木材质，杖芯为独角兽毛

相关家族 艾博家族

技能与成就

- 邓布利多军成员
- 参加霍格沃茨之战
- 摧毁一个魂器

角色事件

西比尔·特里劳尼的预言提到一个男孩将会击败伏地魔，他将于1980年7月末降生，他的父母曾经与伏地魔交手三次。伏地魔认为这个男孩指的是哈利·波特，但其实纳威·隆巴顿也符合预言的描述

“我一个顶你十二个，马尔福。”

——纳威·隆巴顿，《哈利·波特与魔法石》

纳威首次登场时，是一个笨手笨脚又健忘的男孩，一直在前往霍格沃茨的特快列车上寻找他的宠物蛤蟆。纳威是独子，他的父母弗兰克·隆巴顿和爱丽丝·隆巴顿都是优秀的傲罗，但因为受食死徒的折磨而发疯。

纳威是由他的奶奶抚养长大的。纳威的奶奶一直担心他是个哑炮。到了霍格华茨后，起初，纳威在学习方面非常吃力，而且在魔药课上频繁遭受斯内普教授的羞辱，但是最终他发现了自己在草药学方面的天赋。加入秘密抵抗组织邓布利多军后，纳威的自信与魔法能力与日俱增。在哈利·波特的帮助下，纳威掌握了许多黑魔法防御术咒语。在神秘事务司之战中，他与折磨他父母的食死徒之一贝拉特里克斯·莱斯特兰奇对峙，并充分利用了新学的技能与她战斗。后来，当哈利、罗恩和赫敏在外面寻找魂器时，纳威在霍格沃茨继续发扬邓布利多军的精神，并且训练同学反抗控制学校的食死徒。纳威和金妮·韦斯莱、卢娜·洛夫古德一起试图从西弗勒斯·斯内普的办公室偷取格兰芬多之剑。在霍格沃茨之战期

间，格兰芬多之剑在纳威面前出现，证明他是真正的格兰芬多学子。纳威就是用这把剑斩杀了伏地魔的蛇兼魂器纳吉尼。第二次巫师战争结束后，纳威成为了魔法部的一名傲罗。后来他又回到霍格沃茨教授草药学，并娶了他在霍格沃茨学校的赫奇帕奇学院的同学汉娜·艾博为妻。

卡洛斯·洛佩兹 Carlos Lopez

根据Wizarding World网站上的资料，卡洛斯·洛佩兹是自愿成为美国十二名初代傲罗之一。傲罗的唯一工作就是追捕巫师雇佣兵组织——肃清者的成员。在美国的初代傲罗中只有两人活到老年，可惜洛佩兹不是其中之一。

凤凰社英雄谱

初代凤凰社

X 表示该成员遇害
⋯⋯ 表示该成员参加过两届凤凰社
--- 表示两代成员之间有亲属关系
• 表示该成员尚未成年
* 表示非正式成员

小天狼星布莱克
埃德加·博恩斯 X
卡拉多克·迪尔伯恩 X
德达洛·迪歌
埃非亚斯·多吉
阿不思·邓布利多
阿不福思·邓布利多
本吉·芬威克 X
阿拉贝拉·费格
鲁伯·海格
爱丽丝·隆巴顿
弗兰克·隆巴顿
莱姆斯·卢平
马琳·麦金农 X
多卡斯·梅多斯 X
“疯眼汉”阿拉斯托·穆迪
小矮星彼得
斯多吉·波德摩
詹姆·波特 X
莉莉·波特 X
费比安·普威特 X
吉迪翁·普威特 X
西弗勒斯·斯内普
爱米琳·万斯

多卡斯·梅多斯是目前已知唯一一个被伏地魔亲手杀害的初代凤凰社成员。

在小矮星彼得背叛莉莉·波特和詹姆·波特时，他就失去了再次加入凤凰社的机会。

在哥哥吉迪翁、费比安·普威特被食死徒杀害多年后，莫丽·韦斯莱继承他们的遗志，加入了二代凤凰社。

第一次巫师战争期间，阿不思·邓布利多召集了一批优秀的巫师，组成初代凤凰社，不惜一切代价对抗伏地魔和他的食死徒。

二代凤凰社

小天狼星布莱克 X
* 芙蓉·德拉库尔
德达洛·迪歌
埃非亚斯·多吉
阿不福思·邓布利多
阿不思·邓布利多 X
阿拉贝拉·费格
蒙顿格斯·弗莱奇
• 赫敏·格兰杰
鲁伯·海格
海丝佳·琼斯
* 克利切
莱姆斯·卢平 X
米勒娃·麦格
“疯眼汉”阿拉斯托·穆迪 X
斯多吉·波德摩
• 哈利·波特
金斯莱·沙克尔
西弗勒斯·斯内普 X
尼法朵拉·唐克斯 X
爱米琳·万斯 X
亚瑟·韦斯莱
比尔·韦斯莱
查理·韦斯莱
* 弗雷德·韦斯莱
* 乔治·韦斯莱
莫丽·韦斯莱
• 罗恩·韦斯莱

虽然克利切曾经向敌人泄露凤凰社的秘密，但哈利最终赢得了它的信任。在霍格沃茨之战期间，克利切还率领其他家养小精灵一起参战。

在加入二代凤凰社之前，米勒娃·麦格曾为魔法部担任间谍。

斯内普原为食死徒，但弃暗投明之后成为了安插在伏地魔身边的双面间谍，并暗中保护他所爱之人莉莉·波特的儿子。

伏地魔 Lord Voldemort

首次提及 《哈利·波特与魔法石》

类别 男巫

性别 男性

外表 原本是个相貌英俊的年轻人，但是在他把灵魂分割并制作成七个魂器后，他的样子发生了巨大的变化。他变成了像蛇一样的生物，长着红色的眼睛，惨白的皮肤，扁平的鼻子，鼻孔是两条细缝

学校 霍格沃茨

学院 斯莱特林

魔杖 伏地魔的第一根魔杖长十三英寸半，使用紫杉木制成。伏地魔和哈利·波特的魔杖杖芯是取自同一只凤凰的羽毛。伏地魔发现敌不过哈利的魔杖后，便丢弃了自己的魔杖，然后拿走了卢修斯·马尔福的魔杖，后来又获得了老魔杖

相关家族 斯莱特林家族，冈特家族，莱斯特兰奇家族

技能与成就

- 打开萨拉查·斯莱特林的密室
- 级长
- 学生会会长
- 摄神取念大师
- 把自己的灵魂分割制作成七个魂器

角色事件

伏地魔向邓布利多申请当黑魔法防御术的老师，但是遭到邓布利多的拒绝。在伏地魔死之前，历任黑魔法防御术老师的任教时间从来没有超过一年，原因之一是该职位被伏地魔施加了诅咒

“哈利·波特靠运气逃出了我的掌心。现在我要杀了他来证明我的实力……”

——伏地魔，《哈利·波特与火焰杯》

伏地魔是一个非常强大的黑巫师。大部分巫师都不敢直呼其名，只敢称他为“神秘人”，“那个不能提名字的人”或者“黑魔王”。

伏地魔的母亲梅洛普·冈特对一个名叫老汤姆·里德尔的麻瓜使用了魔法，让他爱上自己，并和他结婚。但是，在魔法效力退去后，老汤姆离开了梅洛普。梅洛普把儿子汤姆·马沃罗·里德尔送去一家麻瓜孤儿院后，就在穷困潦倒中死去。当阿不思·邓布利多带着汤姆的霍格沃茨入学通知书来到孤儿院时，孤儿院的人告诉他汤姆对其他孩子做过许多残忍的事情。进入霍格沃茨后，汤姆深受各科教授的喜爱，唯独邓布利多对汤姆保持戒心，因为邓布利多一直忘不了孤儿院主管和他讲述的那些可怕故事。

汤姆一边假装模范学生，一边暗地里研究黑魔法。他给自己取了一个新的名字叫“伏地魔”，以此和他“肮脏的麻瓜父亲”划清界限。后来他得知自己通过继承母亲这边的血脉成为了斯莱特林的后代，于是他打开密室，然后命令密室里的蛇怪杀死所有麻瓜血统的学生。蛇怪杀死了一个名叫桃金娘的女生后，汤姆陷害他的同学鲁伯·海格，让人们认为是海格的宠物八眼巨蛛杀了桃金娘。

在霍格沃茨期间，伏地魔逐渐对长生不老产生兴趣。他向霍拉斯·斯拉格霍恩教授求教如何把自己的灵魂保存在魂器之中。杀死桃金娘让伏地魔能够制作出第一个魂器——一本日记本。许多年后，这本日记本被十二岁的哈利·波特摧毁。伏地魔另外又打造了五个魂器：他外公的金戒指，拉文克劳的冠冕，赫奇帕奇的金杯，斯莱特林的挂坠盒，还有他的蛇纳吉尼。

离开霍格沃茨后，伏地魔聚拢了一批信徒，并称之为食死徒。然后他掀起了一场长达十一年的战争，在此期间他杀人无数，并把受害者转变成一支名为“阴尸”的僵尸大军。

第一次巫师战争进行到第十个年头时，一个名叫西比尔·特里劳尼的先知做出预言：一个生于七月末的男孩将会获得击败黑魔王的能力。一个名叫西弗勒斯·斯内普的食死徒偷听到了这一预言，并且把消息传给他的主人。同年万圣节，伏地魔动身去杀死预言中的这个孩子。他来到戈德里克山谷，在詹姆·波特和莉莉·波特夫妇的家中把夫妇俩杀害，但是莉莉通过牺牲自己保住了一岁的儿子哈利·波特。她的这一行为打造出了一个强大的护盾保护了哈利，导致伏地魔的杀戮咒反弹，撕裂了他自己的身体。伏地魔的一小块灵魂附着在哈利身上，使得哈利意外成为了伏地魔的第七个魂器。

失去了肉身的伏地魔被迫隐匿多年。最终他附在了霍格沃茨黑魔法防御术教授奎里纳斯·奇洛的身上。得知尼可·勒梅的魔法石被邓布利多藏在霍格沃茨后，两人决定联手盗取魔法石。伏地魔和哈利在厄里斯魔镜前争夺魔法石，但是在莉莉·波特的保护下，伏地魔一碰到哈利·波特便疼痛难耐。当他的宿主奇洛死掉后，伏地魔重新逃回阿尔巴尼亚的藏身地。

伏地魔和仆人小矮星彼得、小巴蒂·克劳奇重聚后，想出了一个东山再起的新计划。他引诱哈利来到老汤姆·里德尔的坟墓，并利用添加了哈利的血的魔药使自己恢复肉身。随后伏地魔和哈利展开决斗，但却发现彼此的魔杖只能打个平手，而且因为他们的魔杖使用了同一凤凰羽毛的杖芯，导致触发闪回咒，一时所有死于伏地魔之手的亡魂全都涌出来，帮助哈利逃走。

在哈利一次又一次成功逃脱伏地魔设置的陷阱后，伏地魔感到十分不解，于是他决定调查当年那个预言。他使用摄神取念术操控哈利去神秘事务司取出预言水晶球。当哈利终于找到预言水晶球时，一群食死徒在卢修斯·马尔福的带领下突然出现，企图夺走预言水晶球。哈利和朋友们抵挡住了食死徒，并一直坚持到凤凰社成员前来支援。在混战中，预言水晶球被打碎。

再次惨遭失败的伏地魔，安排德拉科·马尔福执行刺杀邓布利多的任务。马尔福的妈妈很清楚，要是马尔福不能完成任务，伏地魔就会杀了他，于是她向斯内普求助。斯内普立下一个牢不可破的誓约：如果马尔福的刺杀行动失败，就由他亲手杀死邓布利多。斯内普最终履行了自己的誓约，杀死了邓布利多。现在唯一的劲敌已死，伏地魔终于顺利接管魔法部和霍格沃茨。

意识到自己的魔杖无法击败哈利后，伏地魔从邓布利多的墓中偷走了无人能敌的老魔杖。与此同时，因为魂器不断被发现和摧毁，伏地魔的防御能力也越来越弱。为了阻止哈利、罗恩和赫敏找出拉文克劳的吊坠盒，伏地魔组织军队进攻霍格沃茨，但是文森特·克拉布在用厉火攻击哈利时不小心摧毁了这个吊坠盒。在霍格沃茨之战期间，伏地魔命令纳吉尼杀死斯内普，他认为这么做就能够彻底成为老魔杖的主人。在冥想盆里看到斯内普的记忆后，哈利得知自己也是一个魂器。哈利决定让伏地魔杀死自己，认为这是打败伏地魔的唯一方法。伏地魔对哈利使出杀戮咒，结果只是摧毁了伏地魔寄宿在哈利体内的灵魂。

在霍格沃茨之战中，纳威·隆巴顿斩杀了纳吉尼，摧毁了伏地魔的最后一个魂器。伏地魔并不知道，哈利在马尔福庄园解除德拉科·马尔福的武器时，就已经成为了老魔杖真正的主人。哈利和伏地魔最后一次展开对决。交战之中伏地魔的杀戮咒发生反弹，伏地魔就此彻底消失。

在《哈利·波特与被诅咒的孩子》中，中年的哈利遇见了伏地魔和贝拉特里克斯·莱斯特兰奇的私生女戴尔菲。戴尔菲引诱哈利的儿子阿不思和斯科皮·马尔福穿越到过去帮助她的父亲东山再起，但是在家人和朋友的帮助下，哈利最终挫败了她的计划。

卢娜·洛夫古德 Luna Lovegood

首次提及 《哈利·波特与凤凰社》

类别 女巫

性别 女性

外表 蓬乱、及腰的脏金色长发，浅色眉毛，眼睛微突，永远一副惊讶的样子

学校 霍格沃茨

学院 拉文克劳

魔杖 卢娜在六年级时被食死徒绑架后失去了她的第一根魔杖。在她逃出来后，加里克·奥利凡德给她做了第二根魔杖

相关家族 斯卡曼德家族

技能与成就

- 邓布利多军成员
- 了解各种不同寻常的神奇动物
- 参与霍格沃茨之战

角色事件

为了保险起见，卢娜经常把魔杖藏在耳朵后面

“别担心。你只是和我一样正常。”

——卢娜·洛夫古德，《哈利·波特与凤凰社》

卢娜·洛夫古德绰号“疯姑娘”，是一个性格古怪的女巫。她和金妮·韦斯莱同年级，以其独特的穿搭品味而闻名，比如她会戴着用魔法物件飞艇李做的耳环和用黄油啤酒软木塞做的项链。她从来不掩饰自己稀奇古怪的想法，比如她认为傲罗正在通过牙龈疾病逐步接管魔法部。她的一些极端思想可能是受到她的父亲谢诺菲留斯·洛夫古德的影响——谢诺菲留斯是一份名叫《唱唱反调》的巫师八卦杂志的主编。九岁那年，卢娜目睹了母亲潘多拉的意外身亡，所以后来能够看到夜骐。

当哈利宣称伏地魔已经卷土重来时，卢娜相信哈利的话，并且说服她的父亲在《唱唱反调》上刊登对哈利的采访，以便把这个消息公之于众。作为邓布利多军的一员，卢娜精通各种黑魔法防御术咒语。在神秘事务司之战中，她和食死徒展开对决。次年，在食死徒进攻霍格沃茨时，她也再度勇敢参战。在食死徒控制霍格沃茨期间，她依然保持着邓布利多军的士气。

卢娜、金妮和纳威·隆巴顿曾试图从西弗勒斯·斯内普的办公室偷走格兰芬多之剑。在那之后不久，食死徒就绑架了卢娜，并以此要挟她父亲，因为她父亲一直公开支持哈利。哈利、罗恩、赫敏和家养小精灵多比从马尔福庄园救出了卢娜。在后来的霍格沃茨之战中，卢娜帮助哈利找到了失踪的拉文克劳冠冕。

在战争结束后，卢娜成为了一名魔法博物学家，并嫁给了著名神奇动物学家纽特·斯卡曼德的孙子罗夫·斯卡曼德。哈利给他的女儿取名叫莉莉·卢娜·波特以纪念他和卢娜之间的友情。

潘多拉·洛夫古德 Pandora Lovegood

首次提及 Wizarding World 网站

类别 女巫

性别 女性

外表 很像女儿卢娜·洛夫古德：金色长发，蓝色眼睛，眼睛微突

学校 霍格沃茨（推测）

相关家族 斯卡曼德家族

技能与成就

魔法实验

角色事件

因为目击过母亲潘多拉之死，所以卢娜能够看到夜骐

潘多拉·洛夫古德热衷于发明创造和魔法实验。在一次实验事故中，潘多拉不幸身亡，当时她的女儿卢娜只有九岁。在《哈利·波特与凤凰社》中，卢娜在神秘事务司听到母亲潘多拉的声音从帷幔后面传来。

谢诺菲留斯·洛夫古德 Xenophilius Lovegood

首次提及 《哈利·波特与死亡圣器》

类别 男巫

性别 男性

外表 及肩白发，有点斗鸡眼

学校 霍格沃茨（推测）

学院 拉文克劳（推测）

相关家族 斯卡曼德家族

技能与成就

《唱唱反调》杂志主编

角色事件

哈利第一次见到谢诺菲留斯·洛夫古德时，谢诺菲留斯的衣服上就有死亡圣器的标志

谢诺菲留斯·洛夫古德是一个单亲爸爸，也是著名八卦杂志《唱唱反调》的经营者。伏地魔卷土重来后，谢诺菲留斯公开支持哈利，直到女儿卢娜被绑架。为了救回爱女，谢诺菲留斯甚至试图把哈利交给食死徒。

洛希亚斯 Loxias

洛希亚斯首次被提及是在《哈利·波特与死亡圣器》中，他从巴拿巴斯·德夫里尔手中抢走了老魔杖，然后利用老魔杖消灭了所有他不喜欢的人。在格里戈维奇之前，他是已知最后一个拥有老魔杖的人。

倒霉爵士 Sir Luckless

倒霉爵士首次被提及是在《诗翁彼豆故事集》中，在《好运泉》这个故事中，倒霉爵士是一名麻瓜骑士，他赢得了一个名叫阿玛塔的女巫的芳心。

莱尔·卢平 Lyall Lupin

根据Wizarding World网站上的资料，莱尔·卢平是莱姆斯·卢平的父亲。狼人芬里尔·格雷伯克为了报复莱尔，咬伤了他儿子莱姆斯使其变成狼人。

莱姆斯·约翰·卢平 Remus John Lupin

首次提及 《哈利·波特与阿兹卡班的囚徒》

类别 男巫，狼人

性别 男性

外表 身材高大，面色苍白，布满皱纹，浅棕色头发中夹杂白发，衣着破旧，伤痕密布

学校 霍格沃茨

学院 格兰芬多

守护神 狼

魔杖 柏木，独角兽的毛发杖芯，十又四分之一英寸，弹性很好

相关家族 唐克斯家族，豪厄尔家族

技能与成就

- 凤凰社成员
- 霍格沃茨黑魔法防御术教授
- 活点地图联合创作者
- 获梅林爵士团一级勋章

角色事件

卢平是第一个被授予梅林爵士团勋章的狼人

“你早该知道……就算伏地魔不杀你，小天狼星和我也迟早会杀了你。再见了，彼得。”

——莱姆斯·卢平，《哈利·波特与阿兹卡班的囚徒》

莱姆斯·约翰·卢平是莱尔·卢平和霍普·豪厄尔之子。在莱姆斯小的时候，狼人芬里尔·格雷伯克为了报复莱姆斯的父亲莱尔而袭击莱姆斯，导致莱姆斯被感染并变成狼人。虽然狼人身上背负着各种污名，但莱姆斯还是获得了进入霍格沃茨学习的资格，并被阿不思·邓布利多校长分入格兰芬多学院。每当满月之时，莱姆斯就会被秘密护送至霍格沃茨郊外的一处废弃小屋内，避免他变身狼人后伤害他人。在学校期间，莱姆斯和詹姆·波特、小天狼星布莱克结为挚友，三人和小矮星彼得一起自称“劫盗者”。为了在满月之时陪伴莱姆斯，詹姆、小天狼星和小矮星三人成为了未登记的阿尼马格斯。与此同时，西弗勒斯·斯内普也发现了莱姆斯的秘密。

在第一次巫师战争期间，莱姆斯加入了凤凰社。在莉莉和詹姆·波特夫妇被杀之后，莱姆斯误以为是小天狼星背叛了波特一家。

1993年，邓布利多邀请莱姆斯担任黑魔法防御术教授。在霍格沃茨执教期间，莱姆斯见到了哈利·波特，当小天狼星来追杀小矮星的时候，莱姆斯才终于知道小天狼星是被陷害的。

后来莱姆斯从霍格沃茨辞职。第二次巫师战争爆发后，莱姆斯再次加入凤凰社。莱姆斯和尼法朵拉·唐克斯成为恋人并结婚，两人育有一子名叫爱德华·莱姆斯·卢平，小名泰迪。哈利成为了这个孩子的教父。

1998年2月2日，莱姆斯和唐克斯一同战死于霍格沃茨之战。

泰迪·卢平 Teddy Lupin

首次提及 《哈利·波特与死亡圣器》

类别 男巫

性别 男性

外表 易容马格斯

学校 霍格沃茨

学院 赫奇帕奇

相关家族 布莱克家族，唐克斯家族，豪厄尔家族

技能与成就

- 易容马格斯
- 学生会会长

角色事件

泰迪可能是唯一一个狼人和易容马格斯所生的孩子

父母莱姆斯和唐克斯在霍格沃茨之战中双双战死，使得泰迪成为孤儿。泰迪是由外婆安多米达抚养长大的，他经常去见他的教父哈利，后来还和维克托娃·韦斯莱约会。

艾丹·林齐 Aidan Lynch

艾丹·林齐首次被提及是在《哈利·波特与火焰杯》中，在那年的魁地奇世界杯比赛中，他是爱尔兰魁地奇国家队的找球手。在比赛中他两次坠地，一次是被威克多尔·克鲁姆的朗斯基假动作所骗，一次是在和克鲁姆一起追金色飞贼时撞击地面。

金特斯·麦克布恩 Quintius MacBoon

根据《神奇动物在哪里》，金特斯·麦克布恩在一次决斗中杀害了杜格德·麦克利沃。为了报复，麦克利沃氏族把所有麦克布恩氏族的人全都变成了一种名叫五足怪的可怕怪物。

“瘪头”马格纳斯·麦克唐纳 Magnus "Dent Head" MacDonald

根据《神奇的魁地奇球》，在20世纪60年代，“瘪头”马格纳斯·麦克唐纳呼吁解禁“头顶坩埚”运动。“头顶坩埚”就是让选手头顶上绑着坩埚去接住从空中落下的巨石，当时这项运动已经被禁了200年，但是马格纳斯的呼吁遭到魔法部的否决。

玛丽·麦克唐纳 Mary MacDonald

在《哈利·波特与死亡圣器》中，西弗勒斯·斯内普一段关于莉莉·伊万斯（婚后改姓波特）的记忆显示出，莉莉当面质问斯内普他的朋友穆尔塞伯对一个名叫玛丽·麦克唐纳的学生使用了黑魔法的事情。

莫拉格·麦克道格 Morag MacDougal

莫拉格·麦克道格首次被提及是在《哈利·波特与魔法石》中，她是霍格沃茨的一名学生。在入学新生逐个戴分院帽进行分院的仪式上，她位于纳威·隆巴顿和德拉科·马尔福的中间，但书中未写她到底被分到哪个学院。

麦克达夫 MacDuff

麦克达夫首次被提及是在《神奇动物：格林德沃之罪》中，他是盖勒特·格林德沃的一名忠实信徒，并且跟随这位传奇的黑巫师来到了巴黎。

芒戈·麦克达夫 Mungo MacDuff

根据Wizarding World网站上的资料，芒戈·麦克达夫是一名美国巫师，致力于保护魔法社会。他也是美国魔法国会的十二名初代傲罗之一。

哈米什·麦克法兰 Hamish MacFarlan

根据《神奇的魁地奇球》，哈米什·麦克法兰曾是大名鼎鼎的蒙特罗斯喜鹊队的队长，后来成为了魔法体育运动司的司长。

厄尼·麦克米兰 Ernie Macmillan

首次提及 《哈利·波特与密室》

类别 男巫

性别 男性

外表 身材矮胖，金发

学校 霍格沃茨

学院 赫奇帕奇

守护神 公猪

技能与成就

- 级长
- 邓布利多军成员

角色事件

在和哈利同年级的学生中，厄尼是唯一一个有资格上N.E.W.T.级魔药课的赫奇帕奇学生

厄尼·麦克米兰起初怀疑哈利·波特是斯莱特林的传人，但后来成为了哈利的热情支持者。在多洛雷斯·乌姆里奇的恐怖统治期间，厄尼公开高调支持哈利。

沃尔顿·麦克尼尔 Walden Macnair

沃尔顿·麦克尼尔首次被提及是在《哈利·波特与阿兹卡班的囚徒》中，他是一名食死徒，也是卢修斯·马尔福的朋友。他是处置危险动物委员会的行刑官，曾被委派处死鹰头马身有翼兽巴克比克，但后者被哈利·波特和赫敏·格兰杰救下。

劳拉·马德莱 Laura Madley

在《哈利·波特与火焰杯》中，劳拉·马德莱在哈利·波特上四年级的时候被分入赫奇帕奇学院，她和埃莉诺·布兰斯通是室友。

玛格瑞 Magorian

玛格瑞首次被提及是在《哈利 · 波特与凤凰社》中，他是一只马人。在和多洛雷斯·乌姆里奇爆发激烈冲突后，乌姆里奇对他使用了速速绑缚咒，召唤出绳索把他紧紧捆住。此举激怒了其他马人，并把乌姆里奇抓进了禁林深处。

马尔科姆 Malcolm

马尔科姆首次被提及是在《哈利 · 波特与魔法石》中，他是达力 · 德思礼的一个朋友。达力所有的朋友都被描绘成“又大又蠢”。

马勒克利 Malécrit

根据《神奇的魁地奇球》，马勒克利是15世纪初期的一名法国剧作家。他在他的剧作《哎呀，我把脚变形了》中提到了魁地奇球，这证明这项运动在当时就已经风靡欧洲。

阿布拉克萨斯·马尔福 Abraxas Malfoy

阿布拉克萨斯·马尔福首次被提及是在《哈利·波特与“混血王子”》中。据说，在1968年，魔法部首任麻瓜出身的部长诺比·利奇离职，就是阿布拉克斯萨斯在背后搞的鬼。阿布拉克萨斯是霍拉斯·斯拉格霍恩的朋友。后来因龙痘疮而死。

阿曼德·马尔福 Armand Malfoy

根据Wizarding World网站上的资料，法国人阿曼德·马尔福是英国马尔福家族的祖先。他于1066年和征服者威廉一同来到英国，并且在威尔特郡获封一片土地，这里后来变成了马尔福庄园。

布鲁图斯·马尔福 Brutus Malfoy

布鲁图斯·马尔福首次被提及是在《诗翁彼豆故事集》中，他是一位顽固的纯血统至上主义者。出于对麻瓜的深恶痛绝，他制作了反麻瓜期刊《战争中的巫师》。

德拉科·马尔福 Draco Malfoy

首次提及 《哈利·波特与魔法石》

类别 男巫

性别 男性

外表 皮肤苍白，尖脸；油亮的金发，灰色眼睛，眼神冷酷

学校 霍格沃茨

学院 斯莱特林

魔杖 山楂木，独角兽的毛发杖芯，十英寸，有一定弹性。马尔福曾一度成为老魔杖的主人

相关家族 布莱克家族，莱斯特兰奇家族，罗齐尔家族，格林格拉斯家族

技能与成就

· 斯莱特林魁地奇球队找球手

· 级长

· 调查行动组成员

· 食死徒

· 大脑封闭大师

· 修好了一个消失柜

· 施展过一次变色咒

· 参与霍格沃茨之战

角色事件

J. K. 罗琳曾说过“德拉克”（Draco）这个名字的意思是“恶龙”，但是他的魔杖杖芯是独角兽的毛发，代表着他的内心有着善良的一面

“你很快就会发现有些巫师家族就是更了不起。”

——德拉科·马尔福，《哈利·波特与魔法石》

作为卢修斯·马尔福和纳西莎·马尔福的独子，德拉科·马尔福从小在他们家族的古老庄园中过着优渥的生活。在这个古老的纯血统巫师家族中，马尔福是年纪最小的成员。他和他的朋友文森特·克拉布一起去霍格沃茨上学，并很快和格雷戈里·高尔成为了朋友。虽然马尔福早就听说过哈利·波特的名字，并且很想见见他，但是哈利拒绝和马尔福交朋友，两个人很快结怨并成为宿敌。

在霍格沃茨，傲慢自大的马尔福很喜欢成为众人关注的焦点，所以每次哈利表现比马尔福优秀时，他就会捉弄哈利。但是大部分时候，马尔福吸引大家注意并且给哈利找麻烦的行为，往往并不能如愿，甚至会自食恶果，比如偷走纳威的记忆球，骗哈利在午夜出来约架，以及举报哈利偷运幼龙等。

在二年级时，随着霍格沃茨里的密室被打开，马尔福内心根深蒂固的血统偏见也开始显露出来，他开始高调支持把具有麻瓜血统的学生从霍格沃茨清除出去。为了打败哈利，马尔福成为了一名魁地奇球找球手，甚至还让他的爸爸送了斯莱特林全体球员每人一把最新式的飞天扫帚。

进入三年级后，马尔福决定通过找海格的麻烦来折磨哈利。马尔福声称自己被鹰头马身有翼兽巴克比克攻击导致重伤，并趁机翘掉他不喜欢的魁地奇球比赛，还设法让巴克比克被判处决。在一次格兰芬多的魁地奇球比赛中，马尔福还乔装成摄魂怪吓哈利，并向西弗勒斯·斯内普举报哈利非法进入霍格莫德村的事情。

在四年级时，马尔福利用大家对哈利破格参加三强争霸赛的不满，制作和分发“波特臭大粪”的徽章。他还向丽塔·斯基特编造关于哈利和海格的谎言。马尔福很害怕“疯眼汉”穆迪，因为马尔福曾经趁哈利不备对他施展诅咒，结果被穆迪变成了一只雪貂。

多洛雷斯·乌姆里奇来到霍格沃茨后，不仅挑战阿不思·邓布利多的权威，还想尽办法打压哈利，这让马尔福非常兴奋。马尔福知道哈利说伏地魔回来了是事实，但是选择了明哲保身。另外，马尔福还嘲笑罗恩·韦斯莱，并编了一首“韦斯莱是我们的王”的歌，在魁地奇球比赛时唱出来羞辱他。马尔福还加入了乌姆里奇组建的调查行动组，但并未能把哈利从学校开除。

五年级学年末，马尔福的人生遭遇不幸：他的父亲被伏地魔囚禁，马尔福家族的声誉更是在食死徒之间一落千丈。作为对卢修斯·马尔福失败的惩罚，伏地魔招来德拉科·马尔福作为食死徒，并给他安排了一个不可能完成的任务：杀死邓布利多。起初，马尔福还感到非常荣幸，并想出了一个妙招：利用一对经久失修的消失柜帮助食死徒潜入霍格沃茨。但是，消失柜比马尔福预想的更难修复。他还想出了一些更具风险的计划，比如通过下过诅咒的项链和下了毒的蜂蜜酒来暗杀邓布利多，但这些计划差点害死了同学。此时的马尔福不再交作业，也不参加魁地奇球比赛，还和哭泣的桃金娘一起躲在厕所里哭。因为自尊心作祟，他始终不愿意接受斯内普的帮助，并坚持自己修复消失柜，并且最终修好了消失柜。面对邓布利多时，马尔福虽然解除了邓布利多的武器，但是并不想要杀死邓布利多，甚至在其他食死徒赶来前差点投靠了邓布利多，最后是斯内普当着马尔福的面杀死了邓布利多。

从那一刻起，马尔福就不想再当食死徒了，即便食死徒已经接管了霍格沃茨。七年级的复活节假期，马尔福正待在马尔福庄园时，脸部严重变形的哈利、罗恩和赫敏被俘。当马尔福被叫去指认哈利一行人时，马尔福谎称他并不是哈利。哈利随后逃出马尔福庄园，并顺带偷走了马尔福的魔杖。在霍格沃茨之战期间，为了恢复家族荣誉、夺回自己的魔杖，马尔福决定要亲自抓捕哈利，但是在文森特·克拉布释放厉火并失控后，却是哈利救了马尔福的命。

在哈利击败伏地魔一战中，马尔福扮演了一个间接但却非常重要的角色。早在马尔福解除邓布利多武器时，马尔福无意中成为了老魔杖的主人。后来，当哈利夺走马尔福的魔杖时，魔杖的所有权再次发生更改，并保护了哈利不受伏地魔的伤害。

战争结束后，马尔福违背父亲的意愿娶了阿斯托里亚·格林格拉斯为妻，两人育有一子斯科皮·马尔福。成年之后，德拉科·马尔福的兴趣爱好主要是收集黑魔法制品和研究炼金术文稿（但他并没能制造出魔法石）。在德拉科和妻子的教育下，斯科皮对麻瓜和麻瓜出身者的态度更加包容。

在《哈利·波特与被诅咒的孩子》中，有谣言称斯科皮其实是伏地魔的儿子，为此德拉科努力保护自己的孩子不受流言蜚语的伤害。德拉科的妻子阿斯托里亚因为遗传血液咒而早逝。当阿不思·波特和斯科皮·马尔福受伏地魔私生女戴尔菲诱骗去复活伏地魔时，哈利·波特和德拉科·马尔福放下之前的恩怨，联手拯救他们的孩子。

卢修斯·马尔福 Lucius Malfoy

首次提及 《哈利·波特与密室》

类别 男巫

性别 男性

外表 皮肤苍白，尖脸，灰色眼睛，眼神冷酷，金发

学校 霍格沃茨

学院 斯莱特林

魔杖 榆木，火龙心脏神经杖芯

相关家族 布莱克家族，格林格拉斯家族，莱斯特兰奇家族

技能与成就

- 食死徒
- 霍格沃茨学校董事会成员
- 为魔法部捐钱
- 参加霍格沃茨之战

角色事件

在第二次巫师战争后，卢修斯·马尔福靠指证其他食死徒而没有被关入阿兹卡班监狱

卢修斯·马尔福是一名忠实的食死徒，在魔法部很有影响力。他娶了纳西莎·莱斯特兰奇，两人生有一个儿子德拉科·马尔福。在伏地魔的指示下，卢修斯前往魔法部夺取预言水晶球，行动失败后他遭到监禁。后来，作为惩罚，伏地魔当众收缴了他的魔杖。

“拜托，既然你拿着这么卑微的薪水，为什么还要当个巫师中的败类？”

——卢修斯·马尔福，《哈利·波特与密室》

卢修斯·马尔福一世 Lucius Malfoy I

根据Wizarding World网站上的资料，卢修斯·马尔福一世深爱着伊丽莎白女王一世，但被她拒绝了。据说，他因此对女王施展毒咒，令她一辈子单身。

纳西莎·马尔福 Narcissa Malfoy

纳西莎·马尔福首次被提及是在《哈利·波特与火焰杯》中，她是小天狼星布莱克的堂姐。她原本是伏地魔的忠实信徒，但为了保护她的儿子德拉科·马尔福，背着伏地魔向西弗勒斯·斯内普求助。在霍格沃茨之战中，纳西莎骗伏地魔哈利已经死了，从而救了哈利一命。

尼古拉斯·马尔福 Nicholas Malfoy

根据Wizarding World网站上的资料，尼古拉斯·马尔福是德拉科·马尔福的祖先。在黑死病肆虐期间，他杀害了许多麻瓜。

斯科皮·马尔福 Scorpius Malfoy

斯科皮·马尔福首次被提及是在《哈利·波特与死亡圣器》中，他是德拉科·马尔福和阿斯托里亚·格林格拉斯的儿子。在《哈利·波特与被诅咒的孩子》中，斯科皮成了阿不思·波特的朋友，两个人计划使用时间转换器回到过去拯救塞德里克·迪戈里，但却因此而引发了一系列连锁反应，斯科皮必须想办法修复历史，避免伏地魔复活。

赛普蒂默斯·马尔福 Septimus Malfoy

根据Wizarding World网站上的资料，赛普蒂默斯·马尔福在18世纪魔法部部长昂科图·奥斯博的圈子里有着极大的影响力。

危险的食死徒和他们的盟友

作为伏地魔的忠实仆从，食死徒一心只想维护伏地魔的统治，实现纯血统至上的可怕目标。

不是所有效忠伏地魔的人手臂上都有黑魔标记，但是只要手臂上有黑魔标记的人就一定是伏地魔最忠诚、最受信赖的追随者。食死徒的盟友包括摄魂怪，高高马领导下的巨人族，伏地魔的蛇纳吉尼，以及魔法部的多名高官。特别值得一提的角色包括纳西莎·马尔福、芬里尔·格雷伯克和多洛雷斯·乌姆里奇。

埃弗里
雷古勒斯·布莱克 ***
阿莱克托·卡罗
阿米库斯·卡罗
小巴蒂·克劳奇
安东宁·多洛霍夫
吉本
加格森
伊戈尔·卡卡洛夫
贝拉特里克斯·莱斯特兰奇
拉巴斯坦·莱斯特兰奇
罗道夫斯·莱斯特兰奇
沃尔顿·麦克尼尔
德拉科·马尔福
卢修斯·马尔福
穆尔塞伯二世
诺特
小矮星彼得
奥古斯特·卢克伍德
埃文·罗齐尔
多尔芬·罗尔
塞尔温
西弗勒斯·斯内普 ***
特拉弗斯
威尔克斯
科班·亚克斯利

J.K. 罗琳在一次采访中确认，虽然纳西莎的马尔福家族和伏地魔关系深厚，但是她本人并不是食死徒，所以手臂上没有黑魔标记。

芬里尔·格雷伯克也没有黑魔标记，很可能是因为伏地魔对于狼人的偏见。

姓名后加三个星号（***），表示这些食死徒最后背叛了伏地魔。

“我们这里少了六位食死徒……”

在《哈利·波特与火焰杯》中，伏地魔复活后，注意到他的食死徒仆从之中少了六个人的身影。

“有三位是为我而死……”

埃文·罗齐尔

伏地魔的早期信徒，参加过第一次巫师战争，后来因为攻击大名鼎鼎的傲罗“疯眼汉”穆迪而当场毙命。

威尔克斯

威尔克斯也曾参与过第一次巫师战争，因为不想进阿兹卡班过监狱生活，在被傲罗逮捕时激烈反抗，并在争斗中死亡。

雷古勒斯·布莱克

伏地魔并不知道，在雷古勒斯·布莱克得知伏地魔要把布莱克的家养小精灵克利切留在一个海边洞穴中等死后，布莱克就已经心生叛意。后来布莱克被伏地魔的阴尸打败，并溺水而亡。

“一位胆小如鼠，不敢来见我……他迟早要付出代价……”

这里很可能是指伊戈尔·卡卡洛夫。他为了免去牢狱之灾而供出了自己的同伙。已经身为德姆斯特朗学校校长的伊戈尔并不想重操旧业，于是他选择了逃跑，但最终被他曾经的同伴抓住并杀死。

“另一位，我相信他已经永远抛弃了我……他自然也难逃一死……”

这里指的显然就是西弗勒斯·斯内普。当伏地魔恢复肉身后重新召集四处的食死徒时，斯内普需要在保持给邓布利多做伏地魔身边的间谍的同时，证明自己是安插在邓布利多身边的间谍的假象，来迟了两小时。讽刺的是，伏地魔并没有说错，斯内普确实“永远抛弃了”伏地魔。后来，伏地魔为了成为老魔杖的主人，用纳吉尼杀死了这位曾经的忠实信徒。

“还有一位，他依然是我最忠实的仆人，而且已经回到了我的身边。”

伏地魔在这里所指的显然是小巴蒂·克劳奇。这位食死徒一直对他的主人忠心耿耿。逃出阿兹卡班监狱后，他伪装成“疯眼汉”穆迪，并通过三强争霸赛俘获了哈利·波特。

摩金夫人 Madam Malkin

摩金夫人首次被提及是在《哈利·波特与魔法石》中，她是摩金夫人长袍专卖店的老板，哈利的霍格沃茨校服就是她负责定做的。在《哈利·波特与“混血王子”》中，哈利和马尔福一家在她的店里发生冲突，她试图从中调停。

格丝尔达·玛奇班 Griselda Marchbanks

格丝尔达·玛奇班首次被提及是在《哈利·波特与凤凰社》中，她是巫师考试管理局的主管。在哈利就读于霍格沃茨期间，她负责管理O.W.L.考试、N.E.W.T.考试的主管工作。在魔法部不择手段抹黑阿不思·邓布利多的时候，格丝尔达始终坚定地支持邓布利多。

马洛 Marlow

在《神奇动物在哪里》（2016年电影）中，马洛是纽特·斯卡曼德的六只护树罗锅之一。与芬恩、珀皮、提图斯和汤姆一样，马洛看到纽特偏爱皮克特就会发出巨大的噪声。

玛什女士 Madam Marsh

玛什女士首次被提及是在《哈利·波特与阿兹卡班的囚徒》中，她是骑士公共汽车上的一名女巫，因为晕车而犯恶心。在《哈利·波特与凤凰社》中，哈利又在骑士公共汽车上碰见她在呕吐。

迪伦·马伍德 Dylan Marwood

根据Wizarding World网站上的资料，迪伦·马伍德是一个精通人鱼语的巫师，也是《人鱼：语言与习俗综合指南》一书的作者。

梅森夫妇 Mr. and Mrs. Mason

在《哈利·波特与密室》中，德思礼一家邀请梅森夫妇来家里做客。梅森先生是一个有钱的建筑商，弗农希望通过和他拉近关系签下一笔大订单。但是，魔法部的一只猫头鹰突然从窗户外飞进来，并在梅森太太的头上扔了一封信，把夫妇俩吓跑了。

莫勒 Mauler

根据《神奇动物在哪里》，莫勒是纽特·斯卡曼德和蒂娜·斯卡曼德饲养的三只猫狸子之一。

奥利姆·马克西姆 Olympe Maxime

奥利姆·马克西姆首次被提及是在《哈利·波特与火焰杯》中，她是一名混血巨人，也是布斯巴顿学校的校长，以及三强争霸赛的评委。在《哈利·波特与凤凰社》中，她陪着海格一起前往巨人部落和巨人族结盟。

杜格德·麦克利沃 Dugald McClivert

根据《神奇动物在哪里》，杜格德·麦克利沃是麦克利沃氏族的族长。金特斯·麦克布恩杀死杜格德后，麦克利沃氏族把麦克布恩氏族全都变成了一种名为五足怪的可怕怪物。

卡特丽娜·麦克玛 Catriona McCormack

根据《神奇的魁地奇球》，卡特丽娜·麦克玛是波特里狂人队最有名的追球手。在20世纪60年代她担任队长期间，狂人队两次赢得联盟杯。她还是苏格兰魁地奇国家队的队员。

米格安·麦克玛 Meaghan McCormack

根据《神奇的魁地奇球》，米格安·麦克玛是波特里狂人队的守门员。她的母亲卡特丽娜·麦克玛曾是狂人队的著名追球手。她的哥哥柯利·杜克是古怪姐妹乐队的主音吉他手。

纳塔丽·麦唐纳 Natalie McDonald

在《哈利·波特与火焰杯》中，一个名叫纳塔丽·麦唐纳的学生被分进了格兰芬多学院。这个角色的名字取自加拿大一个身患白血病的哈利·波特粉丝，可惜的是这个女孩没等到《哈利·波特与火焰杯》出版就不幸离世。

伊丽莎白·麦吉利葛蒂 Elizabeth McGilliguddy

伊丽莎白·麦吉利葛蒂首次被提及是在Wizarding World网站上。在美国独立战争期间，她是美国魔法国会的主席，美国巫师群体在这段时间并未参加反抗英国的运动。

伊泽贝尔·麦格 Isobel McGonagall

伊泽贝尔·麦格首次被提及是在Wizarding World网站上，她是一名苏格兰女巫，本姓罗斯（Ross），在嫁给了一名麻瓜牧师罗伯特·麦格后，改随夫姓。直到女儿米勒娃降生之后，伊泽贝尔才向丈夫公开自己的女巫身份。

马尔科姆·麦格 Malcolm McGonagall

马尔科姆·麦格首次被提及是在Wizarding World网站上，他是罗伯特·麦格和伊泽贝尔·麦格的儿子，也是米勒娃·麦格的弟弟。和母亲、姐姐一样，他很快展现出魔法方面的天赋。

米勒娃·麦格 Minerva McGonagall

首次提及 《哈利·波特与魔法石》

类别 女巫

性别 女性

外表 高个子，黑发，梳着发髻，神情严肃，戴着一副方形眼镜

学校 霍格沃茨

学院 格兰芬多

守护神 猫

魔杖 冷杉木，火龙心脏神经杖芯，九又二分之一英寸，质地坚硬

相关家族 罗斯家族，埃尔科特家族

技能与成就

- 级长
- 女学生会会长
- 格兰芬多魁地奇球队队员
- 阿尼马格斯
- 《今日变形术》最具潜力新人奖
- 曾就职于魔法法律执行司
- 霍格沃茨教授（变形术）
- 格兰芬多学院院长
- 霍格沃茨副校长
- 参与霍格沃茨之战
- 霍格沃茨校长
- 凤凰社成员

角色事件

麦格教授是一个分院难题生——分院帽花了五分多钟才决定把她分进格兰芬多，而不是拉文克劳

“不用你告诉我什么能做什么不能做，波特。”

——米勒娃·麦格，《哈利·波特与魔法石》

在哈利于霍格沃茨就读期间，米勒娃·麦格是变形术教授，也是格兰芬多学院的院长。她是一个严厉但公正的老师，一心忠于阿不思·邓布利多和凤凰社，而且非常喜爱哈利。

麦格生于苏格兰，母亲是一名女巫，父亲是麻瓜。在霍格沃茨就读期间，麦格是班上的顶尖学生，也是格兰芬多魁地奇球队的优秀选手。麦格读书时，邓布利多是她的变形术老师。在邓布利多的教导下，麦格很快掌握了变形术，并成为了一名阿尼马格斯，她的动物形态是一只花斑猫。

从霍格沃茨毕业后，麦格爱上了一个麻瓜，但是为了避免重蹈父母的覆辙，麦格最终没有嫁给他。因为在魔法部的工作并不开心，麦格便向邓布利多提出想来霍格沃茨教学，邓布利多欣然答应。伏地魔第一次倒台后，麦格嫁给了自己的前任上司埃尔芬斯通·埃尔科特，不幸的是，两人结婚三年后，埃尔科特就去世了。

担任霍格沃茨副校长后，麦格对学生的各种愚蠢行为保持零容忍态度。在《哈利·波特与凤凰社》中，她非常反感多洛雷斯·乌姆里奇在霍格沃茨的所作所为，但依然小心隐藏自己的愤怒。后来，在霍格沃茨之战期间，麦格率领众人守卫城堡，甚至在霍拉斯·斯拉格霍恩和金斯莱·沙克尔的帮助下与伏地魔展开对决。

在《哈利·波特与被诅咒的孩子》中，麦格成为了霍格沃茨的校长。得知阿不思·波特和斯科皮·马尔福穿越了时间准备改变历史时，麦格批评魔法部部长赫敏·格兰杰私藏时间转换器，并警告周围所有人被伏地魔统治的世界将会不堪设想。

罗伯特·麦格 Robert McGonagall

根据Wizarding World网站上的资料，米勒娃·麦格的父亲罗伯特·麦格是一个麻瓜，职业是长老教会牧师。年轻时的罗伯特爱上了一个名叫伊泽贝尔·罗斯的女子，后来才惊讶地发现伊泽贝尔其实是一名女巫。

小罗伯特·麦格 Robert McGonagall Jr.

小罗伯特·麦格的名字取自他的麻瓜父亲罗伯特·麦格。根据Wizarding World网站的资料，他的姐姐米勒娃教会了他如何隐蔽自己的魔法能力，以免违反《国际保密法》。

杜戈尔·麦格雷格 Dougal McGregor

根据Wizarding World网站上的资料，杜戈尔·麦格雷格是一名麻瓜，曾经和米勒娃订婚，但米勒娃不想放弃巫师的身份，最终她选择了悔婚。

吉姆·麦古 Jim McGuffin

在《哈利·波特与魔法石》中，吉姆·麦古是一名麻瓜天气预报员。在伏地魔被打败后，麦古惊讶地发现之前预报的降雨变成了流星雨。

马琳·麦金农 Marlene McKinnon

在《哈利·波特与凤凰社》中，“疯眼汉”穆迪给哈利看了一张马琳·麦金农的照片。马琳是凤凰社的成员之一，在第一次巫师战争中遇难。

麦克拉甘 McLaggan

在《神奇动物：格林德沃之罪》中，麦克拉根是阿不思·邓布利多黑魔法防御课上的一名学生。虽然他不太擅长抵御邓布利多的攻击，但是邓布利多依然是他最喜欢的教授。

考迈克·麦克拉根 Cormac McLaggen

在《哈利·波特与“混血王子”》中，考迈克·麦克拉根是格兰芬多魁地奇球队的一名新星，也是一个非常自以为是的人。为了帮助罗恩在格兰芬多球员选拔赛中获胜，赫敏对考迈克使用了混淆咒。后来赫敏带领考迈克参加了霍拉斯·斯拉格霍恩的派对。

多卡斯·梅多斯 Dorcas Meadowes

多卡斯·梅多斯首次被提及是在《哈利·波特与凤凰社》中，她是初代凤凰社成员之一，在第一次巫师战争中被伏地魔亲手杀死。哈利在初代凤凰社成员的合影中看到了她。

阿拉明塔·梅利弗伦 Araminta Meliflua

阿拉明塔·梅利弗伦首次被提及是在《哈利·波特与凤凰社》中，小天狼星布莱克说，她是他母亲沃尔布加的堂妹，曾试图通过一项使猎杀麻瓜合法化的法案。

梅露辛 Melusine

梅露辛首次被提及是在《神奇动物：格林德沃之罪》中，她是一名年迈的法国女巫，就职于法国魔法部。纽特·斯卡曼德和蒂娜·戈德斯坦造访档案室时，梅露辛的玛达戈猫攻击了他们。

梅林 Merlin

梅林首次被提及是在《哈利·波特与魔法石》中，他是有史以来最著名的巫师，也是亚瑟王的宫廷成员。梅林爵士团就是以他的名字命名的，“梅林的胡子！”（Merlin's beard!）是巫师世界一句常用的惊叹语。

加拉提亚·梅乐思 Galatea Merrythought

加拉提亚·梅乐思首次被提及是在《哈利·波特与“混血王子”》中，她在霍格沃茨担任黑魔法防御课教授约50年，并于1945年退休。汤姆·马沃罗·里德尔从霍格沃茨毕业后，曾申请接替她的职位。

爱洛伊丝·米德根 Eloise Midgen

爱洛伊丝·米德根首次被提及是在《哈利·波特与火焰杯》中，她为了祛除脸上的青春痘而对自己使用了一个诅咒，并导致鼻子掉落，最后不得不找庞弗雷夫人帮忙。在第二次巫师大战期间，她从霍格沃茨退学。

疯麻瓜马丁·米格斯 Martin Miggs, the Mad Muggle

马丁·米格斯是巫师漫画系列《疯麻瓜马丁·米格斯》中的虚构角色。当哈利第一次前往陋居拜访罗恩时，发现他的房间里有一大堆这个系列的漫画。

吕克·米勒法利 Luc Millefeuille

根据Wizarding World网站上的资料，吕克·米勒法利是一名毕业于布斯巴顿魔法学校的法国糕点师，以毒害麻瓜而闻名。

米丽 Milly

根据《神奇动物在哪里》，米丽是纽特·斯卡曼德和蒂娜·斯卡曼德饲养的三只猫狸子之一。

尼古拉斯·德·敏西-波平顿爵士（差点没头的尼克）

Sir Nicholas de Mimsy-Porpington (Nearly Headless Nick)

首次提及 《哈利·波特与魔法石》

类别 幽灵

性别 男性

外表 穿着紧身裤和一件围着皱领的短上衣，戴羽毛帽，脑袋和脖子仅有一丝皮肉相连

学校 霍格沃茨

学院 格兰芬多

角色事件

尼克曾申请加入无头幽灵俱乐部——无头猎手队，但遭到拒绝，因为他没有完全断头，不能参加包括头顶马球、马背头杂耍在内的活动

“你再一次展现出和钝斧子一样敏锐的神经。”

——差点没头的尼克，《哈利·波特与“混血王子”》

尼古拉斯·德·敏西-波平顿爵士的绰号是“差点没头的尼克”，他是格兰芬多学院的幽灵，原本是亨利七世宫廷的成员。他曾经试图用魔法帮助一位女士矫正牙齿，没想到却让对方的嘴里长出了獠牙。1492年10月31日，尼古拉斯被处死。他在处决过程中非常痛苦，行刑手用一把钝斧子足足砍了他45下，但依然没能把他的头彻底砍下来，他的头和脖子一直由一点皮和筋连着。

哈利·波特在霍格沃茨上一年级时，就认识了这个浮夸但心地善良的幽灵。在《哈利·波特与密室》中，哈利被阿格斯·费尔奇缠上时，是尼克叫皮皮鬼去引开费尔奇，让哈利能够脱身。

尼克500岁忌辰的当晚，密室被打开。被释放出来的蛇怪把费尔奇的猫洛丽丝夫人石化。同年晚些时候，尼克又和贾斯廷·芬列里一起被石化。

当时，贾斯廷是透过尼克的身体看见蛇怪的，所以避免了眼睛直视。虽然尼克直视了蛇怪，但因为他已经是一个幽灵，所以不可能再死一次。

小天狼星布莱克去世后，悲痛万分的哈利找到尼克，想要知道小天狼星是否能以幽灵的形态回归。尼克告诉他很少有人会选择变成幽灵，并且表示，在他看来，小天狼星会勇敢地选择死亡。

爱洛伊丝·敏塔布 Eloise Mintumble

根据Wizarding World网站上的资料，索尔·克罗克教授提到，19世纪有一个名叫爱洛伊丝·敏塔布的女巫，她因为穿越时间遭受了灾难性后果。爱洛伊丝在1402年停留了数天之久，回到现代后，她迅速衰老，随即去世。

卡思伯特·莫克里奇 Cuthbert Mockridge

卡思伯特·莫克里奇首次被提及是在《哈利·波特与火焰杯》中，1994年，他担任妖精联络办事处主任。在魁地奇世界杯期间，他曾经从韦斯莱一家的帐篷门口路过。1996年，卡思伯特不再担任联络处主任，其职位由德克·克莱斯韦接任。

哭泣的桃金娘 Moaning Myrtle

首次提及 《哈利·波特与密室》

类别 女巫，幽灵

性别 女性

外表 矮胖，愁眉苦脸，细长头发，厚眼镜

学校 霍格沃茨

学院 拉文克劳

技能与成就

死后完成复仇

角色事件

当德拉科·马尔福在为修复消失柜而苦恼时，哭泣的桃金娘在一旁安慰他

桃金娘·沃伦在1943年被斯莱特林的蛇怪所杀。变成幽灵后，她因为经常哭泣而被大家称作“哭泣的桃金娘”。在《哈利·波特与密室》中，哭泣的桃金娘帮助哈利找到了密室。在《哈利·波特与火焰杯》中，她帮助哈利解开了金蛋之谜。

尤普拉西娅·摩尔 Eupraxia Mole

根据Wizarding World网站上的资料，尤普拉西娅·摩尔是霍格沃茨的校长，她曾经想把皮皮鬼赶出学校，失败之后，她为了平息皮皮鬼的怒气而答应满足他的要求。

蒙太 Montague

蒙太首次被提及是在《哈利·波特与阿兹卡班的囚徒》中，他是斯莱特林魁地奇球队的追球手，也是调查行动组的成员。在他威胁扣格兰芬多的分后，弗雷德·韦斯莱和乔治·韦斯莱把他塞进了消失柜。

蒙太夫妇 Mr. & Mrs. Montague

在《哈利·波特与凤凰社》中，蒙太夫妇是霍格沃茨学生蒙太的父母。蒙太因为在消失柜中使用幻影显形差点死掉，为此他们特意赶来看望他们的儿子。

蒙哥马利姐妹 The Montgomery Sisters

在《哈利·波特与“混血王子”》中，赫敏向罗恩提到一对姓蒙哥马利的姐妹，她们五岁的弟弟遭到狼人袭击之后不幸身亡，凶手很可能就是芬里尔·格雷伯克。

“疯眼汉”阿拉斯托·穆迪 Alastor "Mad-Eye" Moody

首次提及 《哈利·波特与火焰杯》

类别 男巫

性别 男性

外表 脸上有疤，鼻子残缺；一只眼睛又小又黑，另一只蓝色的魔法眼睛可以看向任何方向；头发花白，有一条木腿，脚掌带爪

学校 霍格沃茨（猜测）

技能与成就

- 傲罗
- 凤凰社成员

角色事件

穆迪死后，多洛雷斯·乌姆里奇拿走了他的魔法眼睛，用来监视自己的员工；后来哈利把这只眼睛偷回来并埋葬

“疯眼汉”阿拉斯托·穆迪是一名资深傲罗，也是凤凰社的成员。他的父母都是傲罗。他以疑神疑鬼（用他自己的话来说叫“时刻保持警惕”）而闻名。在《哈利·波特与火焰杯》中，邓布利多把已经退休的穆迪请回来教黑魔法防御术，但是小巴蒂·克劳奇制服了穆迪，并把他锁进了一个箱子，然后利用复方汤剂假扮成穆迪长达一年。作为凤凰社的初始成员，穆迪在伏地魔卷土重来之后再次加入凤凰社。他领导其他人把哈利从女贞路护送到格里莫广场12号，并参加了神秘事务司之战。穆迪并未亲眼看到第二次巫师战争的爆发，因为他在七个波特之战中被伏地魔亲手杀死。

莫恩 Moon

在《哈利·波特与魔法石》中，莫恩是一个和哈利同年级的学生，分院仪式上叫到了莫恩。目前尚不清楚莫恩到底属于哪个学院。

莫兰 Moran

在《哈利·波特与火焰杯》中，莫兰是1994年魁地奇世界杯爱尔兰魁地奇国家队的一名追球手。她和同队的追球手在赛场上力压对手保加利亚队，最终进了十七个球。

格温多·摩根 Gwendolyn Morgan

根据《神奇的魁地奇球》，格温多·摩根在1953年担任霍利黑德哈比队的队长。在和海德堡猎犬队打了一场持续七天的比赛后，猎犬队队长鲁道夫·布兰德突然向格温多求婚，格温多当场用飞天扫帚将对方打致脑震荡。

莫佳娜 Morgana

莫佳娜，也叫摩根·勒·费伊（Morgan le Fay），是一名著名的黑巫师。她是亚瑟王同母异父的姐姐，也是梅林的敌人。在《哈利·波特与魔法石》中，罗恩在霍格沃茨特快列车上送了一张莫佳娜的巧克力蛙卡片给哈利。

莫瑞根 Morrigan

莫瑞根首次被提及是在Wizarding World网站上。她是一名著名的爱尔兰女巫，也是伊索特·塞耶的祖先。莫瑞根是一名阿尼马格斯，能够变形成一只乌鸦。关于伊尔弗莫尼魔法学校的创建背景，详见163页。

莫特莱克 Mortlake

在《哈利·波特与密室》中，亚瑟·韦斯莱回忆起在魔法部的一次突袭行动中，他们在一个名叫莫特莱克的巫师家中发现了好几只被用来做魔咒试验的雪貂。魔法部依法收缴了这些雪貂。

莫萨格 Mosag

莫萨格首次被提及是在《哈利·波特与密室》中，它是一只雌性八眼巨蛛。海格把莫萨格带到禁林给阿拉戈克当配偶。莫萨格和阿拉戈克生下了许多后代，并建立了自己的蜘蛛聚落。

哈桑·穆斯塔发 Hassan Mostafa

在《哈利·波特与火焰杯》中，哈桑·穆斯塔发是一名埃及巫师，也是1994年魁地奇世界杯决赛的裁判。比赛期间，他被保加利亚队的吉祥物媚娃所迷惑，并且试图把她们逐出球场。

麻瓜首相 Muggle Prime Minister

麻瓜首相首次被提及是在《哈利·波特与阿兹卡班的囚徒》中，在麻瓜首相入职的第一天，魔法部部长康奈利·福吉就告诉了他关于巫师世界的事情。在《哈利·波特与“混血王子”》中，麻瓜首相提到了多年来他获知的所有魔法事件。

穆尔塞伯家族 The Mulcibers

穆尔塞伯家族首次被提及是在《哈利·波特与火焰杯》中。穆尔塞伯一世是伏地魔最早的支持者之一，也是一名食死徒。穆尔塞伯二世——推测是他的儿子——在霍格沃茨就读期间和其他黑巫师成为朋友，并在成年后加入食死徒。

布尔多克·马尔登 Burdock Muldoon

布尔多克·马尔登首次被提及是在《神奇动物在哪里》中，他是14世纪的巫师议会会长，曾试图以生物的腿的数量来定义什么是人、什么是兽。

马莱特 Mullet

在《哈利·波特与火焰杯》中，马莱特是1994年的魁地奇世界杯决赛上爱尔兰魁地奇国家队的追球手。爱尔兰队后来在和保加利亚队的对决中获胜。马莱特和她的队友骑的都是火弩箭。

扎卡赖斯·蒙普斯 Zacharias Mumps

根据《神奇的魁地奇球》，扎卡赖斯·蒙普斯在1398年首次对魁地奇球进行了详细的描述，当时的魁地奇球比赛——包括不同球员的作用、名字、球的类别、球场的形状——已经与今天的魁地奇球比赛非常相似。

埃里克·芒奇 Eric Munch

在《哈利·波特与凤凰社》中，哈利去魔法部参加威森加摩听证会的那天早上，埃里克·芒奇在魔法部正厅担任警卫。后来斯多吉·波德摩在夺魂咒的作用下试图闯入魔法部时，就是被埃里克逮捕的。

哈方·蒙特 Harfang Munter

根据Wizarding World网站上的资料，德姆斯特朗学院创始人内丽达·沃卡诺娃离奇死亡后，哈方·蒙特迅速成为第二任校长。哈方·蒙特名声很差，他鼓励德姆斯特朗学院把重点放在学习决斗和战斗类魔法上。

默库斯 Murcus

在《哈利·波特与火焰杯》中，默库斯是霍格沃茨大湖里的塞尔基聚落的首领。她会和霍格沃茨的校长合作。她曾在《哈利·波特与火焰杯》中和邓布利多合作。

穆丽尔姨婆 Auntie Muriel

穆丽尔姨婆首次被提及是在《哈利·波特与“混血王子”》中，她是莫丽·韦斯莱的姨妈，是一个喋喋不休的女人。她把一个妖精制作的头冠借给芙蓉在婚礼上戴，并且和哈利·波特说了不少关于邓布利多家族的坏话。

尤尼斯·默里 Eunice Murray

根据《神奇的魁地奇球》，尤尼斯·默里是蒙特罗斯喜鹊队的找球手，她曾经要求提高金色飞贼的速度，因为她感觉当时的金色飞贼太容易抓了。

内格尔 Nagel

内格尔首次被提及是在《神奇动物：格林德沃之罪》中，他是1920年代盖勒特·格林德沃最信任的手下之一。他帮助格林德沃在巴黎物色了一个总部，还被派去神秘马戏团调查默然者克莱登斯·巴瑞波恩。

纳吉尼 Nagini

首次提及

《哈利·波特与火焰杯》

类别 女巫，血咒兽人，蛇

性别 女性

外表

人形：美女，黑色长发。

蛇形：身体上有硕大的菱形花纹

技能与成就

血咒兽人

角色事件

纳威·隆巴顿在霍格沃茨之战期间斩杀了纳吉尼

纳吉尼是一名血咒兽人，她注定要变成一条蛇。20世纪20年代，纳吉尼是神秘马戏团里的一名演员。到了90年代，她已经彻底变成一条蛇，并且被伏地魔做成了一个魂器。

尼克·奈纳德 Niko Nenad

根据Wizarding World网站上的资料，尼克·奈纳德是1809年魁地奇世界杯期间罗纳尼亚国家队的球员，他是一个充满破坏欲、精神很不稳定的巫师，他劝说黑巫师协助他对一整片森林下诅咒，森林里的树中了魔法之后向体育馆发起进攻，并踩死了不少人，史称“杀人森林袭击事件”。

Z. 内特尔斯女士 Madam Z.Nettles

在《哈利·波特与密室》中，哈利读到一则快速念咒课的广告，一个名叫Z. 内特尔斯的女巫在广告中把这门课吹得天花乱坠。

诺比姨父 Uncle Nobby

根据《诗翁彼豆故事集》，比阿特丽克斯·布洛克萨姆在日记中提到，曾经听过诺比姨父和一个母夜叉，还有一袋跳跳球茎之间的故事，并给她留下了阴影。

诺伯 / 诺贝塔 Norbert/Norberta

在《哈利·波特与魔法石》中，海格孵出了一只挪威脊背龙，并给它取名为诺伯。但是因为这条龙太凶狠，连海格都驾驭不了，最后只能送去一个火龙保护区。后来查理·韦斯莱发现诺伯其实是一头母龙。

洛丽丝夫人 Mrs. Norris

洛丽丝夫人首次被提及是在《哈利·波特与魔法石》中，它是霍格沃茨管理员阿格斯·费尔奇的爱猫。在《哈利·波特与密室》中，费尔奇认为是哈利杀死了他的猫，但后来发现洛丽丝夫人只是被蛇怪暂时石化。

诺特 Nott

诺特首次被提及是在《哈利·波特与火焰杯》中，他是已故的诺特夫人的丈夫，也是西奥多·诺特的父亲。诺特是伏地魔最早的支持者和食死徒之一。在神秘事务司之战中，赫敏将他击晕。

坎坦克卢斯·诺特 Cantankerus Nott

根据Wizarding World网站上的资料，坎坦克卢斯·诺特据传是《纯血统名录》一书的作者，这本书记录了英国二十八个真正的纯血统家族，是一本有争议的书。

西奥多·诺特 Theodore Nott

西奥多·诺特首次被提及是在《哈利·波特与魔法石》中，他是一名斯莱特林的学生，也是德拉科·马尔福的朋友，是一个纯血统至上主义者。在《哈利·波特与被诅咒的孩子》中，他因为非法占有一个时间转换器而被捕。

考迈克·奥布莱恩 Cormac O'Brien

根据Wizarding World网站上的资料，考迈克·奥布莱恩是美国魔法国会最早的十二名傲罗之一，他和另外九名同事均英年早逝。

奥尔蒂斯·奥弗莱厄蒂 Ortiz O'Flaherty

根据Wizarding World网站上的资料，奥尔蒂斯·奥弗莱厄蒂是一名美国巫师，著有《大脚的最后一战》一书，该书记录了1892年的大脚怪之乱。

达伦·奥黑尔 Darren O'Hare

根据《神奇的魁地奇球》，达伦·奥黑尔是肯梅尔红隼队的守门员，也是鹰头进攻阵形的发明者。

奥伯兰斯克 / 奥巴隆斯克先生 Mr. Oblansk/Obalonsk

在《哈利·波特与火焰杯》中，保加利亚魔法部部长奥伯兰斯克（也可能叫“奥巴隆斯克”）先生出席了魁地奇世界杯比赛。

英雄奥多 Odo the Hero

英雄奥多首次被提及是在《哈利·波特与“混血王子”》中，《英雄奥多》是一首歌曲，唱的是一个名叫奥多的巫师魂归故里的故事。在阿拉戈克的葬礼后，海格和斯拉格霍恩一起唱起了这首歌。

鲍勃·奥格登 Bob Ogden

鲍勃·奥格登首次被提及是在《哈利·波特与“混血王子”》中，他是魔法部法律执行司的工作人员，为了调查莫芬·冈特是否对老汤姆·里德尔使用毒咒，鲍勃遭到了莫芬的攻击。

提贝卢斯·奥格登 Tiberius Ogden

在《哈利·波特与凤凰社》中，面对魔法部抹黑阿不思·邓布利多和哈利·波特的行为，提贝卢斯·奥格登从威森加摩辞职以表达抗议。

奥格 Ogg

在《哈利·波特与火焰杯》中，莫丽·韦斯莱回想起，有一个名叫奥格的猎场看守。

奥拉夫 Olaf

根据《神奇的魁地奇球》，奥拉夫是一个12世纪的巫师，在他的表亲古德温·尼恩写给他的一封信中，提到了一种名叫“魁地奇”的游戏。

坎特伯雷的老博格尔 Old Boggle of Canterbury

根据Wizarding World网站上的资料，坎特伯雷的老博格尔是一个博格特，坎特伯雷的麻瓜认为它是个会吃人的隐士。

奥勒敦兄弟 Ollerton Brothers

根据《神奇的魁地奇球》，奥勒敦兄弟（即巴纳比、比尔和鲍勃三人）联手建立了著名的横扫扫帚公司。

加里克·奥利凡德 Garrick Ollivander

首次提及
《哈利·波特与魔法石》

类别 男巫

性别 男性

外表 年迈，皮肤苍白，银色眼睛

学校 霍格沃茨

学院 拉文克劳

魔杖 鹅耳枥木，火龙心脏神经杖芯，十二又四分之三英寸，略有弹性

技能与成就
对魔杖制作的了解无人能出其右

角色事件
奥利凡德自称能记住他卖出的每一根魔杖

加里克·奥利凡德是一位远近闻名的魔杖制作人，经常被奉为全世界最顶尖的魔杖制作人。当哈利把奥利凡德从食死徒的手中救出来时，奥利凡德告诉了他一个关于老魔杖的重要信息。

杰伦特·奥利凡德 Geraint Ollivander

根据Wizarding World网站上的资料，杰伦特·奥利凡德是一名中世纪的魔杖制作人，也是加里克·奥利凡德的远亲。他声称柏木魔杖喜欢选择注定要英勇死去的巫师。

杰博德·奥克塔维厄斯·奥利凡德 Gerbold Octavius Ollivander

根据Wizarding World网站上的资料，杰博德·奥克塔维厄斯·奥利凡德是一名知名魔杖制作人，也是加里克·奥利凡德的祖父。他的商业对手阿图罗·塞法罗波斯诬陷杰博德夸大了银毛椴魔杖的力量。

加尔韦斯·奥利凡德 Gervaise Ollivander

根据Wizarding World网站上的资料，加尔韦斯·奥利凡德是加里克·奥利凡德的父亲，他非常想使用马形水怪的毛发、猫狸子的胡须等低劣的魔法材料制作魔杖。加里克从中吸取教训，一心研究最精良的魔杖杖芯。

乌娜 Oona

根据《神奇的魁地奇球》，乌娜生活在12世纪，她在当地的一家小酒馆里当女招待。有一次本地魁地奇球队赢得比赛后，她请全体球员免费喝蜂蜜酒。

麦伦·奥瑟豪斯 Myron Otherhaus

根据Wizarding World网站上的资料，麦伦·奥瑟豪斯是一名19世纪的巫师。有一天他在家里时，突然看到一个名叫维奥莱特·迪里曼的人哭哭啼啼地从壁炉中冒出来。维奥莱特是为了逃避施暴的丈夫才使用飞路粉逃跑。她原本是要回娘家，但是因为没有说清楚目的地，所以碰巧出现在了奥瑟豪斯的家里。

帕拉瑟 Paracelsus

帕拉瑟首次被提及是在《哈利·波特与魔法石》中，哈利在第一次搭乘霍格沃茨特快时就拿到了一张帕拉瑟的巧克力蛙卡片。在《哈利·波特与凤凰社》中，皮皮鬼计划把帕拉瑟的半身像砸到别人的脑袋上。

沃尔特·帕金 Walter Parkin

根据《神奇的魁地奇球》，沃尔特·帕金是一名屠户，他的七个孩子一起组建了威格敦流浪汉魁地奇球队。沃尔特经常拿着魔杖和剁肉刀出现在比赛现场，令对方球员看到就怕。

潘西·帕金森 Pansy Parkinson

潘西·帕金森首次被提及是在《哈利·波特与魔法石》中，她是斯莱特林学院的学生，和德拉科·马尔福是一伙的，后来成了乌姆里奇调查行动组的一员。在《哈利·波特与死亡圣器》中，她在霍格沃茨之战期间试图抓捕哈利。

帕德玛·佩蒂尔 Padma Patil

帕德玛·佩蒂尔首次被提及是在《哈利·波特与魔法石》中，她是一名拉文克劳的学生。她还有个双胞胎姐姐叫帕瓦蒂·佩蒂尔。在《哈利·波特与火焰杯》中，她和罗恩·韦斯莱一起参加了圣诞舞会。在《哈利·波特与被诅咒的孩子》中的一条平行时间线里，帕德玛和罗恩结婚了。

帕瓦蒂·佩蒂尔 Parvati Patil

帕瓦蒂·佩蒂尔首次被提及是在《哈利·波特与魔法石》中，她是和哈利同年级的格兰芬多学生，她有一个双胞胎妹妹叫帕德玛·佩蒂尔。四年级时，帕瓦蒂·佩蒂尔和哈利一起参加了圣诞舞会，后来还成了邓布利多军的一员。

卜鸟帕特里克 Patrick the Augurey

卜鸟帕特里克首次被提及是在《神奇动物：格林德沃之罪》中，纽特·斯卡曼德在地下室里至少养了两只卜鸟，其中一只就是帕特里克。帕特里克主要以昆虫和仙子为食。雅各布·科瓦尔斯基在打开纽特的箱子时就见到了帕特里克。

爪子先生 Mr. Paws

爪子先生首次被提及是在《哈利·波特与魔法石》中，它是阿拉贝拉·费格养的一只的混血猫狸子。在哈利·波特去费格太太家做客时，费格太太向哈利轮番展示她的宠物的照片，看得哈利呵欠连天。

吉米·珀克斯 Jimmy Peakes

吉米·珀克斯首次被提及是在《哈利·波特与“混血王子”》中，他和里切·古特一起被选为格兰芬多魁地奇球队的击球手。在霍格沃茨之战爆发伊始，麦格教授命令未成年的珀克斯离开学校。

亚伯拉罕·皮斯古德 Abraham Peasegood

根据《神奇的魁地奇球》，亚伯拉罕·皮斯古德的魔杖无意间发动魔法引爆了一个鬼飞球，由此发明了鬼空爆这项全新的体育运动。

阿诺德·皮斯古德 Arnold Peasegood

在《哈利·波特与火焰杯》中，亚瑟·韦斯莱把哈利和赫敏介绍给阿诺德·皮斯古德。阿诺德·皮斯古德是一名记忆注销员，魁地奇世界杯期间，他在逆转偶发魔法事件小组中工作。

安杰勒斯·皮尔 Angelus Peel

根据Wizarding World网站上的资料，在1877年的哈萨克斯坦魁地奇世界杯中，安杰勒斯·皮尔是加拿大魁地奇国家队的找球手。比赛结束后，安杰勒斯一觉醒来，发现自己的膝盖反过来了，但是却完全不记得发生了什么事。

皮皮鬼 Peeves

首次提及 《哈利·波特与魔法石》

类别 恶作剧精灵

性别 男性

外表 戴着一顶缀满铃铛的帽子，打着橙色的蝴蝶结

技能与成就

- 制造噪声
- 招惹霍格沃茨的学生和教职工

角色事件

所有试图把皮皮鬼从霍格沃茨驱逐出去的努力最终都是徒劳

皮皮鬼是霍格沃茨校园里一个古老的恶作剧精灵，他很喜欢惹是生非，经常整蛊学生和教授，对大部分人都缺乏尊重。在《哈利·波特与死亡圣器》中，他参加了霍格沃茨保卫战。

戴西·彭尼德 Daisy Pennifold

根据《神奇的魁地奇球》，戴西·彭尼德是一个18世纪的女巫，她发明了一个可以减缓鬼飞球下降速度的魔咒，让追球手有更多时间去接住鬼飞球。这种施加了魔咒的鬼飞球后来被称为“彭尼德鬼飞球”。

伯特兰·德·潘西–普罗方德斯 Bertrand de Pensées-Profondes

伯特兰·德·潘西–普罗方德斯首次被提及是在《诗翁彼豆故事集》中，他是一名魔法哲学家，著有《对自然死亡之实际及抽象结果的研究，特别是对精神与物质的再度统一的研究》一书。

奥塔维·佩珀 Octavius Pepper

奥塔维·佩珀是一名巫师，很有可能遭到食死徒的绑架。在《哈利·波特与“混血王子”》中，赫敏在《预言家日报》上看到他和其他失踪、被捕或者被害的人的名字出现在一起。

珀金斯 Perkins

珀金斯首次被提及是在《哈利·波特与密室》中，他是亚瑟·韦斯莱在魔法部禁止滥用麻瓜物品办公室唯一的同事。在《哈利·波特与火焰杯》中，韦斯莱一家向珀金斯借了一些帐篷去魁地奇世界杯营地露营。

莎莉安·波克斯 Sally-Anne Perks

在《哈利·波特与魔法石》中，莎莉安·波克斯是和哈利同年级的学生，她在哈利前面参加分院仪式。小说中并未提到她被分进了哪个学院。

小矮星夫人 Mrs. Pettigrew

在《哈利·波特与阿兹卡班的囚徒》中，罗恩·韦斯莱提到在小天狼星布莱克杀死小矮星彼得后，彼得的母亲收到了他儿子的手指和一枚颁给他儿子的梅林爵士团一级勋章。

小矮星彼得 Peter Pettigrew

首次提及 《哈利·波特与阿兹卡班的囚徒》

类别 男巫

性别 男性

外表 身材矮小，头发稀疏，水汪汪的眼睛。伏地魔第一次倒台后失去了一根手指，伏地魔复活后换了一只银色的义手

学校 霍格沃茨

学院 格兰芬多

魔杖 栗木，火龙心脏神经杖芯，九又四分之一英寸

化名 斑斑

技能与成就

- 阿尼马格斯
- 凤凰社成员
- 食死徒
- 复活伏地魔

角色事件

在所有的旁观者看来，小天狼星布莱克把小矮星彼得炸成了碎片，并连累十二名麻瓜因此丧命。彼得的母亲代表自己的儿子接受了一枚梅林勋章，以及装着他一根手指的盒子——这是能够找到的最大的一块尸块。但实际上，彼得是在炸毁整条街道逃离现场之前切下了自己的一根手指

在霍格沃茨就读期间，小矮星彼得是詹姆·波特、小天狼星布莱克和莱姆斯·卢平的好朋友，他也是一名阿尼马格斯，能够变身为老鼠，所以有了一个绰号叫虫尾巴。虽然他是自愿加入凤凰社的，但是后来背叛组织，成了伏地魔的眼线。他为了伏地魔背叛了詹姆和莉莉夫妇，然后炸毁整条街道逃离现场，并栽赃给小天狼星布莱克。接下来的十二年时间里，他变身成老鼠，成了珀西·韦斯莱的宠物“斑斑”，后来珀西又把他送给了罗恩·韦斯莱。在《哈利·波特与阿兹卡班的囚徒》中，莱姆斯和小天狼星揭穿了他的真实身份，小矮星随即逃回伏地魔的身边。后来为了复活伏地魔，他切下了自己的手，成功复活的伏地魔则赏给他一只银手。在《哈利·波特与死亡圣器》中，他试图用那只银手杀死哈利，但是想到哈利曾经饶他一命，他还是犹豫了，这只银手随即把彼得活活掐死。

安提俄克·佩弗利尔 Antioch Peverell

安提俄克·佩弗利尔首次被提及是在《哈利·波特与死亡圣器》中，他很可能是老魔杖（三大死亡圣器之一）的制作者。根据《诗翁彼豆故事集》中的《三兄弟的传说》，安提俄克使用老魔杖杀死了一个对手，在那之后，他又被另一个巫师杀害并夺走老魔杖，从此开启了老魔杖漫长而血腥的历史。

卡德摩斯·佩弗利尔 Cadmus Peverell

在《哈利·波特与死亡圣器》中，卡德摩斯·佩弗利尔被认为是复活石（三大死亡圣器之一）的创造者。根据《诗翁彼豆故事集》中的《三兄弟的传说》，卡德摩斯利用复活石复活了他死去的爱人，但复活的这个人并不是卡德摩斯真正的爱人，而是更像她的一个影子。伤心欲绝的卡德摩斯为了与爱人团聚，最终选择了自杀。

伊格诺图斯·佩弗利尔 Ignotus Peverell

伊格诺图斯·佩弗利尔首次被提及是在《哈利·波特与死亡圣器》中，他很可能是隐形斗篷（三大死亡圣器之一）的发明人。根据《诗翁彼豆故事集》最后一个故事《三兄弟的传说》，伊格诺图斯穿着隐形斗篷躲过了死神的眼睛，一直到垂垂老矣时，才把隐形斗篷传给了他的儿子。

艾欧兰斯·佩弗利尔 Iolanthe Peverell

根据Wizarding World网站的资料，艾欧兰斯·佩弗利尔是伊格诺图斯·佩弗利尔的孙女，也是哈利·波特的祖先。她嫁给了斯廷奇库姆的林弗雷德之子——哈德温·波特，并请求哈德温替她保守隐形衣的秘密，哈德温答应了她的要求。

阿基·菲尔坡特 Arkie Philpott

阿基·菲尔坡特是一名巫师，他曾在1996年愚弄古灵阁的妖精。在《哈利·波特与“混血王子”》中，比尔·韦斯莱向几个弟弟和哈利讲述了菲尔坡特的故事，警告他们妖精现在对古灵阁采取了非常严格的安保措施。

皮克特 Pickett

在《神奇动物在哪里》（2016年电影）中，皮克特是纽特·斯卡曼德的一只护树罗锅，它非常喜欢藏在纽特的口袋里跟随他到处走。它是纽特最喜欢的宠物之一。皮克特曾帮助纽特逃离美国魔法国会。在巴黎时，皮克特还帮助纽特逃离了尤瑟夫·卡玛的监禁。

瑟拉菲娜·皮奎利 Seraphina Picquery

在《神奇动物在哪里》（2016年电影）中，瑟拉菲娜·皮奎利是1920年代美国魔法国会的主席。当蒂娜·戈德斯坦带着纽特·斯卡曼德的行李箱（里面装着纽特和雅各布·科瓦尔斯基）来到美国魔法国会时，皮奎利立刻将三人逮捕。在纽特揭露盖勒特·格林德沃的真面目后，皮奎利向他们道歉。

朱薇琼 Pigwidgeon

朱薇琼首次被提及是在《哈利·波特与阿兹卡班的囚徒》中，它是罗恩的宠物猫头鹰，个头非常小，而且活蹦乱跳，但在寄送重物时，经常需要其他猫头鹰的协助。在发现老鼠斑斑其实是杀人犯小矮星彼得变的后，小天狼星布莱克把朱薇琼送给了罗恩作为礼物。虽然罗恩经常对朱薇琼故作厌恶，但实际上他非常喜欢这只小猫头鹰。

伯尼·皮尔思沃斯 Bernie Pillsworth

在《哈利·波特与死亡圣器》中，伯尼·皮尔思沃斯是一名在魔法部工作的巫师。哈利、罗恩和赫敏潜入魔法部时，科班·亚克斯利撞见假装成雷吉纳尔德·卡特莫尔的罗恩，并叫他和伯尼一起帮他止住办公室里的雨。

伊尔玛·平斯 Irma Pince

伊尔玛·平斯首次被提及是在《哈利·波特与魔法石》中，她是霍格沃茨的图书馆管理员，性格急躁易怒。为了防止书籍损毁，她甚至还会给图书下恶咒。在《哈利·波特与“混血王子”》中，哈利那本画满涂鸦的《高级魔药制作》让伊尔玛倍感不适。

小粉 Pinky

在《神奇动物：格林德沃之罪》中，纽特·斯卡曼德的助手班蒂告诉纽特，她已经给小粉滴了滴鼻液。小粉是生活在纽特地下室里的魔法生物，尚不清楚是什么物种。

拉多尔福 · 皮蒂曼 Radolphus Pittiman

根据《神奇动物在哪里》，拉多尔福 · 皮蒂曼写了一本怪人尤里克的传记。怪人尤里克是一个性格古怪的中世纪巫师，在听到自己饲养的卜鸟的号哭声后，尤里克深信自己已死，而且已经变成了一个鬼魂。

罗德里 · 普伦顿 Roderick Plumpton

根据《神奇的魁地奇球》，罗德里 · 普伦顿是塔特希尔龙卷风队的找球手兼队长。在1921年的一场比赛中，金色飞贼飞进了他的袖子并被他立刻抓住，此时距离比赛开始仅三秒半。普伦顿坚称这不是意外，并给这个动作取名叫“普伦顿回抄术”。

斯多吉 · 波德摩 Sturgis Podmore

在《哈利 · 波特与凤凰社》中，斯多吉 · 波德摩是凤凰社成员，他因为中了夺魂咒而试图闯入预言大厅，最后遭到逮捕。

格里弗·波凯比 Gulliver Pokeby

格里弗·波凯比首次被提及是在《神奇动物在哪里》（2016年电影）中，他是一名魔法鸟类专家，他发现卜鸟的号哭声只是预示将要下雨，而非死亡的凶兆。他出现在了巧克力蛙卡片上。

波利阿科 Poliakoff

在《哈利·波特与火焰杯》中，波利阿科是出席三强争霸赛的德姆斯特朗代表团成员之一。相比于明星学生威克多尔·克鲁姆，德姆斯特朗的校长伊戈尔·卡卡洛夫似乎非常不喜欢波利阿科。

皮尔·波奇斯 Piers Polkiss

皮尔·波奇斯首次被提及是在《哈利·波特与魔法石》中，他是达力最好的朋友。达力和哈利去动物园参观的时候，皮尔也在其中。

波比·庞弗雷 Poppy Pomfrey

首次提及 《哈利·波特与魔法石》

类别 女巫

性别 女性

外表 神情严肃，花白头发

学校 霍格沃茨（推测）

技能与成就

- 治疗
- 霍格沃茨校医

角色事件

玛丽埃塔·艾克莫因为中了恶咒，脸上长了紫色脓包，就连庞弗雷夫人也束手无策

波比·庞弗雷就是庞弗雷夫人，她以医术精湛、关爱学生而闻名。她多次为哈利疗伤，并在霍格沃茨之战爆发后负责治疗伤患。

珀皮 Poppy

珀皮首次被提及是在《神奇动物在哪里》（2016年电影）中，它是一只护树罗锅，和芬恩、马洛、提图斯和汤姆一起住在纽特·斯卡曼德的箱子里。和其他同伴一样，它有时也会欺负纽特最喜欢的护树罗锅皮克特。

彼得洛娃·波科夫 Petrova Porskoff

根据《神奇的魁地奇球》，彼得洛娃·波科夫是俄罗斯魁地奇球队的一名追球手，她发明了波科夫诱敌术。哈利曾经在1994年的魁地奇世界杯上见到爱尔兰国家队使用这一技术。

亚伯拉罕·波特 Abraham Potter

根据Wizarding World网站上的资料，亚伯拉罕·波特是美国魔法国会最早招募的十二名傲罗之一。亚伯拉罕去世数百年之后，他的远亲哈利·波特也成了巫师世界里的名人。

阿不思·西弗勒斯·波特 Albus Severus Potter

首次提及 《哈利·波特与死亡圣器》

类别 男巫

性别 男性

外表 杂乱黑发，绿色眼睛，瘦削面庞，长相酷似父亲

学校 霍格沃茨

学院 斯莱特林

相关家族 韦斯莱家族，格兰杰家族，德拉库尔家族，普威特家族

技能与成就

从魔法部部长赫敏·格兰杰的办公室偷走一个被收缴的时间转换器

角色事件

哈利用阿不思·邓布利多和西弗勒斯·斯内普的名字给这个小儿子取名

在《哈利·波特与被诅咒的孩子》中，阿不思·波特和他最好的朋友斯科皮·马尔福使用一个时间转换器去拯救塞德里克·迪戈里，却因此催生出多重时间线，并造成了各种灾难性的后果。

尤菲米娅·波特 Euphemia Potter

尤菲米娅·波特首次被提及是在《哈利·波特与凤凰社》中，她是哈利的奶奶。小天狼星回忆起在他年轻时离家出走后，尤菲米娅·波特和她的丈夫弗利蒙对他就像对待自己的亲生儿子一样。

弗利蒙·波特 Fleamont Potter

根据Wizarding World网站上的资料，弗利蒙·波特和他的妻子尤菲米娅·波特育有一子詹姆·波特，但在他们的孙子哈利·波特出生之前，两人就因为龙痘疮而去世。

哈利·詹姆·波特 Harry James Potter

首次提及 《哈利·波特与魔法石》

类别 男巫

性别 男性

外表 面孔消瘦，膝盖骨突出，黑色头发，翠绿色眼睛，闪电形状的伤疤，圆形眼镜

学校 霍格沃茨

学院 格兰芬多

守护神 牡鹿

魔杖 冬青木，凤凰羽毛，十一英寸，柔软；德拉科·马尔福的魔杖；山楂木，独角兽毛，十英寸，有一定弹性；老魔杖

相关家族 韦斯莱家族，伊万斯家族，德思礼家族，佩弗利尔家族

化名 巴尼表弟，弗农·达力，罗鸟·卫其利

技能与成就

- 杀戮咒的唯一已知幸存者
- 一个世纪来格兰芬多最年轻的找球手
- 蛇佬腔
- 三强争霸赛霍格沃茨勇士，三强争霸赛联合冠军
- 摧毁汤姆·里德尔的日记魂器
- 能看见夜骐
- 邓布利多军领袖
- 死亡之主
- 打败伏地魔
- 傲罗
- 魔法法律执行司司长

角色事件

哈利和伏地魔都是佩弗利尔家族的后代，所以他们其实是远方表亲

“啊，我还真好奇人生坎坷是什么感觉。”

——哈利·波特，《哈利·波特与凤凰社》

哈利·波特，也被称作“大难不死的男孩”或者“救世之星”。在哈利的母亲的爱的保护下，哈利从伏地魔的杀戮咒中幸存下来，所以他在襁褓之中时就已经非常有名。

哈利生于1980年7月31日，是莉莉·波特和詹姆·波特的儿子。因为听到有预言声称一个“生于七月将死之际”的男孩将会拥有杀死伏地魔的力量，所以伏地魔于1981年万圣节前夜来到戈德里克山谷，杀害了詹姆和莉莉夫妇。但是当伏地魔对哈利使用杀戮咒的那一刻，咒语发生反弹，摧毁了伏地魔自己的身体，而哈利安然无恙，只在前额留下了一道闪电形状的伤疤。在阿不思·邓布利多的安排下，这个失去双亲的孩子被寄养在莉莉·波特的姐姐佩妮·德思礼家。

童年时期，哈利遭到德思礼一家的虐待，而且他们想尽办法不让哈利知道魔法世界的存在。没想到在哈利十一岁生日那年，鲁伯·海格登门拜访。海格告诉哈利他是一个家喻户晓的巫师，并且马上要去霍格沃茨魔法学校上学。海格带领哈利进入魔法世界，并给他买了学校用品，还向他讲述詹姆和莉莉遇害的真相。

在去学校的路上，哈利结识了罗恩·韦斯莱和赫敏·格兰杰，三人很快成为形影不离的好朋友。一到学校，他们就听说了关于神秘魔法石的传闻。这是一件古老的魔法物品，能够给所有者带来永生。哈利得知伏地魔附身在黑魔法防御术教授奎里纳斯·奇洛身上，并且密谋偷取魔法石，好让自己东山再起。在厄里斯魔镜前，哈利和伏地魔二度展开对决。在莉莉的魔法保护下，伏地魔无法伤害哈利，最终两手空空狼狈逃走。

进入二年级后，哈利被指控打开了密室，放出了专门攻击有麻瓜血统学生的蛇怪。哈利发现伏地魔的一段记忆被保存在一本日记中，而且金妮·韦斯莱被这本日记附身，并释放出了萨拉查·斯莱特林的怪物。当哈利最终进入密室后，凤凰福克斯给他送来了格兰芬多之剑，哈利用这把剑斩杀了蛇怪，并摧毁日记，救出了金妮。

在霍格沃茨的第三年，臭名昭著的杀人魔小天狼星布莱克从阿兹卡班越狱。虽然巫师世界的每个人都认为是小天狼星背叛了波特一家，但是哈利发现幕后元凶其实是他父亲的另一个朋友——小矮星彼得。

在哈利·波特四年级那年，霍格沃茨举办了三强争霸赛。当他的名字从火焰杯中出现时，哈利怀疑有人想要害死他，事实证明他的直觉是对的。在三强争霸赛中，哈利挑战了恶龙、人鱼，还有一个可怕的迷宫，最终取得了火焰杯。没想到这个奖杯是个陷阱，当哈利·波特和塞德里克·迪戈里握住火焰杯时，两人立刻被传送至一片墓地，塞德里克随后被杀害。小矮星彼得抓住哈利，并且用哈利的血让伏地魔恢复了肉身。伏地魔坚持要和哈利单独对决，但是两人的魔杖连接，包括哈利双亲在内的伏地魔的受害者鬼魂纷纷从魔杖中飞出，掩护哈利逃跑。

魔法部部长康奈利·福吉并不相信伏地魔已经重出江湖，他派遣多洛雷斯·乌姆里奇来到霍格沃茨担任新的黑魔法防御术教授，但是乌姆里奇拒绝教授防御性咒语，让学生无法抵御伏地魔日渐增长的势力。万般无奈之下，哈利自己组建邓布利多军，偷偷教导同学各种防御术，以备不时之需。

后来，哈利惊恐地发现自己居然和伏地魔心灵相通。伏地魔利用这点引诱哈利来到魔法部，夺取那个关于伏地魔败北的预言。来到魔法部后，哈利和朋友们与在那里等候的食死徒展开恶战。混战之中，小天狼星布莱克死于贝拉特里克斯·莱斯特兰奇之手。最终，邓布利多及时赶到魔法部，在一次旷世决斗中击败了伏地魔。

进入六年级后，邓布利多告诉哈利，伏地魔把灵魂分成了一系列称为魂器的物品，只要逐一摧毁魂器，就能让伏地魔再次成为普通人。在寻找其中一个魂器无果后，哈利和邓布利多重返霍格沃茨，并见证食死徒攻击学校。西弗勒斯·斯内普在天文塔加入食死徒的行列，杀死了邓布利多。

为他们敬爱的校长举办完葬礼后，哈利、罗恩和赫敏三人开始寻找剩余的魂器，并且得知了三件死亡圣器的存在。哈利在马尔福庄园解除德拉科·马尔福武器时，无意间成了老魔杖的主人。找到两个魂器后，三人的搜寻之旅最终引领他们重返霍格沃茨。

在霍格沃茨之战期间，哈利四处寻找伏地魔，并且得知他的蛇纳吉尼也是魂器之一。虽然纳吉尼在尖叫棚屋咬伤斯内普，但是哈利获得了斯内普的记忆，并得知伏地魔有一部分灵魂就在自己的体内。深知要想打败伏地魔就意味着自己注定一死，哈利义无反顾地找到伏地魔，并牺牲了自己。

但是伏地魔的杀戮咒只是摧毁了哈利体内的魂器，随后哈利进入濒死状态，并和邓布利多进行了最后的对话。哈利的尸体被带回霍格沃茨城堡，纳威·隆巴顿则斩杀了最后的魂器——纳吉尼。哈利突然复活，用缴械咒对抗伏地魔的杀戮咒。老魔杖回到哈利的手中，杀戮咒发生反弹，伏地魔终于倒地身亡。多年之后，哈利成了一名傲罗，并娶了金妮·韦斯莱为妻，两人育有三个孩子：詹姆·小天狼星、阿不思·西弗勒斯和莉莉·卢娜。

在《哈利·波特与被诅咒的孩子》中，伏地魔的女儿计划拯救他的父亲，迫使哈利想办法挫败她的阴谋。

“哈利” 亨利·波特 Henry "Harry" Potter

根据Wizarding World网站上的资料，亨利·波特是哈利·波特的曾祖父，也是威森加摩的成员之一。在一战期间，他反对巫师社会的不干预政策。

詹姆·波特 James Potter

首次提及

《哈利·波特与魔法石》

类别 男巫

性别 男性

外表 身材高瘦，淡褐色眼睛，乱糟糟的黑发

学校 霍格沃茨

学院 格兰芬多

守护神 牡鹿

魔杖 桃花心木，十一英寸，质地柔韧

相关家族 佩弗利尔家族，伊万斯家族

技能与成就

- 阿尼马格斯
- 格兰芬多追球手
- 学生会主席
- 凤凰社初始成员
- 活点地图联合发明人

角色事件

詹姆·波特从他的父亲手上继承了三大死亡圣器之一——隐形斗篷。隐形斗篷的原主人是伊格诺图斯·佩弗利尔，詹姆的父亲是伊格诺图斯的直系后裔

詹姆·波特是一名出身富裕的纯血统巫师，他是弗利蒙·波特和尤菲米娅·波特的独子。在霍格沃茨就读期间，詹姆结识了小天狼星布莱克、莱姆斯·卢平和小矮星彼得。四人成了形影不离的好朋友，并且自称为劫盗者。后来，在得知卢平其实是狼人后，三个好友花费多年时间成为非法阿尼马格斯，以便在卢平变身狼人的时候能保护他。詹姆的阿尼马格斯形态是一只牡鹿，所以他有了个绰号叫“尖头叉子”。他很喜欢霸凌西弗勒斯·斯内普，斯内普则绞尽脑汁，想让劫盗者被开除。

离开霍格沃茨后，詹姆娶了莉莉·伊万斯为妻，并加入凤凰社对抗伏地魔。在得知伏地魔计划杀死他们的儿子哈利后，波特夫妇开始隐居，但最终他们遭到波特的老朋友——保密人小矮星彼得的背叛。彼得把他们的住处透露给了伏地魔。1981 年万圣节前夜，詹姆和莉莉夫妇在戈德里克山谷的藏身处被杀害。

詹姆·小天狼星·波特 James Sirius Potter

詹姆·小天狼星·波特首次被提及是在《哈利·波特与死亡圣器》中，他是哈利和金妮的长子，他的名字取自爷爷詹姆·波特和哈利的教父小天狼星布莱克。

莉莉·波特 Lily Potter

首次提及 《哈利·波特与魔法石》

类别 女巫

性别 女性

外表 红发，亮绿色眼睛，非常漂亮

学校 霍格沃茨

学院 格兰芬多

守护神 牝鹿

魔杖 柳木，十又四分之一英寸，挥舞时嗖嗖作响

相关家族 伊万斯家族，德思礼家族

技能与成就

- 凤凰社初始成员
- 鼻涕虫俱乐部成员
- 学生会主席
- 擅长魔咒和魔药

角色事件

莉莉·波特和詹姆·波特曾三次击败伏地魔

莉莉·伊万斯原本不知道自己是一个巫师，直到邻居家一个出身魔法家庭的男孩西弗勒斯·斯内普发现她的能力。很快莉莉便收到了霍格沃茨的入学通知信。在学校，莉莉经常为了保护斯内普而对抗霸凌斯内普的詹姆·波特。但是在莉莉得知斯内普计划成为食死徒后，两人便分道扬镳。后来，詹姆和莉莉结婚，并在1980年7月生下儿子哈利。伏地魔得知，有预言称自己将会被一个诞生于七月末的男孩打败，为此他下定决心要杀死波特一家。与此同时，斯内普对莉莉的爱一直没有动摇，他乞求伏地魔绕过莉莉一命。1981年万圣节前夜，伏地魔袭击波特一家，杀死詹姆后，他给莉莉机会，让她交出她的儿子，遭到拒绝后，伏地魔立刻杀死莉莉。莉莉的牺牲打造出了一个保护魔法，它保护着哈利，并把伏地魔的杀戮咒反弹了回去。

“不要碰哈利，求求你，杀了我吧，你杀了我吧——”

——莉莉·波特，《哈利·波特与死亡圣器》

纽金特·波茨 Nugent Potts

根据《神奇的魁地奇球》，在阿普尔比飞箭队的一次比赛中，纽金特·波茨被魔法飞箭射中，自此以后，魁地奇球比赛就禁止发射飞箭。

厄恩·普兰 Ernie Prang

厄恩·普兰首次被提及是在《哈利·波特与阿兹卡班的囚徒》中，他是骑士公共汽车的司机，哈利第一次见到他是在三年级之前的那个夏天。

普伦加斯 Prendergast

普伦加斯首次被提及是在《神奇动物：格林德沃之罪》中，他是霍格沃茨的一名教授。纽特·斯卡曼德因为抨击他“心胸狭隘”而被罚课后留校一个月。为了能和纽特一起留校，莉塔·莱斯特兰奇在普伦加斯的办公桌下引爆了一个粪弹。

普伦提斯先生 Mr. Prentice

在《哈利·波特与凤凰社》中，阿拉贝拉·费格护送遭到摄魂怪袭击的哈利和达力去安全地带时，看到住在附近的普伦提斯先生。J.K. 罗琳后来称普伦提斯先生为“背景角色”。

费比安·普威特 Fabian Prewett

费比安·普威特首次被提及是在《哈利·波特与凤凰社》中，他是莫丽·韦斯莱的哥哥。第一次巫师战争期间，他是凤凰社成员，后遭食死徒杀害。在哈利·波特17岁生日那年，莫丽·韦斯莱把费比安的手表送给哈利当礼物。

吉迪翁·普威特 Gideon Prewett

在《哈利·波特与凤凰社》中，“疯眼汉”阿拉斯托·穆迪曾回忆起吉迪翁·普威特。他是莫丽·韦斯莱的哥哥，在第一次巫师战争期间是凤凰社成员。他和他的弟弟费比安是被五名食死徒杀害的。

阿波里昂·普林格 Apollyon Pringle

阿波里昂·普林格首次被提及是在《哈利·波特与火焰杯》中，在莫丽·韦斯莱和亚瑟·韦斯莱读书期间，阿波里昂·普林格是霍格沃茨的管理员。莫丽记得他们俩深夜在外面约会时被普林格抓个正着。普林格对亚瑟进行了严厉的体罚，并在他身上留下了永久的伤疤。

格雷厄姆·普利查德 Graham Pritchard

格雷厄姆·普利查德首次被提及是在《哈利·波特与火焰杯》中，在1994年三强争霸赛期间，他是一名一年级新生。哈利·波特在分院仪式上看见普利查德被分入斯莱特林。

D.J. 珀德 D.J. Prod

D.J. 珀德首次被提及是在《哈利·波特与密室》中，他全名德米特里·J. 珀德，是一名生活在英格兰迪茨布里的巫师。原本他咒语能力很差，但是在上了快速念咒课后，他成功地把自己的妻子变成了一头牦牛。

埃尔希·珀德 Elsie Prod

在《哈利·波特与密室》中，埃尔希·珀德嫁给了珀德（也叫D.J. 珀德）。德米特里通过上快速念咒课提升了自己的魔法能力，并把埃尔希变成了一头牦牛。

普劳特 Proudfoot

普劳特首次被提及是在《哈利·波特与“混血王子”》中，他是一名傲罗。1996年，他和尼法朵拉·唐克斯、约翰·德力士和塞维奇一起被派驻霍格莫德村，协助保卫霍格沃茨。

洛登丝 Prudence

根据《神奇的魁地奇球》，莫迪丝蒂·拉布诺在给妹妹洛登丝的信中，提到自己因为从一场“夸地奇”（魁地奇）比赛中救了一只可怜的金飞侠鸟而被罚款。

波托勒米 Ptolemy

波托勒米首次被提及是在《哈利·波特与魔法石》中，他是印在巧克力蛙卡片上的著名巫师。在哈利第一次搭乘霍格沃茨特快列车时，罗恩·韦斯莱说他很想得到波托勒米的巧克力蛙卡片。

德里安·普塞 Adrian Pucey

德里安·普塞首次被提及是在《哈利·波特与魔法石》中，他是斯莱特林魁地奇球队的追球手，也是哈利见过的斯莱特林球员中，唯一一个没有犯规的选手。在哈利的手臂被游走球撞骨折的那场比赛中，德里安也在场。

帕笛芙夫人 Madam Puddifoot

帕笛芙夫人首次被提及是在《哈利·波特与凤凰社》中，她是霍格莫德村帕笛芙夫人茶馆的女老板。哈利和秋·张尴尬的情人节约会就发生在这家茶馆。

埃格朗蒂纳·普菲特 Eglantine Puffett

根据Wizarding World网站上的资料，斯莱特林级长杰玛·法利写了一封给学院新生的欢迎信，并在信中提到自净洗碗布的发明人埃格朗蒂纳·普菲特毕业于赫奇帕奇学院，以此来嘲笑赫奇帕奇。

多丽丝·珀基斯 Doris Purkiss

在《哈利·波特与凤凰社》中，多丽丝·珀基斯是一个生活在小诺顿区的女巫。在接受《唱唱反调》的采访时，她声称小天狼星布莱克其实是淘气精灵乐队的主唱胖墩勃德曼，还说他曾经和她约会。

奥古斯特·派伊 Augustus Pye

奥古斯特·派伊首次被提及是在《哈利·波特与凤凰社》中，他在圣芒戈医院戴·卢埃林病房跟着希伯克拉特·斯梅绥克当实习治疗师。亚瑟·韦斯莱被纳吉尼咬伤后，奥古斯特提出用缝针的方式治疗伤口，这令莫丽·韦斯莱非常不满。

奎格利 Quigley

奎格利首次被提及是在《哈利·波特与火焰杯》中，他是爱尔兰魁地奇国家队的一名击球手，并协助爱尔兰队在1994年魁地奇世界杯中取胜。他的出彩时刻就是用一个游走球击中了威克多尔·克鲁姆的脸。

蒂亚戈·奎塔纳 Thiago Quintana

根据Wizarding World网站上的资料，蒂亚戈·奎塔纳是20世纪初美国著名魔杖制作人之一。他的魔杖是用阿肯色州本地产的怀特河怪的脊椎作为杖芯的。

奥拉·奎尔克 Orla Quirke

奥拉·奎尔克首次被提及是在《哈利·波特与火焰杯》中，她是霍格沃茨的一名学生，比哈利小三岁。她被分进了拉文克劳学院，也是新生中倒数第二个完成分院仪式的学生。排在她后面的是凯文·惠特比，排在她前面的是格雷厄姆·普理查德。

奎里纳斯·奇洛 Quirinus Quirrell

在《哈利·波特与魔法石》中，伏地魔附在奎里纳斯·奇洛的身上，企图利用他来获得魔法石。当奇洛试图杀死哈利时，因为触碰哈利的皮肤而遭到严重灼伤。伏地魔随即离开了宿主的身体，奄奄一息的奇洛也随之死去。

莫迪丝蒂·拉布诺 Modesty Rabnott

莫迪丝蒂·拉布诺首次被提及是在《神奇的魁地奇球》中，她是13世纪的一名女巫，曾在一场魁地奇球比赛中救出了一只金飞侠。后来金飞侠被金色飞贼取代，为了纪念莫迪丝蒂，有一片金飞侠保护区就是以她的名字命名的。

厄克特·拉哈罗 Urquhart Rackharrow

厄克特·拉哈罗首次被提及是在《哈利·波特与凤凰社》中，他是17世纪的一名巫师，也是掏肠咒的发明者。他的画像被挂在圣芒戈医院的严重咬伤病房。

莱格纳克一世 Ragnuk the First

莱格纳克一世首次被提及是在《哈利·波特与死亡圣器》中，他是一位妖精国王，曾为戈德里克·格兰芬多锻造格兰芬多之剑。后来他宣称是格兰芬多从他手中偷走了这把剑。他派遣妖精去夺回宝剑，但被格兰芬多全部打败。

埃米莉·拉帕波特 Emily Rappaport

埃米莉·拉帕波特首次被提及是在Wizarding World网站中，她是美国魔法国会的第15届主席，她颁布了拉帕波特法律，强制将麻鸡和巫师严格隔离。

海莲娜·拉文克劳 Helena Ravenclaw

详见第140页“格雷女士”。

罗伊纳·拉文克劳 Rowena Ravenclaw

首次提及

《哈利·波特与密室》

类别 女巫

性别 女性

学校 霍格沃茨（创始人）

学院 拉文克劳

技能与成就

- 霍格沃茨创始人
- 拉文克劳学院创始人

角色事件

尚不清楚罗伊纳是不是拉文克劳冠冕的创造者

罗伊纳·拉文克劳是霍格沃茨学校的创始人之一，一起创建这所学校的还有她的好友赫尔加·赫奇帕奇、戈德里克·格兰芬多和萨拉查·斯莱特林。

罗伊纳是当时最有才华、最聪明的女巫之一，只有展示出聪明才智与创造力的学生才能被她选入拉文克劳学院。她的座右铭是“过人的聪明才智是人类最大的财富”。

拉文克劳有一顶魔法冠冕，任何戴上它的人都能提升智力。她的女儿海莲娜一直觉得活在母亲的阴影之下，于是她偷了冠冕然后逃跑。罗伊纳一病不起，并派遣血人巴罗把海莲娜带回来。但是，海莲娜拒绝回去，巴罗便杀死了她。拉文克劳冠冕从此遗失在阿尔巴尼亚的森林中，直到伏地魔把它变成了一件魂器，然后把它带回霍格沃茨。

雷德 Red

在《神奇动物在哪里》（2016年电影）中，雷德是美国魔法国会的一名妖精侍者，负责操控电梯。他把纽特·斯卡曼德和蒂娜·戈德斯坦送至重案调查组。

里德尔夫妇 Mr. & Mrs. Riddle

在《哈利·波特与“混血王子”》中，阿不思·邓布利多讲述了汤姆·马沃罗·里德尔是如何偷走他舅舅莫芬·冈特的魔杖，又是如何去小汉格顿找到了父亲的住所，并用魔杖杀死了他的父亲老汤姆·里德尔，以及他的爷爷奶奶里德尔夫妇。

老汤姆·里德尔 Tom Riddle Sr.

老汤姆·里德尔首次被提及是在《哈利·波特与火焰杯》中，他是一个相貌英俊的麻瓜，他和势利眼的父母一同住在小汉格顿，并且曾经和一个名叫塞西利娅的女人约会。但梅洛普·冈特对老汤姆使用了迷情剂，让老汤姆爱上了自己。迷情剂退去后，老汤姆离开了有孕在身的妻子。后来他被自己的儿子所杀。

汤姆·马沃罗·里德尔 Tom Marvolo Riddle

详见第194页“伏地魔”。

斗牛犬利皮 Ripper the Bulldog

斗牛犬利皮首次被提及是在《哈利·波特与阿兹卡班的囚徒》中，它是玛姬姨妈最喜欢的斗牛犬，一直被玛姬带在身边。玛姬姨妈变成气球飘上天花板后，弗农·德思礼想要把她拉下来，却被利皮咬了腿。

加德文·罗巴兹 Gawain Robards

加德文·罗巴兹首次被提及是在《哈利·波特与“混血王子”》中，他是鲁弗斯·斯克林杰担任魔法部部长期间的傲罗办公室主任。斯克林杰曾提出把哈利介绍给罗巴兹，以帮助哈利成为一名傲罗。

罗伯茨先生 Mr. Roberts

在《哈利·波特与火焰杯》中，罗伯茨先生是一个负责管理1994年魁地奇世界杯营地的麻瓜，魔法部会频繁对他使用遗忘咒。后来在骚乱期间，食死徒把他和他的妻子、孩子升到空中折磨他们。

罗伯茨夫人 Mrs. Roberts

在《哈利·波特与火焰杯》中，罗伯茨夫人是魁地奇世界杯营地管理人罗伯茨先生的妻子。魁地奇世界杯总决赛结束后发生骚乱，食死徒把罗伯茨夫人升至空中折磨她。

德米尔扎·罗宾斯 Demelza Robins

德米尔扎·罗宾斯首次被提及是在《哈利·波特与“混血王子”》中，他是格兰芬多魁地奇球队的追球手，并且帮助格兰芬多队获得1997年的魁地奇杯。在魁地奇训练期间，守门员罗恩·韦斯莱多次冲德米尔扎·罗宾斯等球员发脾气。

贝希尔德·罗氏 Berthilde Roche

贝希尔德·罗氏首次被提及是在Wizarding World网站中，她是美国魔法国会最初的十二名傲罗之一。这群傲罗备受敬仰，因为他们愿意为了他人的安全而牺牲自己。

罗南 Ronan

罗南首次被提及是在《哈利·波特与魔法石》中，他是生活在禁林里的一名马人，他不愿意干涉人类事务，而且经常劝说性格冲动易怒的贝恩。罗南后来参加了霍格沃茨之战。

奥古斯特·卢克伍德 Augustus Rookwood

奥古斯特·卢克伍德首次被提及是在《哈利·波特与火焰杯》中，他是一名在神秘事务司工作的食死徒，因为伊戈尔·卡卡洛夫的背叛而入狱。后来他成功越狱，并获取了关于预言的关键信息。

埃文·罗齐尔 Evan Rosier

埃文·罗齐尔首次被提及是在《哈利·波特与火焰杯》中，在第一次巫师战争期间，他是一名食死徒，因为遇到“疯眼汉”穆迪时拒捕而被杀死。伊戈尔·卡卡洛夫为了免受牢狱之灾，供出了埃文·罗齐尔的信息。

雯达·罗齐尔 Vinda Rosier

雯达·罗齐尔首次被提及是在《神奇动物：格林德沃之罪》中，她是盖勒特·格林德沃的一名信徒。雯达发现奎妮·戈德斯坦后把她带到了格林德沃面前，以求能够加入格林德沃。后来，她协助格林德沃在巴黎行动。

罗斯默塔夫人 Madam Rosmerta

罗斯默塔夫人首次被提及是在《哈利·波特与阿兹卡班的囚徒》中，她是三把扫帚酒吧漂亮的女老板。在《哈利·波特与“混血王子”》中，德拉科·马尔福为了暗杀邓布利多而对罗斯默塔夫人使用了夺魂咒，迫使她在蜂蜜酒里下毒，还把一串下了诅咒的项链交给了凯蒂·贝尔。

尤菲米娅·罗尔 Euphemia Rowle

尤菲米娅·罗尔首次被提及是在《哈利·波特与被诅咒的孩子》中，她被雇来照顾伏地魔的女儿戴尔菲。尤菲米娅在笼子里养了一只卜鸟，并且告诉戴尔菲，卜鸟的哭喊声预示着戴尔菲“不得善终”。

多尔芬·罗尔 Thorfinn Rowle

多尔芬·罗尔首次被提及是在《哈利·波特与死亡圣器》中，他是一名食死徒。多尔芬不小心杀死了同为食死徒的吉本，然后放火烧了海格的小屋。哈利·波特逃跑后，他把伏地魔召唤过来，结果只是自讨苦吃。

露比 Ruby

在《神奇动物在哪里》（2016年电影）中，奎妮·戈德斯坦利用摄神取念的能力，发现美国魔法国会一名叫山姆的员工脚踏两条船：他一边和一个名叫塞西莉的女子谈恋爱，一边和他的同事露比有染。

艾伯特·伦考恩 Albert Runcorn

在《哈利·波特与死亡圣器》中，艾伯特·伦考恩是魔法部的员工，负责调查那些伪造身份的有麻瓜血统之人，他还揭发了自己的同事德克·克莱斯韦其实是麻瓜种。哈利·波特通过复方汤剂变成伦考恩的样子潜入了魔法部。

巴里·瑞安 Barry Ryan

在《哈利·波特与火焰杯》中，巴里·瑞安是爱尔兰魁地奇国家队的守门员。爱尔兰队赢得了1994年魁地奇世界杯。

山姆 Sam

在《神奇动物在哪里》（2016年电影）中，山姆是美国魔法国会的一名记忆注销员，他脚踏两条船，同时和露比还有塞西莉约会。奎妮·戈德斯坦利用这点要挟他不要消除雅各布·科瓦尔斯基的记忆。

血尼 Sanguini

在《哈利·波特与“混血王子”》中，血尼是一名吸血鬼，他和埃尔德·沃普尔参加了霍拉斯·斯拉格霍恩教授的圣诞派对。因为血尼一直饥渴地盯着身边的一群女孩，埃尔德不得不用一块馅饼分散他的注意力。

约书亚·桑卡拉 Joshua Sankara

根据Wizarding World网站上的资料，约书亚·桑卡拉当了两天布基纳法索魔法部部长便离职，重新回到布基纳法索魁地奇国家队当找球手。

塞维奇 Savage

在《哈利·波特与“混血王子”》中，尼法朵拉·唐克斯告诉哈利她被派驻霍格莫德村保护霍格沃茨，和她一起的还有德力士和塞维奇。关于这个角色没有更多信息。

伊索特·塞耶 Isolt Sayre

伊索特·塞耶首次被提及是在Wizarding World网站中，她是一名爱尔兰裔女巫，搭乘五月花号来到美洲，并创建了伊尔弗莫尼魔法学校。关于伊索特和伊尔弗莫尼魔法学校的创建背景，详见第163页。

雷欧娜·塞耶 Rionach Sayre

雷欧娜·塞耶首次被提及是在Wizarding World网站中，她是威廉·塞耶的妻子，也是伊索特·塞耶的母亲。在伊索特还小的时候，雷欧娜就被自己的姐姐葛姆蕾·冈特杀害，这也是伊索特前往美洲的原因。关于塞耶一家和伊尔弗莫尼魔法学校的创建背景，详见第163页。

威廉·塞耶 William Sayre

威廉·塞耶首次被提及是在Wizarding World网站中，他是伊索特·塞耶的父亲，在伊索特还小的时候就被杀害。关于伊尔弗莫尼魔法学校的创建背景，详见第163页。

斑斑 Scabbers

详见第251页“小矮星彼得”。

斯卡比奥 Scabior

在《哈利·波特与死亡圣器》中，斯卡比奥是芬里尔·格雷伯克的搜捕队成员，他们俘获哈利、罗恩和赫敏，并把哈利等人带往马尔福庄园。当罗恩声称自己叫斯坦·桑帕克时，斯卡比奥立刻识破了他的谎言。

历史上的13支魁地奇强队

英国和爱尔兰魁地奇联盟成立于1674年，是由史上人气最高的13支魁地奇球队组成。

魁地奇是一项有着悠久历史的竞技运动，“魁地奇”这个名字源自它的发源地——魁地沼。作为一项流行于英格兰的运动，自然少不了来自英国和爱尔兰的老牌球队。数百年来，这些球队在巫师世界的球迷心中一直占据着一席之地。

阿普尔比飞箭队

来自英国的阿普尔比飞箭队一直和温布恩黄蜂队互为劲敌。在过去，阿普尔比飞箭队的粉丝会用魔杖向天空发射飞箭为球队庆祝，这种庆祝仪式虽然蔚为壮观，但也极其危险，因此很快便被魔法部禁止。根据《神奇的魁地奇球》，阿普尔比飞箭队和弗拉察雄鹰队曾经有一场持续了整整16天的比赛。

巴利卡斯蝙蝠队

巴利卡斯蝙蝠队来自北爱尔兰，是一只非常成功的魁地奇球队，曾经27次赢得英国和爱尔兰魁地奇联盟杯冠军。他们的吉祥物果蝠巴尼经常出现在黄油啤酒的宣传广告中。

卡菲利飞弩队

作为英国和爱尔兰魁地奇联盟仅有的两支威尔士魁地奇球队之一，卡菲利飞弩队曾18次赢得联盟杯冠军。卡菲利飞弩队有一位明星球员“危险”戴伊·卢埃林。卢埃林在希腊被客迈拉兽吃掉后，威尔士巫师为他哀悼一天。

查德里火炮队

熟悉罗恩·韦斯莱的人应该对查德里火炮队不陌生，罗恩非常喜欢这支球队。自1892年以来，这支球队没有赢得过一次冠军。阿不思·邓布利多在身中致命诅咒后曾说道：“死亡对于我来说已经是板上钉钉，就像查德里火炮队注定要在今年的联赛中垫底。”

法尔茅斯猎鹰队

没有哪一支英国球队会像法尔茅斯猎鹰队这样为求胜利不择手段，正如他们的球队口号所说：“让我们胜利，如果不能胜利，就让我们打破几颗脑袋。”著名的猎鹰队击球手凯文·布罗德莫和卡尔·布罗德莫用实际行动践行这一口号，他们在职业生涯中因为犯规而被停赛不下14次。

霍利黑德哈比队

在联盟的两支威尔士球队中，霍利黑德哈比队的历史相对悠久，而且自古以来这就是一支全女性阵容的球队。金妮·韦斯莱从小就是霍利黑德哈比队的球迷，在第二次巫师战争结束后，金妮加入了霍利黑德哈比队。

肯梅尔红隼队

西莫·斐尼甘自认为是肯梅尔红隼队最坚定的支持者，红隼队也是联盟之中唯一一支来自爱尔兰共和国的魁地奇球队。红隼队的吉祥物是原产自爱尔兰的小矮妖。红隼队的球迷弹得一手漂亮的竖琴。

蒙特罗斯喜鹊队

蒙特罗斯喜鹊队来自苏格兰，是联盟历史上夺冠次数最多的球队（至少32次，而且他们至少2次夺得欧洲杯冠军）。米勒娃·麦格是这支球队的超级粉丝。

波特里狂人队

波特里狂人队来自苏格兰斯凯岛，是联盟中历史最悠久的魁地奇球队之一。在明星队长兼追球手卡特丽娜·麦克玛的率领下，这支球队曾两次赢得联盟杯冠军。

普德米尔联队

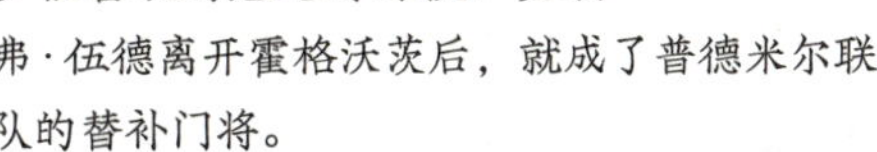

普德米尔联队成立于1163年，是联盟里历史悠久的魁地奇球队，曾经赢得联盟杯冠军20余次。它是阿不思·邓布利多很喜欢的魁地奇球队。奥利弗·伍德离开霍格沃茨后，就成了普德米尔联队的替补门将。

塔特希尔龙卷风队

塔特希尔龙卷风队曾经在20世纪初连续5届拿下联盟杯冠军，并因此打破纪录。在《哈利·波特与凤凰社》中，他们也在当年的赛季中打出了漂亮的成绩。秋·张是龙卷风队的球迷，她经常戴着一个龙卷风队的徽章。

威格敦流浪汉队

威格敦流浪汉队由一个名叫沃尔特·帕金的苏格兰屠户的7个孩子共同组建。沃尔特经常会带着他巨大的剁肉刀，气势汹汹地出现在比赛现场。《神奇的魁地奇球》的作者肯尼沃思·惠斯普很喜欢这支球队，只要有机会就一定会去现场观战。

温布恩黄蜂队

很久以前，在温布恩黄蜂队尚未正式定名的时候，球队的击球手把一个黄蜂窝打向阿普尔比飞箭队的找球手，并产生奇效，温布恩黄蜂队因此得名。卢多·巴格曼在进入魔法部之前，曾经是黄蜂队一名非常优秀的击球手。

哈利·波特的魁地奇杯征途

经过三个漫长的赛季之后，
哈利·波特终于帮助格兰芬多魁地奇球队击败了斯莱特林。

注意：得分数据源自原著。

《哈利·波特与魔法石》

（1991—1992）

小说中描写的比赛次数：3 次
魁地奇杯冠军：斯莱特林（推测）

格兰芬多 170，斯莱特林 60

在小说的第 11 章，哈利参加了他在霍格沃茨的第一场魁地奇球比赛。他是一个世纪以来最年轻的找球手。

格兰芬多 150，赫奇帕奇 0

因为担心担任裁判的西弗勒斯·斯内普有失公允，哈利在 5 分钟的时间内就抓住了金色飞贼，格兰芬多在积分榜上和斯莱特林打成平手。

格兰芬多 vs. 拉文克劳

因为这场比赛进行时哈利正在医院昏迷，失去找球手的格兰芬多遭遇了几个世纪以来最大的一次惨败。因为比分差距过于悬殊，最终可能是斯莱特林夺走了魁地奇杯。

《哈利·波特与密室》

（*1992—1993*）

小说中描写的比赛次数：1 次

魁地奇杯冠军：无

格兰芬多 vs. 斯莱特林

虽然格兰芬多后面的魁地奇球比赛因为有麻瓜血统的学生遭遇袭击而被取消，但是该学年的第一场比赛依然按照原计划进行。比赛恰巧碰到暴雨，虽然有个游走球一直追着哈利·波特不放，但是哈利依然成功地抓到了金色飞贼，让格兰芬多在该赛季唯一的一场比赛中，斩获 150 比 60 的好成绩。

《哈利·波特与阿兹卡班的囚徒》

（*1993—1994*）

小说中描写的比赛次数：6 次

魁地奇杯冠军：格兰芬多

格兰芬多 vs. 赫奇帕奇

因为摄魂怪的干扰，格兰芬多开局失利，加上赫奇帕奇找球手塞德里克·迪戈里和其他球员的精彩表现，让格兰芬多痛失 100 分。

拉文克劳 vs. 赫奇帕奇，斯莱特林 vs. 拉文克劳

拉文克劳战胜赫奇帕奇，让格兰芬多有希望获得魁地奇杯。而后斯莱特林险胜拉文克劳。

格兰芬多 230，拉文克劳 30；斯莱特林 vs. 赫奇帕奇

对于格兰芬多来说，这是一场非赢不可的比赛。最终格兰芬多以 200 分的差距击败拉文克劳，弥补了他们在该赛季开始时落后的分数。但是进入决赛后，格兰芬多要想获得魁地奇杯，就必须超过斯莱特林 210 分。

格兰芬多 230，斯莱特林 20

J.K. 罗琳是这样描述哈利生命中最重要的一场魁地奇球比赛的：“在任何人的记忆中，都没有一场比赛的气氛如此热烈。”骑着最新的火弩箭，哈利在赛场上的速度无人能及。斯莱特林采取了非常肮脏的战术，并招致弗雷德和乔治两兄弟的报复。当格兰芬多以 70 比 10 的比分领先时，哈利发现了金色飞贼的踪迹，但是无奈被德拉科·马尔福紧咬不放。不久斯莱特林再次得分，但是没等他们庆祝完，哈利就抓到了金色飞贼，格兰芬多终于赢得迟来的冠军。

洛肯·斯卡曼德 Lorcan Scamander

洛肯·斯卡曼德首次被提及是在纪录片《J.K.罗琳：生命中的一年》（2007）中，他是卢娜·洛夫古德和罗夫·斯卡曼德的双胞胎儿子之一，也是纽特·斯卡曼德的曾孙。2014年，卢娜和罗夫去观看魁地奇世界杯时，把洛肯和他的孪生兄弟莱桑德放在了他们的爷爷家里。

莱桑德·斯卡曼德 Lysander Scamander

莱桑德·斯卡曼德首次被提及是在纪录片《J.K.罗琳：生命中的一年》（2007）中，他是卢娜·洛夫古德和罗夫·斯卡曼德的双胞胎儿子之一。他的出生时间晚于哈利、罗恩和赫敏的孩子。

斯卡曼德夫人 Mrs. Scamander

在《神奇动物在哪里》中，纽特·斯卡曼德的母亲斯卡曼德夫人是一个鹰头马身有翼兽饲养员，她对魔法生物的热爱对纽特产生了深远的影响。

纽特·斯卡曼德 Newt Scamander

详见第289页“牛顿·阿蒂米斯·菲多·斯卡曼德”。

牛顿·阿蒂米斯·菲多·斯卡曼德 Newton Artemis Fido Scamander

首次提及 《哈利·波特与魔法石》

类别 男巫

性别 男性

外表 浅棕色卷发，浅色眼睛，喜欢拖着步子走路；常穿一件蓝色长外套

学校 霍格沃茨

学院 赫奇帕奇

相关家族 戈德斯坦家族，洛夫古德家族

技能与成就

- 神奇动物学家
- 畅销书《神奇动物在哪里》作者
- 设立狼人登记簿
- 编写《禁止动物培育实验法》
- 一战期间与火龙共事

角色事件

纽特的博格特是在办公室上班，他曾就职于魔法部的魔法生物管理控制司、家养小精灵重新安置办公室和野兽办公室

“我的人生观是：担心就是活受罪。”

——牛顿·阿蒂米斯·菲多·斯卡曼德，《神奇动物在哪里》（2016年电影）

牛顿·阿蒂米斯·菲多·斯卡曼德，也叫纽特，是一名赫赫有名的神奇动物学家，也是畅销书《神奇动物在哪里》一书的作者。这本书是一本神奇动物指南，并被选为霍格沃茨的基础教材。在霍格沃茨上学期间，纽特和同样格格不入的莉塔·莱斯特兰奇成了好朋友。在一次土扒貂事故后，纽特为了给莉塔顶罪而遭到开除。但是阿不思·邓布利多站在他这边，并为他洗去了污名。

1918年，纽特开始周游世界，一边研究神奇生物，一边撰写《神奇动物在哪里》，希望这本书能帮助巫师了解保护神奇动物的意义。旅行期间，他救出了一只雷鸟，并前往纽约，准备在亚利桑那州把雷鸟放归野外。在他的旅程即将迎来终点时，一只嗅嗅从他的行李箱中逃出来，并由此引发了一系列事件。在此期间，纽特结识了雅各布·科瓦尔斯基、奎妮·戈德斯坦和蒂娜·戈德斯坦。在寻找其他走失的神奇动物期间，纽特的朋友们帮助他发现并抓住了臭名昭著的盖勒特·格林德沃。

1927年，《神奇动物在哪里》的巨大成功把纽特推到了聚光灯下。格林德沃从美国魔法国会逃走并在巴黎重新露面后，邓布利多劝说纽特保护一个名叫克莱登斯·巴瑞波恩的默然者，避免他受到盖勒特的伤害。纽特和他的朋友们参加了格林德沃的一次集会，但是在傲罗赶到现场后爆发混战，莉塔在骚乱中被杀。莉塔的死让纽特和他的哥哥（莉塔的未婚夫）忒修斯悲痛欲绝。最终纽特娶了蒂娜·戈德斯坦为妻，退休之后，二人和他们的三只宠物猫狸子一起生活在多塞特。

罗夫·斯卡曼德 Rolf Scamander

罗夫·斯卡曼德首次被提及是在2007年布鲁姆斯伯里出版社举办的一次J.K.罗琳网络直播聊天中。罗夫·斯卡曼德是一名神奇动物学家，也是纽特·斯卡曼德和蒂娜·戈德斯坦的孙子，他娶了卢娜·洛夫古德为妻。在2014年的魁地奇世界杯期间，他在《预言家日报》谈论了各支球队混乱的吉祥物管理问题。

忒修斯·斯卡曼德 Theseus Scamander

首次提及
《神奇动物在哪里》（2016年电影）

类别 男巫

性别 男性

外表 棕色头发，蓝色眼睛，浅色皮肤

学校 霍格沃茨（推测）

相关家族 戈德斯坦家族

技能与成就
- 傲罗
- 傲罗办公室主任

角色事件
忒修斯参加了纽特的《神奇动物在哪里》的新书发布会

忒修斯·斯卡曼德是纽特的哥哥，也是莉塔·莱斯特兰奇的未婚夫。他是一名一战英雄，并在1927年担任傲罗办公室主任。盖勒特·格林德沃在巴黎拉雪兹神父公墓举办集会时，他赶到现场执行抓捕。

“听他说话不犯法！尽量不要使用武力。我们不要变成他口中的那种人！”

——忒修斯·斯卡曼德，《神奇动物：格林德沃之罪》

布鲁诺·施密特 Bruno Schmidt

在《神奇动物在哪里》中，提到一个叫布鲁诺·施密特的六岁男孩，他用一个可折叠坩埚砸死了一个恶尔精，并因此出名。

布鲁图斯·斯克林杰 Brutus Scrimgeour

布鲁图斯·斯克林杰首次被提及是在《神奇的魁地奇球》中，他是《击球手圣经》的作者。这本书提出的第一准则就是“干倒找球手”，他写过《神奇的魁地奇球》一书的宣传语。

鲁弗斯·斯克林杰 Rufus Scrimgeour

鲁弗斯·斯克林杰首次被提及是在《哈利·波特与凤凰社》中，他是一名战功显赫的傲罗，在伏地魔卷土重来后成了魔法部部长。他想让哈利帮助重塑魔法社会对魔法部的信任，但并未成功。魔法部被食死徒接管后，斯克林杰遭到审讯和折磨，最终被杀害。

文人居 Scrivenshaft

文人居首次被提及是在《哈利·波特与凤凰社》中，推测他是文人居羽毛笔店的老板，但关于这个角色的信息非常有限。

塞尔温 Selwyn

在《哈利·波特与死亡圣器》中，塞尔温是一名食死徒。在七个波特之战中，他对哈利和海格穷追不舍。在谢诺菲留斯·洛夫古德向食死徒透露哈利的位置后，他和另一名食死徒赶到了现场。

金斯莱·沙克尔 Kingsley Shacklebolt

首次提及 《哈利·波特与凤凰社》

类别 男巫

性别 男性

外表 身材高大，黑皮肤，秃顶，戴着一只金色耳环

学校 霍格沃茨（推测）

守护神 猞猁

技能与成就

- 傲罗
- 凤凰社成员
- 参加霍格沃茨之战
- 魔法部部长

角色事件

1995年，金斯莱负责为魔法部搜捕小天狼星布莱克，但是为了保护小天狼星的安全，他给魔法部提供了错误情报

金斯莱·沙克尔是一名傲罗，也是凤凰社成员。他嗓音低沉，富有磁性。和亚瑟·韦斯莱一样，他也在魔法部工作，而且倾尽全力保护哈利·波特。在《哈利·波特与死亡圣器》中，金斯莱召唤出他的守护神前往芙蓉·德拉库尔和比尔·韦斯莱的婚礼现场，告知所有宾客食死徒已经控制了魔法部。在第二次巫师战争期间，他参与了多次重要战斗。在霍格沃茨之战期间，他和米勒娃·麦格、霍拉斯·斯拉格霍恩并肩作战，对抗伏地魔。战争结束后，金斯莱被任命为魔法部部长。

“魔法部垮台，斯克林杰已死，他们要来了。”

——金斯莱·沙克尔，《哈利·波特与死亡圣器》

老亨利·肖 Henry Shaw Sr.

老亨利·肖首次被提及是在《神奇动物在哪里》(2016年电影)中，他是一名麻鸡，也是一个报业大亨。在儿子小亨利·肖被克莱登斯·巴瑞波恩的默默然杀死后，老亨利·肖威胁要曝光魔法世界的存在。

小亨利·肖 Henry Shaw Jr.

小亨利·肖首次被提及是在《神奇动物在哪里》(2016年电影)中，他是一名美国麻鸡参议员。因为在一次筹款晚宴上羞辱克莱登斯·巴瑞波恩，小亨利·肖被克莱登斯释放的默默然杀死。

兰登·肖 Langdon Shaw

在《神奇动物在哪里》(2016年电影)中，兰登·肖是一名麻鸡，他把新塞勒姆协会的几个人带到他父亲的报社，想要曝光潜伏在纽约的巫师，但遭到父亲的无视。在哥哥小亨利·肖被默默然杀死后，他意识到自己的猜想是正确的。

斯坦·桑帕克 Stan Shunpike

斯坦·桑帕克首次被提及是在《哈利·波特与阿兹卡班的囚徒》中，他是骑士公共汽车的售票员。1996年，他因为在酒吧炫耀自己获知食死徒的秘密计划而被逮捕，后来他似乎中了夺魂咒，并和食死徒一起行动。

奥罗拉·辛尼斯塔 Aurora Sinistra

奥罗拉·辛尼斯塔首次被提及是在《哈利·波特与密室》中，在哈利·波特就读于霍格沃茨期间，她是天文学教授。她出席了各式各样的学校宴会，并且负责把被石化的贾斯廷·芬列里送去医院。后来在《哈利·波特与火焰杯》中，她还和冒牌“疯眼汉”穆迪一起在圣诞舞会上跳舞。

丽塔·斯基特 Rita Skeeter

首次提及 《哈利·波特与火焰杯》

类别 女巫

性别 女性

外表 坚硬的金色卷发，下巴很大，戴着镶有珠宝的眼镜，粗手指，涂着闪亮的指甲油

技能与成就

- 记者
- 作家
- 阿尼马格斯

角色事件

第二次巫师战争结束后，丽塔为哈利·波特、西弗勒斯·斯内普和邓布利多军撰写了传记

丽塔·斯基特是《预言家日报》和《巫师周报》的记者，她经常用煽动性的文字描写采访对象，她认为这样有助于提升销量。作为一名未登记的阿尼马格斯，她会变身成一只甲虫监视他人。在《哈利·波特与火焰杯》中，哈利被迫成为三强争霸赛勇士后，丽塔用极尽浮夸的文字讲述了哈利的人生。在她的那篇文章中，哈利说的所有的话都是她杜撰出来的。她为哈利、赫敏和威克多尔·克鲁姆编造了一段三角恋，甚至还暗示哈利性格不稳定，很可能是个危险人物。丽塔·斯基特还通过偷听得知海格是个混血巨人，并将这个信息曝光出来，但这件事让赫敏发现她是一个阿尼马格斯。后来，赫敏威胁丽塔，让她为哈利写了一篇文章发表在《唱唱反调》上，告知公众伏地魔已经卷土重来。

斯坎德 Skender

斯坎德首次被提及是在《神奇动物：格林德沃之罪》中，他是神秘马戏团的团长兼主持，他靠压榨各种奇异的人类和动物，把他们包装成“怪胎和怪物”进行演出赚钱。为了逃离马戏团，克莱登斯·巴瑞波恩和纳吉尼攻击了斯坎德，并放出了小火龙。

斯科尔夫人 Mrs. Skower

斯科尔夫人首次被提及是在《哈利·波特与密室》中，斯科尔夫人可能是斯科尔夫人牌万能神奇去污剂的发明者。当霍格沃茨的墙壁上出现关于密室已经被打开的涂鸦时，阿格斯·费尔奇试图使用这种去污剂擦洗墙上的字迹。

威尔伯特·斯林卡 Wilbert Slinkhard

威尔伯特·斯林卡首次被提及是在《哈利·波特与凤凰社》中，他是《魔法防御理论》一书的作者，这本书被多洛雷斯·乌姆里奇作为黑魔法防御术课的指定教材。

杰克·斯劳珀 Jack Sloper

杰克·斯劳珀首次被提及是在《哈利·波特与凤凰社》中，在弗雷德和乔治两兄弟被终身禁赛后，杰克·斯劳珀成了替补击球手之一。但是杰克的球技并不高明，他打中球员（比如安吉利娜·约翰逊）的概率比打中游走球高得多。

霍拉斯·斯拉格霍恩 Horace Slughorn

霍拉斯·斯拉格霍恩教授首次被提及是在《哈利·波特与“混血王子”》中，他是鼻涕虫俱乐部的创始人。在哈利·波特六年级的时候，已经退休的他再次回到霍格沃茨教授魔药课。他的记忆中藏着打败伏地魔的关键，因为哈利发现汤姆·马沃罗·里德尔曾经问过斯拉格霍恩有没有可能制作出七个魂器。

萨拉查·斯莱特林 Salazar Slytherin

首次提及

《哈利·波特与密室》

类别 男巫

性别 男性

外表 胡须细长，脸像猴子

学校 霍格沃茨（创始人）

学院 斯莱特林

魔杖 蛇木，蛇怪角杖芯

相关家族 冈特家族，里德尔家族，塞耶家族

技能与成就

- 霍格沃茨联合创始人
- 斯莱特林学院创始人
- 蛇佬腔
- 建造密室

角色事件

伊索特·塞耶把斯莱特林的魔杖埋在伊尔弗莫尼魔法学校外面后，那只魔杖长成了一棵具有医药能力的蛇纹树

萨拉查·斯莱特林是一个蛇佬腔，他喜欢选择有野心、精明、纯血统的巫师作为他的学生。对于学校里有麻瓜血统的学生，他的抵触心与日俱增，这导致他和另外三位创始人产生分歧，其中和他矛盾最深的是他曾经的好友戈德里克·格兰芬多。

艾妮·斯米克 Enid Smeek

艾妮·斯米克首次被提及是在《哈利·波特与死亡圣器》中，她是阿不思·邓布利多在戈德里克山谷生活期间的邻居。当丽塔·斯基特为了写邓布利多的传记而去采访她时，斯米克污蔑阿不福思和巴希达·巴沙特。

维罗妮卡·斯美斯丽 Veronica Smethley

在《哈利·波特与密室》中，维罗妮卡·斯美斯丽是吉德罗·洛哈特的忠实崇拜者。在吉德罗·洛哈特关哈利禁闭时，他要求哈利替他给维罗妮卡写回信。

埃里奥·斯梅绥克 Elliot Smethwyck

根据《神奇的魁地奇球》，埃里奥·斯梅绥克在1820年发明了减震咒，让巫师骑在扫帚上时好像坐在软垫上一样。这一发明让他们在参与魁地奇球比赛和飞天扫帚长途旅行时感到更加舒适。

希伯克拉特·斯梅绥克 Hippocrates Smethwyck

希伯克拉特·斯梅绥克首次被提及是在《哈利·波特与凤凰社》中，他是圣芒戈魔法伤病医院的治疗师。1995年，他在“危险”戴·卢埃林病房负责治疗严重咬伤。亚瑟·韦斯莱被纳吉尼咬伤后，就是被斯梅绥克治好的。

赫普兹巴·史密斯 Hepzibah Smith

赫普兹巴·史密斯首次被提及是在《哈利·波特与“混血王子”》中，她是一名富有的女巫，喜欢收集各种奇珍异宝。她把最珍贵的收藏——赫尔加·赫奇帕奇的金杯和萨拉查·斯莱特林的吊坠盒展示给汤姆·里德尔看。随后里德尔杀害了赫普兹巴，拿走了这两样宝物，并把它们变成了魂器。

扎卡赖斯·史密斯 Zacharias Smith

扎卡赖斯·史密斯首次被提及是在《哈利·波特与凤凰社》中，他是一个粗鲁无礼的赫奇帕奇学生，也是一名魁地奇解说员兼赫奇帕奇魁地奇球队的追球手。他之所以加入邓布利多军，是为了就塞德里克·迪戈里的死因质问哈利·波特。他拒绝参加霍格沃茨之战。

艾琳·普林斯·斯内普 Eileen Prince Snape

艾琳·普林斯·斯内普首次被提及是在《哈利·波特与“混血王子”》中，她是西弗勒斯·斯内普的母亲。在霍格沃茨期间，她是高布石队队长兼高布石俱乐部主席。艾琳后来嫁给了一个有暴力倾向的麻瓜托比亚·斯内普，两人似乎都对儿子漠不关心。

西弗勒斯·斯内普 Severus Snape

首次提及 《哈利·波特与魔法石》

类别 男巫

性别 男性

外表 油腻乌黑的及肩长发，黑色眼睛，皮肤枯黄，鹰钩鼻

学校 霍格沃茨

学院 斯莱特林

守护神 牝鹿

相关家族 普林斯家族

化名 混血王子

技能与成就

- 魔药大师
- 黑魔法防御术教授
- 斯莱特林学院院长
- 摄神取念大师
- 大脑封闭大师
- 凌空飞行
- 食死徒
- 凤凰社成员
- 双面间谍
- 霍格沃茨校长
- 发明了多个全新咒语

角色事件

西弗勒斯·斯内普一直都不是老魔杖的主人，伏地魔并不知道这一点，所以为了成为老魔杖的主人，他杀害了斯内普

“我可以教会你们怎样提高声望，酿造荣耀，甚至阻止死亡。”

——西弗勒斯·斯内普，《哈利·波特与魔法石》

西弗勒斯·斯内普是艾琳·普林斯（巫师）和托比亚·斯内普（麻瓜）的儿子，在成长过程中，他并未获得父母的关爱。小的时候，斯内普就注意到邻居家的女孩莉莉·伊万斯表现出了拥有魔法能力的迹象。斯内普带领她进入了巫师世界，两个年轻的巫师很快结下了深厚的友谊。

在霍格沃茨，斯内普很高兴被分入了斯莱特林学院，但是看到莉莉被分进格兰芬多，斯内普大失所望。斯内普性格内向但才智过人，在霍格沃茨就读期间，他发明了许多新咒语，并且特别痴迷诅咒和毒咒。他还完善了多种魔药制作技术，并且把这些技巧记录在他的魔药学课本上。这本魔药课本上还写着他给自己取的绰号——混血王子。斯内普很快便和斯莱特林的多名学生成为好友，他们形影不离，并一起成了伏地魔的信徒。

斯内普因为经常出言不逊，很快便遭到两名格兰芬多学生的霸凌。其中，詹姆·波特尤其热衷骚扰斯内普，并且经常喊他“鼻涕精”。但是莉莉一直护着斯内普，这让詹姆颇为不满。有一天，斯内普被詹姆惹怒，并把怒气撒在了莉莉身上，怒骂她是“泥巴种”。斯内普当场便后悔说出这么恶毒的话，但是木已成舟，莉莉从此再没有原谅他。这段痛苦的记忆折磨了斯内普一生。

离开霍格沃茨后，斯内普成了一名食死徒。得知自己深爱的莉莉嫁给了他最痛恨的詹姆·波特后，斯内普万念俱灰。1980年，斯内普意外听到西比尔·特里劳尼的半个预言，声称七月末降生的一个孩子将会打败伏地魔。斯内普把消息通报给伏地魔，伏地魔认为预言所指的正是詹姆·波特的儿子哈利·波特。心里依然爱着莉莉的斯内普意识到莉莉危在旦夕，并乞求伏地魔饶她一命。为了确保莉莉的生命安全，斯内普决定向阿不思·邓布利多求助，邓布利多顺势把他变成了自己的间谍。

虽然斯内普竭尽所能保护莉莉，但是波特夫妇最终遭到了他们的好朋友小矮星彼得的背叛，伏地魔杀害了詹姆夫妇，但是却没能杀死哈利，最终遭遇惨败。悲痛欲绝的斯内普决定为了莉莉而肩负起保护哈利的任务，并请求邓布利多为他守住这个秘密。

伏地魔倒台后，邓布利多聘请斯内普来霍格沃茨教授魔药学。作为斯莱特林学院的院长，斯内普以偏袒斯莱特林学生而闻名，并且尤其喜欢找哈利麻烦，因为他打从心底讨厌他。

伏地魔东山再起后，斯内普辩称自己这些年来一直在扮演双面间谍，并重新回到伏地魔的身边。他一直有选择地向伏地魔通风报信，始终没有暴露自己与邓布利多的关系，以及他对哈利的保护。

伏地魔交给知名食死徒卢修斯·马尔福的儿子——德拉科·马尔福一个不可能的任务：杀死邓布利多。得知此事后，马尔福的妈妈纳西莎决定寻求斯内普的帮助。她和斯内普立下牢不可破的誓约，斯内普发誓会尽其所能保护她的独子的安全。得知这个计划后，已经知道自己大限将至的邓布利多命令斯内普杀了自己，以便维护马尔福的清白，并向伏地魔证明斯内普的忠诚。在《哈利·波特与“混血王子”》中，斯内普把马尔福推到一边，忠实地完成了邓布利多校长指派的最后任务。

邓布利多遇害后，斯内普当上了霍格沃茨的校长。麦格教授见不得一个杀人凶手在校园内逍遥法外，并且坚信他就是一个不折不扣的食死徒。她和一群教授与斯内普展开对峙，斯内普寡不敌众，在霍格沃茨之战爆发前逃离了学校。在大战期间，伏地魔召唤斯内普来尖叫棚屋见他。伏地魔认为斯内普杀死邓布利多后成了老魔杖的主人，为了获得老魔杖的所有权，伏地魔安排他的蛇纳吉尼咬死了斯内普。

弥留之际，斯内普把自己的记忆交给了哈利，好让他们了解他的真实身份，并且把打败伏地魔的方法传授给哈利。最终，斯内普伤重身亡。当哈利在伏地魔的攻击下逃过一死，并再次出现在伏地魔面前时，哈利告诉伏地魔斯内普一直都是邓布利多的手下。在第二次巫师战争中彻底击败伏地魔后，哈利给自己的第二个儿子取名叫阿不思·西弗勒斯·波特，以缅怀这位勇敢的守卫者。

在《哈利·波特与被诅咒的孩子》中，斯内普在平行时间线中出现。在这条时间线中，霍格沃茨之战的最后获胜者是伏地魔。斯内普在这条时间线中依然扮演着双面间谍。他还帮助斯科皮·马尔福修正了历史。

托比亚·斯内普 Tobias Snape

托比亚·斯内普首次被提及是在《哈利·波特与“混血王子”》中，他是一个有暴力倾向的麻瓜，也是艾琳·普林斯的丈夫和西弗勒斯·斯内普的父亲。斯内普童年时期，他们一家生活在科克沃斯。据斯内普透露，他的父亲“看什么都不顺眼”。

雪儿 Snowy

雪儿首次被提及是在《哈利·波特与魔法石》，它是阿拉贝拉·费格养的一只混血猫狸子，另外三只猫狸子分别是爪子先生，踢踢先生和毛毛。

分院帽 The Sorting Hat

分院帽首次被提及是在《哈利·波特与魔法石》，它原本属于霍格沃茨创始人戈德里克·格兰芬多。分院帽能够把每一个霍格沃茨新生分入不同的学院。任何获得认可的格兰芬多学子在有需要的时候，都能够从分院帽中抽出格兰芬多之剑。

卡图卢斯·斯潘格尔 Catullus Spangle

根据Wizarding World网站上的资料，卡图卢斯·斯潘格尔教授是一名魔咒大师，他在研究守护神咒方面获得了突破性成果，他的代表作是《防御与威慑魔咒》。

火花 Sparky

根据《神奇的魁地奇球》，火花是一只凤凰，也是莫托拉金刚鹦鹉队的吉祥物。

鲁道夫·斯皮尔曼 Rudolph Spielman

在《神奇动物：格林德沃之罪》中，鲁道夫·斯皮尔曼是一名傲罗，也是国际巫师联合会的监禁管理人，他负责把盖勒特·格林德沃从美国押送至欧洲。押送期间，他被格林德沃从空中扔向了大海，所幸他使用了一个减速咒救了自己的命。

艾丽娅·斯平内特 Alicia Spinnet

艾丽娅·斯平内特首次被提及是在《哈利·波特与魔法石》中，她是格兰芬多的学生，比哈利高两个年级，也是邓布利多军的成员之一。她在二年级时担任格兰芬多魁地奇球队的预备追球手，并于次年成为格兰芬多队的正式球员。

菲利达·斯波尔 Phyllida Spore

菲利达·斯波尔首次被提及是在《哈利·波特与魔法石》中，她是一名著名的草药学家，也是《千种神奇药草及蕈类》的作者。这本书是霍格沃茨一年级新生的必读书目。

波莫娜·斯普劳特 Pomona Sprout

波莫娜·斯普劳特首次被提及是在《哈利·波特与魔法石》中，她是草药学的教授，也是赫奇帕奇学院的院长。斯普劳特教授非常善于培育魔法植物。她的草药学知识在第二次巫师战争期间也派上了用场。

埃布尔·巴德摩 Able Spudmore

埃布尔·巴德摩首次被提及是在《神奇的魁地奇球》中，他是埃勒比和巴德摩飞天扫帚公司的联合创始人。公司最受欢迎的两款产品是脱弦箭和迅捷达飞天扫帚。

伦道夫·巴德摩 Randolph Spudmore

根据Wizarding World网站上的资料，伦道夫·巴德摩是埃布尔·巴德摩的儿子，他也是高级飞天扫帚火弩箭的发明者。在《哈利·波特与阿兹卡班的囚徒》中，小天狼星布莱克匿名送了一把火弩箭给哈利·波特。

布伦海姆·斯托克 Blenheim Stalk

根据《神奇动物在哪里》，布伦海姆·斯托克是麻瓜研究方面的专家，也是《有所发现的麻瓜们》一书的作者。这本书中详细讲述了伊尔福勒科姆事件和机灵鬼德克的故事。布伦海姆出现在了巧克力蛙卡片上。

斯特宾斯家族 The Stebbinses

在《哈利·波特与火焰杯》中，斯特宾斯是一名赫奇帕奇学院的学生。在圣诞舞会期间，他和拉文克劳学院的福西特躲在玫瑰花从中约会，被西弗勒斯·斯内普抓个正着，并且给他们的学院各扣10分。在《哈利·波特与凤凰社》中，劫盗者有个同学也叫斯特宾斯。在《神奇动物：格林德沃之罪》中，又出现了一个魔法部的傲罗，他也叫斯特宾斯。他和一群傲罗来到霍格沃茨，劝说阿不思·邓布利多去对抗黑巫师盖勒特·格林德沃。

詹姆·斯图尔特 James Steward

根据Wizarding World网站上的资料，詹姆·斯图尔特和他的妻子伊索特·塞耶及布特兄弟一起创建了伊尔弗莫尼魔法学校。关于詹姆和伊尔弗莫尼魔法学校的创建背景，详见第163页。

玛莎·斯图尔特 Martha Steward

玛莎·斯图尔特是詹姆·斯图尔特和伊索特·塞耶的女儿，她是一名哑炮，后来嫁给了一名麻鸡。玛莎·斯图尔特首次被提及是在Wizarding World网站中，关于伊尔弗莫尼魔法学校的创建背景，详见第163页。

雷欧娜·斯图尔特 Rionach Steward

雷欧娜·斯图尔特首次被提及是在Wizarding World网站中，她是詹姆·斯图尔特和伊索特·塞耶的女儿，后来成了伊尔弗莫尼魔法学校的黑魔法防御课教授。关于伊尔弗莫尼魔法学校的创建背景，详见第163页。

梅莲姆·斯特劳 Miriam Strout

梅莲姆·斯特劳首次被提及是在《哈利·波特与凤凰社》，她是圣芒戈医院的一名治疗师，负责照看长期病人。她照顾的病人包括弗兰克·隆巴顿、艾丽斯·隆巴顿、吉德罗·洛哈特和布罗德里克·博德。

比利·斯塔布斯 Billy Stubbs

比利·斯塔布斯首次被提及是在《哈利·波特与“混血王子”》中，他是一名麻瓜男孩，和汤姆·马沃罗·里德尔生活在同一家孤儿院。在比利和汤姆发生争执后，比利的兔子不知道被谁吊死在了房梁上。孤儿院管理人科尔夫人怀疑是汤姆所为。

夏比 Summerby

夏比首次被提及是在《哈利·波特与凤凰社》，塞德里克·迪戈里在遇害后，夏比取代他，成了赫奇帕奇的找球手。在比赛中，夏比因为在最关键的时刻打了个喷嚏，导致金色飞贼被金妮·韦斯莱抢走。

埃默瑞·斯威奇 Emeric Switch

埃默瑞·斯威奇首次被提及是在《哈利·波特与魔法石》中，他是一名变形大师，也是《初学变形指南》的作者。这本书是霍格沃茨学生的基础教材。

若库达·塞克斯 Jocunda Sykes

根据《神奇的魁地奇球》，1935年，若库达·塞克斯成了第一个骑着飞天扫帚横渡大西洋的女巫。她所使用的橡木箭79飞天扫帚是专为在强风天气下长途飞行而设计。她出现在了巧克力蛙卡片上。

泰德 Ted

在《哈利·波特与魔法石》中，泰德是一个麻瓜新闻播音员。1981年伏地魔首次垮台后，泰德在新闻中报道了大量猫头鹰在白天飞行的反常现象。

乌乌 Tenebrus

乌乌首次被提及是在《哈利·波特与凤凰社》中，它是在霍格沃茨出生的第一匹夜骐。这些浑身漆黑、瘦骨嶙峋的飞马型生物只能被见过死亡的人看见。他们被魔法部列为危险生物。

杰纳斯·西奇 Janus Thickey

根据《神奇动物在哪里》，伏地蝠是一种能够让受害者窒息并将其彻底吞食的生物。杰纳斯·西奇在一张字条中谎称遭到伏地蝠的攻击，以此假装死亡。后来圣芒戈医院的杰纳斯·西奇病房就是以他的名字命名的。

皮尔斯·辛克尼斯 Pius Thicknesse

在《哈利·波特与死亡圣器》中，亚克斯利通知伏地魔他已经对魔法法律执行司司长皮尔斯·辛克尼斯使用了夺魂咒。在斯克林杰遇害后，辛克尼斯成了魔法部部长，标志着伏地魔已经全权接管魔法部。

迪安·托马斯 Dean Thomas

迪安·托马斯首次被提及是在《哈利·波特与魔法石》中，他是哈利的室友，六年级时担任格兰芬多追球手替补球员。在伏地魔控制魔法部并开始清洗麻瓜血统人士后，有麻瓜血统并且是邓布利多军成员的迪安面临着巨大的危险。他和泰德·唐克斯、德克·克莱斯韦，以及妖精拉环和戈努克一起展开逃亡，后来还回来参加了霍格沃茨之战。

踢踢先生 Mr. Tibbles

踢踢先生首次被提及是在《哈利·波特与魔法石》中，它是哈利·波特的邻居阿拉贝拉·费格养的一只混血猫狸子。踢踢先生能够和人类交流，当哈利和达力被两只摄魂怪攻击时，是踢踢先生第一时间通知了费格。

艾伯特·迪里曼 Albert Tillyman

根据Wizarding World网站的资料，艾伯特·迪里曼是一个脾气暴躁的巫师，他的妻子维奥莱特在和他吵架后使用飞路粉离家出走。艾伯特从此再没见到过自己的妻子，并且坚信她已经消失。

维奥莱特·迪里曼 Violet Tillyman

根据Wizarding World网站的资料，维奥莱特·迪里曼和她的丈夫吵架后使用飞路粉想要回娘家。但是她并没有说清楚目的地，并因此意外出现在了麦伦·奥瑟豪斯的家中。两人因此结缘，并悄悄在一起开始了新生活。

阿加莎·蒂姆斯 Agatha Timms

在《哈利·波特与火焰杯》中，阿加莎·蒂姆斯去了1994年魁地奇世界杯的现场，并且以她在鳗鱼农庄的一半股票为赌注，打赌该场比赛会持续一个礼拜，结果比赛一晚就结束了。

提图斯 Titus

提图斯首次被提及是在《神奇动物在哪里》（2016年电影）中，它是一只护树罗锅，和芬恩、珀皮、马洛还有汤姆一起住在纽特·斯卡曼德的箱子里。它非常嫉妒纽特最喜欢的护树罗锅皮克特。

托福迪教授 Professor Tofty

在《哈利·波特与凤凰社》中，托福迪教授是负责管理O.W.L.考试的教授之一。在黑魔法防御术考试中，哈利因为能召唤出实体守护神而获得托福迪教授的额外加分。

蒂莉·托克 Tilly Toke

蒂莉·托克是一名女巫。在1932年的伊尔福勒科姆事件中，一条普通威尔士绿龙突然现身海滩袭击麻瓜，是蒂莉·托克救了在场所有人的命。在《哈利·波特与密室》的电子游戏中，蒂莉·托克出现在了一张巧克力蛙卡片上。

阿基里斯·托利弗 Achilles Tolliver

在《神奇动物：格林德沃之罪》中，阿基里斯·托利弗是美国魔法国会的一名傲罗。蒂娜·戈德斯坦在一本杂志上看到纽特·斯卡曼德和莉塔·莱斯特兰奇订婚的消息，却不知道那本杂志把纽特和他的哥哥忒修斯搞混了。在那之后，蒂娜就开始和阿基里斯谈恋爱。

汤姆 Tom

汤姆首次被提及是在《哈利·波特与魔法石》中，他是破釜酒吧的老板。哈利·波特第一次进入破釜酒吧时，得到了汤姆的热情欢迎。后来哈利在三年级开学前逃离德思礼一家时，也获得了汤姆的热情招待。

汤姆（护树罗锅）Tom (Bowtruckle)

汤姆首次被提及是在《神奇动物在哪里》（2016年电影）中，它是一个护树罗锅，和芬恩、珀皮、马洛和提图斯一起生活在纽特·斯卡曼德的箱子里。汤姆非常嫉妒纽特最喜欢的护树罗锅皮克特，因为纽特走到哪里都带着他。

安多米达·唐克斯 Andromeda Tonks

安多米达·唐克斯首次被提及是在《哈利·波特与凤凰社》中，她是尼法朵拉的母亲。在《哈利·波特与死亡圣器》中，哈利和海格在七个波特之战之后坠落在安多米达家。在丈夫、女儿、女婿都去世后，安多米达独自一人把外孙泰迪·卢平抚养长大。

尼法朵拉·唐克斯 Nymphadora Tonks

首次提及 《哈利·波特与凤凰社》

类别 女巫

性别 女性

外表 瓜子脸，矮个子，棕色头发（自然发色），泡泡糖粉色短发（偏爱颜色）。因为唐克斯是一名易容马格斯，所以她可以随意改变自己的外表

学校 霍格沃茨

学院 赫奇帕奇

守护神 狼（与莱姆斯·卢平相恋之后）

技能与成就

- 易容马格斯
- 傲罗
- 凤凰社成员
- 参与神秘事务司之战、天文塔之战、七个波特之战、霍格沃茨之战

角色事件

唐克斯是出了名的笨手笨脚，在接受傲罗训练时，她差点没能通过潜行与追踪测试

热情大方、活力十足的唐克斯是一名易容马格斯。在哈利遭到摄魂怪袭击后，唐克斯护送哈利前往格里莫广场十二号，并且在七个波特之战期间提供了至关重要的防御支持。唐克斯嫁给了莱姆斯·卢平，并很快生下了一个儿子泰迪。不幸的是，她和丈夫在霍格沃茨之战中双双战死。

泰德·唐克斯 Ted Tonks

泰德·唐克斯首次被提及是在《哈利·波特与凤凰社》中，泰德·唐克斯是安多米达·唐克斯的丈夫，也是尼法朵拉的父亲。伏地魔掌控下的魔法部开始迫害麻瓜出身者，泰德被迫展开逃亡，但最终被搜捕队抓住并杀害。

肯尼思·托勒 Kenneth Towler

肯尼思·托勒首次被提及是在《哈利·波特与凤凰社》中，他和弗雷德·韦斯莱和乔治·韦斯莱同年级。在五年级的O.W.L.考试季，韦斯莱双胞胎偷偷在肯尼思的睡衣里放大泡粉，导致肯尼思浑身长满了疖子。

特拉弗斯 Travers

特拉弗斯首次被提及是在《哈利·波特与火焰杯》中，他是杀死麦金农一家的食死徒。从阿兹卡班监狱中逃出来后，特拉弗斯在伏地魔控制的魔法部工作，并参加了霍格沃茨之战。在《哈利·波特与死亡圣器》中，哈利在试图进入古灵阁巫师银行时对特拉弗斯使用了夺魂咒。

艾博尔·奇托普 Abel Treetops

根据2017版的《神奇动物在哪里》，艾博尔·奇托普是一名美国巫师，他声称能够驯服猫豹并让它们乖乖看家。实际上，他只是对猫狸子使用了增大咒。

文森特·德·泰福勒-皮克 Vincent Duc de Trefle-Picques

根据Wizarding World网站上的资料，文森特·德·泰福勒-皮克是一名法国巫师，法国大革命期间，他为了逃避死刑而对自己使用魔法，让自己看上去已经被砍头。

卡桑德拉·特里劳尼 Cassandra Trelawney

卡桑德拉·特里劳尼是一个著名先知。在《哈利·波特与凤凰社》中，西比尔·特里劳尼告诉多洛雷斯·乌姆里奇，她是卡桑德拉的玄孙女，自卡桑德拉去世以来，她是她家第一个真正的先知。

西比尔·特里劳尼 Sybill Trelawney

西比尔·特里劳尼首次被提及是在《哈利·波特与阿兹卡班的囚徒》，她是一名先知，也是霍格沃茨占卜课教授。在她的一生中，曾在毫不知情的情况下做出过两个准确的预言：一个是伏地魔会在1981年败北，一个是伏地魔的忠实仆人会在1994年归来。在《哈利·波特与凤凰社》中，多洛雷斯·乌姆里奇开除了特里劳尼，但在乌姆里奇被逐出学校后，特里劳尼又重新回来执教。

多纳汉·特姆利特 Donaghan Tremlett

多纳汉·特姆利特是著名巫师乐队古怪姐妹的乐手。在《哈利·波特与“混血王子”》中，哈利在阿不思·邓布利多的葬礼上看见了他。

莱福 Trevor

莱福首次被提及是在《哈利·波特与魔法石》中，它是一只蟾蜍，是纳威·隆巴顿的伯父阿尔吉送给纳威的礼物，用来庆祝纳威不是个哑炮。纳威在霍格沃茨就读期间，这只让人浑身发麻的蟾蜍屡次逃跑，并最终逃进了霍格沃茨的大湖。据推测，纳威并没有把这件事告诉他的伯父。

昆丁·特林布 Quentin Trimble

昆丁·特林布首次被提及是在《哈利·波特与魔法石》中，他是《黑魔法：自卫指南》一书的作者。这本书是霍格沃茨一年级新生的必读书目。

售货女巫 Trolley Witch

售货女巫首次被提及是在《哈利·波特与魔法石》中，自从霍格沃茨特快列车出现以来，她就一直在列车上卖东西，这就意味着她大概有200岁。她向学生出售零食，同时也负责看住学生，不让他们中途逃跑。

特洛伊 Troy

在《哈利·波特与火焰杯》中，特洛伊是1994年魁地奇世界杯赛期间爱尔兰魁地奇国家队的追球手之一，另外两位追球手分别是马莱特和莫兰。

加布里埃尔·杜鲁门 Gabriel Truman

根据Wizarding World网站上的资料，加布里埃尔·杜鲁门是赫奇帕奇学院的级长，她给赫奇帕奇学院的新生写了一封欢迎信。

毛毛 Tufty

毛毛首次被提及是在《哈利·波特与魔法石》中，它是阿拉贝拉·费格养的一只混血猫狸子。作为一只混血猫狸子，毛毛比普通的猫更聪明，也更敏锐。

莉莎·杜平 Lisa Turpin

在《哈利·波特与魔法石》中，莉莎·杜平是倒数第三个参加分院仪式的学生，就排在罗恩·韦斯莱的前面。她被分进了拉文克劳学院。

德里安·图特利 Adrian Tutley

根据Wizarding World网站上的资料，德里安·图特利是一名成年阿尼马格斯，他心高气傲，但心胸狭隘。在看到一群来自瓦加度魔法学校的未成年学生能够轻易变形成为各种动物时，图特利感觉自己的能力受到了威胁，并向国际巫师联合会提出了申诉。

亚里士多德·十二树 Aristotle Twelvetrees

根据Wizarding World网站上的资料，亚里士多德·十二树是一名美国巫师，在拉帕波特总统任职期间，他在美国魔法国会担任宝藏与卓锅管理者。他的女儿多卡斯差点让巫师世界遭遇灭顶之灾，最终催生了拉帕波特法。

多卡斯·十二树 Dorcus Twelvetrees

根据Wizarding World网站上的资料，多卡斯·十二树向一名麻鸡透露了巫师世界的秘密，此举严重违反了《国际保密法》。在这起事件后，美国魔法国会通过了拉帕波特法，把巫师世界和麻瓜世界严格分离开来。多卡斯因为这一违法行为被判处一年监禁。

威基·泰克罗斯 Wilkie Twycross

在《哈利·波特与“混血王子”》中，威基·泰克罗斯是幻影显形课的指导教师。他经常强调幻影显形的三个“D”：目标（Destination）、决心（Determination）和从容（Deliberation）。因为他总是喜欢唠叨，学生们给他取了很多难听的绰号。

乌不利博士 Dr. Ubbly

乌不利博士的忘忧膏可能是由一个名叫乌不利博士的人发明的。在《哈利·波特与凤凰社》中，罗恩在魔法部神秘事务司被大脑袭击后，庞弗雷夫人使用这种药膏治疗他手臂上的伤疤。

乌加 Ugga

根据《神奇的魁地奇球》，乌加是12世纪的一名巫师，他曾经和古德温·尼恩一起玩一种名叫“魁地奇”的运动。后来古德温在写给表亲奥拉夫的信中提到了这一运动。

多洛雷斯·乌姆里奇 Dolores Umbridge

首次提及 《哈利·波特与凤凰社》

类别 女巫

性别 女性

外表 长得像只癞蛤蟆；喜欢穿粉红色衣服，卷曲短发，喜欢在头上戴蝴蝶结

学校 霍格沃茨

学院 斯莱特林

守护神 猫

魔杖 桦木，火龙心脏神经杖芯，八英寸

技能与成就

- 魔法部高级副部长
- 黑魔法防御术教授
- 霍格沃茨高级调查官
- 霍格沃茨校长
- 麻瓜出身登记委员会主任

角色事件

在《哈利·波特与被诅咒的孩子》中，阿不思·波特和斯科皮·马尔福穿越到不同的时间线中，而在其中一条平行时间线中，乌姆里奇是霍格沃茨的校长

多洛雷斯·乌姆里奇是一名魔法部官员，她被魔法部部长康奈利·福吉委派去霍格沃茨教授黑魔法防御术。乌姆里奇是一名心狠手辣的教授，喜欢折磨人，喜欢猫，还喜欢任何粉色的东西。阿不思·邓布利多被辞退后，乌姆里奇成了霍格沃茨的校长。后来，她在伏地魔控制下的魔法部担任麻瓜出生登记委员会主任。伏地魔倒台后，乌姆里奇因为迫害麻瓜出身者被送入阿兹卡班监狱服刑。

“有人和你说某个黑巫师卷土重来了。这都是谎言。”

——多洛雷斯·乌姆里奇，《哈利·波特与凤凰社》

多洛雷斯·乌姆里奇的弟弟 Dolores Umbridge's Brother

根据Wizarding World网站上的资料，多洛雷斯·乌姆里奇有一个没有名字的弟弟，而且他天生就是个哑炮，这让他的巫师父亲又气又恼。在多洛雷斯十五岁那年，他的弟弟和妈妈一起去了麻瓜世界，乌姆里奇从此断绝了和他们的来往。

奥福德·乌姆里奇 Orford Umbridge

根据Wizarding World网站上的资料，奥福德·乌姆里奇是多洛雷斯·乌姆里奇的父亲，他在魔法部当保洁员。虽然乌姆里奇只有这一个会魔法的直系亲属，但是私下里，乌姆里奇还是瞧不起这个一事无成的父亲。

金特斯·弗埃维 Quintius Umfraville

根据《神奇的魁地奇球》，金特斯·弗埃维是《男巫们的高尚运动》一书的作者，这本17世纪的著作详细介绍了魁地奇运动，从中可以看出那个时候的魁地奇和现代魁地奇已经没什么区别。

邋遢鬼拉拉 Urg the Unclean

在《哈利·波特与火焰杯》中，罗恩·韦斯莱在为魔法史考试做准备时，提到了几个参与18世纪妖精叛乱的妖精，一个叫邋遢鬼拉拉，另一个叫长胡子长长。

怪人尤里克 Uric the Oddball

怪人尤里克首次被提及是在《神奇动物在哪里》中，他是一个性格古怪的中世纪巫师，和五十多只宠物卜鸟同住在一个房间里。拉多尔福·皮蒂曼为他写了一本传记。怪人尤里克出现在了一张巧克力蛙卡片上。

埃尔芬斯通·埃尔科特 Elphinstone Urquart

根据Wizarding World网站上的资料，埃尔芬斯通·埃尔科特曾经是米勒娃·麦格在魔法法律执行司工作时的上司，后来向麦格求婚。两人的幸福婚姻持续了三年，最后因为埃尔芬斯通的意外死亡而告终。

厄克特 Urquhart

在《哈利·波特与“混血王子”》中，厄克特是斯莱特林魁地奇球队的新队长。在格兰芬多对战斯莱特林的比赛前，哈利和厄克特握手时差点被他捏碎手掌。

卡桑德拉·瓦布拉斯基
Cassandra Vablatsky

卡桑德拉·瓦布拉斯基首次被提及是在《哈利·波特与阿兹卡班的囚徒》中，她是一名著名的先知，她的占卜学著作《拨开迷雾看未来》是霍格沃茨占卜课的必读教材。她出现在了巧克力蛙卡片上。

瓦赛 Vaisey

在《哈利·波特与“混血王子”》中，瓦赛是斯莱特林魁地奇球队的追球手。在斯莱特林对阵格兰芬多比赛的前一天，瓦赛在训练时被一只游走球击中脑袋。罗恩·韦斯莱认为这是他当天撞大运的证据。

爱米琳·万斯 Emmeline Vance

爱米琳·万斯首次被提及是在《哈利·波特与凤凰社》中，她是初代凤凰社成员。在哈利·波特遭到摄魂怪攻击后，爱米琳参加了护送哈利前往格里莫广场十二号的行动。在《哈利·波特与“混血王子”》中，西弗勒斯·斯内普告诉贝拉特里克斯·莱斯特兰奇，是他通风报信导致爱米琳死亡。

罗米达·万尼 Romilda Vane

在《哈利·波特与“混血王子”》中，罗米达·万尼是一名格兰芬多的学生，她试图用一种爱情魔药让哈利爱上自己。结果罗恩·韦斯莱不小心喝下魔药，并且爱上了她。

塞蒂玛·维克多 Septima Vector

塞蒂玛·维克多是霍格沃茨算数占卜学的教授。在《哈利·波特与阿兹卡班的囚徒》中，三年级的赫敏使用时间转换器帮助自己挤出时间上她的课，而且赫敏非常喜欢这门课。

维丽蒂 Verity

在《哈利·波特与“混血王子”》中，维丽蒂是弗雷德和乔治的韦斯莱魔法把戏坊的员工。哈利、罗恩和赫敏和韦斯莱一家去店里参观时见到了维丽蒂。

维奥莱特 Violet

维奥莱特是挂在霍格沃茨礼堂的一幅画像，她很喜欢和她的朋友胖夫人一起喝酒。在《哈利·波特与火焰杯》中，她告诉胖夫人哈利被选中参加三强争霸赛。

温迪克·温瑞迪安 Vindictus Viridian

温迪克·温瑞迪安是《魔咒与破解魔咒》一书的作者。在《哈利·波特与魔法石》中，哈利在对角巷里看到这本书，心想这应该能用在他的表哥达力身上。

沃尔科夫 Volkov

在《哈利·波特与火焰杯》中，哈利和赫敏还有罗恩去观看1994年魁地奇世界杯赛期间，沃尔科夫是保加利亚魁地奇国家队的两名击球手之一。

沃卡诺夫 Vulchanov

在《哈利·波特与火焰杯》中，哈利和赫敏还有罗恩去观看1994年魁地奇世界杯赛期间，沃卡诺夫是保加利亚魁地奇国家队的两名击球手之一。

内丽达·沃卡诺娃 Nerida Vulchanova

根据Wizarding World网站上的资料，内丽达·沃卡诺娃是德姆斯特朗学院的创建者兼第一任校长。她上任后离奇死亡，臭名昭著的哈方·蒙特迅速接任了校长职位。

阿德贝·沃夫林 Adalbert Waffling

阿德贝·沃夫林首次被提及是在《哈利·波特与魔法石》中，他是一名魔法理论家，他还是霍格沃茨一年级教材《魔法理论》的作者。

沃加沃加狼人 Wagga Wagga Werewolf

沃加沃加狼人首次被提及是在《哈利·波特与密室》中，这只狼人一直在一座村庄里兴风作浪，直到一名无名美国巫师出现将它击败。吉德罗·洛哈特在《与狼人一起流浪》一书中声称是他打败了沃加沃加狼人。

号哭寡妇 Wailing Widow

号哭寡妇是一个幽灵，也是差点没头的尼克的密友。在《哈利·波特与密室》中，她不远千里从肯特郡赶来霍格沃茨，参加差点没头的尼克的500岁忌辰派对。

塞蒂娜·沃贝克 Celestina Warbeck

塞蒂娜·沃贝克首次被提及是在《哈利·波特与密室》中，她被誉为“女巫歌唱家”，她的演唱会门票价格在黑市上被炒得极高。她也是莫丽·韦斯莱非常喜欢的歌手。

厄文·瓦布尔 Irving Warble

根据Wizarding World网站上的资料，“女巫歌唱家”塞蒂娜·沃贝克因为爱上了作曲家厄文·瓦布尔而抛弃了她的第二任丈夫。

沃林顿 Warrington

沃林顿首次被提及是在《哈利·波特与阿兹卡班的囚徒》中，他是斯莱特林魁地奇球队的一名追球手。作为多洛雷斯·乌姆里奇的调查行动组成员，他协助打压哈利·波特和其他邓布利多军成员在霍格沃茨的集会活动。

罗乌·卫其利 Roonil Wazlib

在《哈利·波特与“混血王子”》中，罗恩·韦斯莱因为使用了一支出了故障的拼写检查羽毛笔，导致他在《高级魔药制作》课本上的名字被写成了“罗乌·卫其利”。后来哈利·波特对德拉科·马尔福使用的危险咒语引起了西弗勒斯·斯内普的怀疑，他决定检查哈利的课本。哈利急中生智把罗恩的课本当成自己的课本交给他，并声称罗乌·卫其利是他的绰号。

亚瑟·韦斯莱 Arthur Weasley

亚瑟·韦斯莱首次被提及是在《哈利·波特与魔法石》中，他是韦斯莱家的一家之长。亚瑟对麻瓜充满了好奇，并且在魔法部禁止滥用麻瓜物品办公室工作。他差点死于伏地魔的蛇——纳吉尼的袭击，所幸在哈利·波特的帮助下幸免于难。他参加了霍格沃茨之战。

奥黛丽·韦斯莱 Audrey Weasley

奥黛丽·韦斯莱首次被提及是在纪录片《J.K. 罗琳：生命中的一年》（2007）中，奥黛丽嫁给了亚瑟·韦斯莱和莫丽·韦斯莱的第三个儿子——珀西·韦斯莱。两人育有两女——露西和莫丽。莫丽的名字很可能取自她的奶奶。

比尔·韦斯莱 Bill Weasley

比尔·韦斯莱首次被提及是在《哈利·波特与魔法石》中，他是韦斯莱一家七个孩子中的长子，工作是在古灵阁巫师银行担任解咒员。在第二次巫师战争中，比尔在与芬里尔·格雷伯克的战斗中存活下来。他的妻子芙蓉·德拉库尔育有三个孩子。

查理·韦斯莱 Charlie Weasley

查理·韦斯莱首次被提及是在《哈利·波特与魔法石》中，他是凤凰社的成员。查理非常喜欢动物，所以他在学生时代深受海格的喜爱。虽然远在罗马尼亚研究火龙，但是他还是赶回来参加了霍格沃茨之战。

多米尼克·韦斯莱 Dominique Weasley

多米尼克·韦斯莱首次被提及是在纪录片《J.K. 罗琳：生命中的一年》（2007）中，她是比尔·韦斯莱和芙蓉·韦斯莱的第二个孩子。多米尼克有媚娃血统。推测她可能和姐姐维克托娃、弟弟路易一起在霍格沃茨上学。

弗雷德·韦斯莱 Fred Weasley

弗雷德·韦斯莱首次被提及是在《哈利·波特与魔法石》中，他是莫丽·韦斯莱和亚瑟·韦斯莱的儿子，和乔治·韦斯莱是双胞胎兄弟。从霍格沃茨辍学后，这对双胞胎兄弟开了一家名叫韦斯莱魔法把戏坊的笑话商店，并且大获成功。可惜的是，弗雷德在霍格沃茨之战中不幸战死。

弗雷德·韦斯莱二世 Fred Weasley II

弗雷德·韦斯莱二世首次被提及是在纪录片《J.K.罗琳：生命中的一年》（2007）中，他是乔治·韦斯莱和安吉丽娜·韦斯莱的长子，他的名字取自他爸爸的双胞胎兄弟——于霍格沃茨之战中战死的弗雷德·韦斯莱。

乔治·韦斯莱 George Weasley

乔治·韦斯莱首次被提及是在《哈利·波特与魔法石》中，他是莫丽·韦斯莱和亚瑟·韦斯莱的儿子，和弗雷德·韦斯莱是双胞胎兄弟。从霍格沃茨辍学后，他和乔治开了一家名叫韦斯莱魔法把戏坊的笑话商店，并且大获成功。在《哈利·波特与死亡圣器》中，乔治在七个波特之战中护送哈利来到陋居。在此期间，他被西弗勒斯·斯内普的一个诅咒击中，并失去了一只耳朵。

金妮·韦斯莱 Ginny Weasley

首次提及 《哈利·波特与魔法石》

类别 女巫

性别 女性

外表 红发，棕色眼睛

学校 霍格沃茨

学院 格兰芬多

守护神 马

相关家族 布莱克家族，波特家族，格兰杰家族，普威特家族，德拉库尔家族，约翰逊家族

技能与成就

- 精通蝙蝠精咒
- 被伏地魔附身后依然幸存
- 格兰芬多追球手和找球手
- 邓布利多军成员
- 参与霍格沃茨之战
- 霍利黑德哈比队追球手
- 《预言家日报》魁地奇专栏高级编辑

角色事件

金妮在上五年级之前收到了一只叫阿诺德的侏儒蒲作为礼物

“和弗雷德还有乔治一起长大，你会觉得只要你胆子够大，一切皆有可能。”

——金妮·韦斯莱，《哈利·波特与凤凰社》

金妮·韦斯莱全名吉尼芙拉·莫丽·韦斯莱，她是莫丽·韦斯莱和亚瑟·韦斯莱唯一的女儿，也是七个孩子里面的老幺。

当卢修斯·马尔福偷偷把汤姆·里德尔被诅咒的日记本塞进金妮的学校用品时，金妮无意中成了一项邪恶计划的棋子。随着时间的推移，潜藏在日记里的里德尔的灵魂逐渐附着在金妮身上，迫使她打开密室，释放出蛇怪攻击麻瓜出身的学生。当哈利得知自己最好的朋友的妹妹被困在密室里等死时，他立即和罗恩展开行动营救金妮。后来金妮成了邓布利多军中一名强有力的成员，并在神秘事务司之战中英勇抗击食死徒。进入五年级后，金妮开始吸引哈利的注意，两人开始约会。在哈利寻找魂器的时候，金妮继续在霍格沃茨对抗食死徒。当莫丽和亚瑟禁止这个未成年的女儿参加霍格沃茨之战时，金妮选择无视他们并毅然加入了战斗。在战斗之中，贝拉特

里克斯·莱斯特兰奇的杀戮咒差点击中金妮，莫丽见状立刻还击，当场击杀了这个满手血腥的食死徒。

在《哈利·波特与死亡圣器》的结尾，金妮和哈利结婚并生下三个孩子：詹姆·小天狼星，阿不思·西弗勒斯和莉莉·卢娜。在《哈利·波特与被诅咒的孩子》中，她还帮助挫败了伏地魔的女儿戴尔菲的邪恶计划。

雨果·韦斯莱 Hugo Weasley

雨果·韦斯莱出现在《哈利·波特与死亡圣器》的结尾，他是罗恩·韦斯莱和赫敏·格兰杰最小的孩子。雨果和他的父母一起去九又四分之三站台送他的姐姐罗丝去霍格沃茨上学。

路易·韦斯莱 Louis Weasley

路易·韦斯莱首次被提及是在纪录片《J.K. 罗琳：生命中的一年》（2007）中，他是比尔·韦斯莱和芙蓉·韦斯莱最小的孩子。推测他可能和他的一群表亲还有两个姐姐一起在霍格沃茨上学。

露西·韦斯莱 Lucy Weasley

露西·韦斯莱首次被提及是在纪录片《J.K.罗琳：生命中的一年》（2007）中，她是珀西·韦斯莱和奥黛丽·韦斯莱的小女儿，推测她可能和姐姐莫丽·韦斯莱二世一起在霍格沃茨上学。

莫丽·韦斯莱 Molly Weasley

首次提及 《哈利·波特与魔法石》

类别 女巫

性别 女性

外表 红发，身材矮胖，慈眉善目

学校 霍格沃茨

学院 格兰芬多

相关家族 布莱克家族，波特家族，格兰杰家族，普威特家族，德拉库尔家族，约翰逊家族

技能与成就

- 厨艺过人
- 能进行简单的疗伤
- 凤凰社成员
- 杀死贝拉特里克斯·莱斯特兰奇
- 参与霍格沃茨之战

角色事件

莫丽的两个哥哥费比安·普威特和吉迪翁·普威特均死于第一次巫师战争

对于哈利·波特来说，莫丽·韦斯莱是他认识的人当中最像他妈妈的人。莫丽和丈夫亚瑟·韦斯莱一起在被称作“陋居”的小屋中把七个孩子拉扯大。莫丽是凤凰社的成员，她非常喜欢儿子罗恩的挚友哈利，而且对他照顾有加。在霍格沃茨之战中，当贝拉特里克斯·莱斯特兰奇对金妮·韦斯莱施展杀戮咒时，莫丽立刻施展死咒还击，并当场击杀贝拉特里克斯。

“不——准——你——再——碰——我——的——孩——子！”

——莫丽·韦斯莱，《哈利·波特与死亡圣器》

莫丽·韦斯莱二世 Molly Weasley Ⅱ

莫丽·韦斯莱二世首次被提及是在纪录片《J.K.罗琳：生命中的一年》（2007）中，她是珀西·韦斯莱和奥黛丽·韦斯莱的大女儿，莫丽的名字取自她的奶奶。推测她可能和妹妹露西一起在霍格沃茨上学。

潘祖·韦斯莱 Panju Weasley

在《哈利·波特与被诅咒的孩子》的一条平行时间线里，罗恩·韦斯莱和帕德玛·佩蒂尔结婚，并生下了潘祖·韦斯莱。潘祖是霍格沃茨里的问题少年，而且和罗恩不和。

珀西·韦斯莱 Percy Weasley

珀西·韦斯莱首次被提及是在《哈利·波特与魔法石》中，他是莫丽·韦斯莱和亚瑟·韦斯莱的儿子，也是格兰芬多学院的一名级长。从霍格沃茨毕业后，珀西进入魔法部工作。在伏地魔重出江湖后，珀西起初与魔法部站在一起，敌视哈利·波特，但是他最终承认了自己的错误，并且在霍格沃茨之战中和他的家人并肩作战。

罗丝·韦斯莱 Rose Weasley

罗丝·韦斯莱首次被提及是在《哈利·波特与死亡圣器》中，她是罗恩·韦斯莱和赫敏·格兰杰的女儿。和她的父母一样，罗丝很渴望能在霍格沃茨交到真正的好朋友。她继承了母亲的聪明才智，还在格兰芬多魁地奇球队担任追球手。

罗纳德（罗恩）·比利尔斯·韦斯莱 Roanld (Ron) Bilius Weasley

首次提及 《哈利·波特与魔法石》

类别 男巫

性别 男性

外表 红发，蓝眼睛，满脸雀斑，长鼻子，身材高瘦

学校 霍格沃茨

学院 格兰芬多

守护神 杰克·拉塞尔猎犬

魔杖

第一支魔杖：十二英寸，白蜡木，独角兽毛发杖芯。第二支魔杖：十四英寸，柳木，独角兽毛发杖芯。从小矮星彼得手中获得的魔杖：九又四分之一英寸，栗木，火龙心脏神经杖芯

相关家族 普威特家族，格兰杰家族，波特家族，德拉库尔家族，约翰逊家族，布莱克家族

化名 德拉戈米尔·德斯帕德，罗鸟·卫其利

技能与成就

- 棋艺精湛
- 级长
- 邓布利多军成员
- 格兰芬多魁地奇球队守门员
- 摧毁其中一个魂器
- 参与霍格沃茨之战
- 傲罗
- 韦斯莱魔法把戏坊店员

角色事件

罗恩因其对抗伏地魔的英雄事迹而被印在了巧克力蛙卡片上，他称之为人生的最高荣耀

“从现在起，哪怕我的茶叶拼出‘罗恩死定了’的字样，我也不管了。我要把它们倒进垃圾桶，那才是它们该待的地方。”

——罗恩·韦斯莱，《哈利·波特与凤凰社》

罗恩·韦斯莱从小在陋居长大，那是德文郡奥特里·圣卡奇波尔村外的一座魔法小屋。罗恩有五个哥哥和一个妹妹，家里的经济非常拮据。在他第一次搭乘列车前往霍格沃茨的途中，罗恩认识了大名鼎鼎的哈利·波特，两人很快就成了最好的朋友。

和韦斯莱一家的其他成员一样，罗恩很快就被分进了格兰芬多学院。他经常活在几个哥哥的阴影之中，但是在哈利的帮助下，罗恩通过各种神奇的冒险打响了自己的名声。在万圣节遭遇一只山地巨怪时，罗恩利用巨怪的大棒把巨怪打晕，并因此和赫敏·格兰杰成为好友。当他们的朋友鲁伯·海格想收养一只非法火龙时，是罗恩找来了他的哥哥查理帮忙。三人在寻找魔法石的过程中，罗恩利用他的棋艺通过了麦格教授设置的障碍，并最终牺牲自己，让哈利和赫敏能够继续前进，以获取魔法石。

二年级时，罗恩开着他爸爸的飞天车从德思礼家救出了哈利。因为两人错过了霍格沃茨特快列车，罗恩便提议直接搭乘飞天车一路飞去霍格沃茨。在德拉科·马尔福辱骂赫敏是“泥巴种”时，罗恩勇敢地站出来维护赫敏，结果却因为魔杖损坏，在和马尔福对决时中了自己的鼻涕虫呕吐咒。在禁林中，为了调查关于斯莱特林继承人的信息，罗恩勇敢地面对了自己最大的恐惧——巨型蜘蛛。而他最英勇的行为，是闯入密室救出了被附身的妹妹金妮。

三年级时，罗恩和赫敏之间矛盾不断，因为他认为是赫敏的宠物猫克鲁克山吃了他的宠物老鼠斑斑。与此同时，小天狼星从阿兹卡班越狱，以阿尼马格斯形态现身的他差点咬断了罗恩的一条腿。后来罗恩惊恐地发现，他的宠物老鼠斑斑不仅没有死，而且实际上是一个名叫小矮星彼得的成年

罗丝·泽勒 Rose Zeller

在《哈利·波特与凤凰社》中，罗丝·泽勒是最后一个参加分院的一年级新生，她被分进了赫奇帕奇学院。

周雅女士 Madam Ya Zhou

在《神奇动物在哪里》（2016年电影）中，周雅女士前往美国魔法国会参加紧急会议，她认为参议院小亨利·肖是被从纽特·斯卡曼德那里逃跑的魔法生物杀死的。

佐格拉夫 Zograf

在《哈利·波特与火焰杯》中，在1994年魁地奇世界杯期间，佐格拉夫是保加利亚魁地奇国家队的守门员。他被爱尔兰队进了17个球，他还在对方追球手莫兰试图进球时肘击对方，因此被判罚。

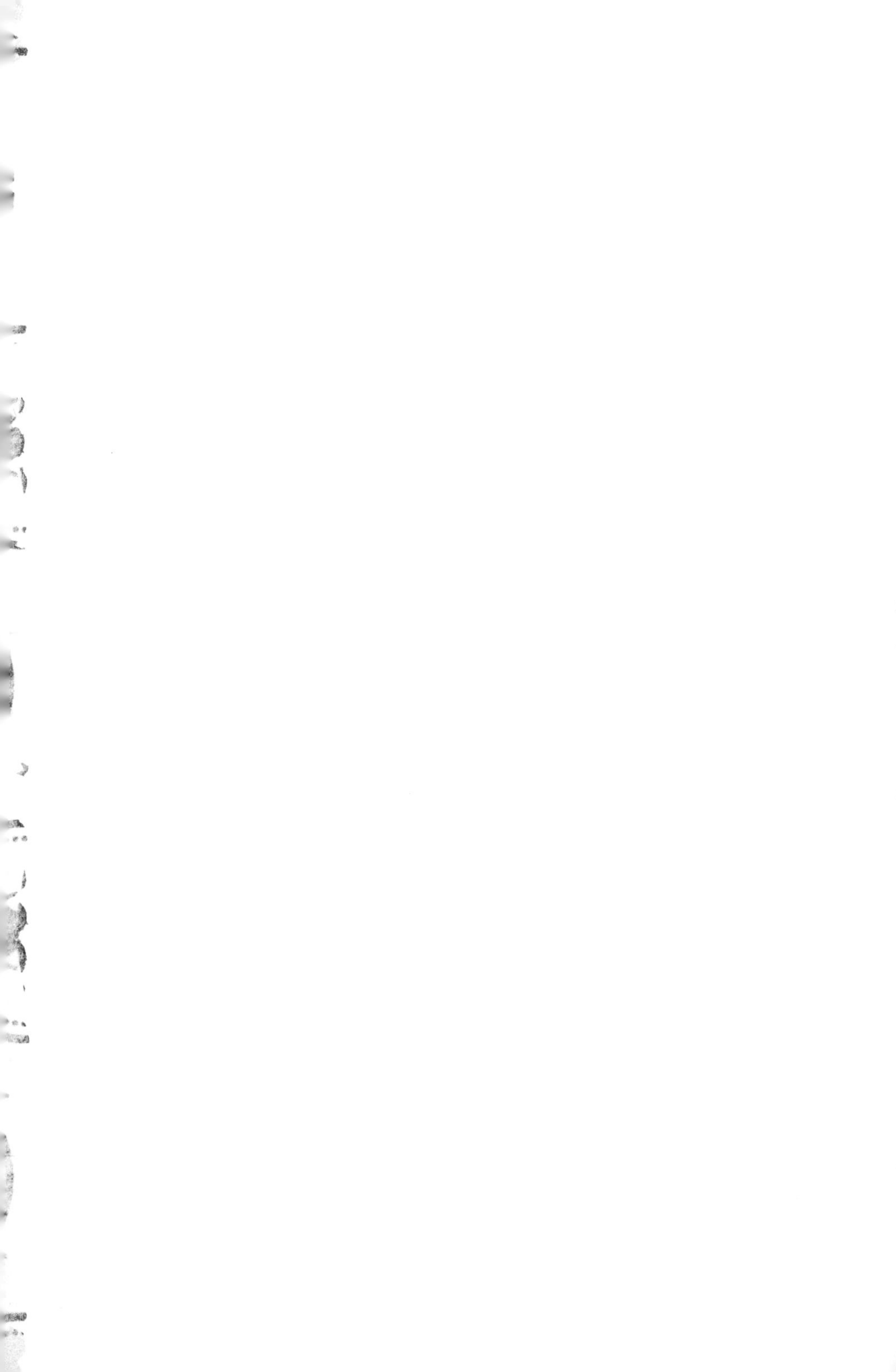

人变的。小矮星彼得杀了很多人，并且栽赃嫁祸给小天狼星布莱克。小天狼星在试图咬死斑斑的同时牵连了罗恩，他为自己的行为向罗恩道歉。

进入四年级后，罗恩饱受妒火的折磨——他受不了哈利一直都是万众瞩目的焦点，而且还破例成了霍格沃茨三强争霸赛的参赛勇士。更要命的是，赫敏的圣诞舞会舞伴是魁地奇超级明星威克多尔·克鲁姆。尽管如此，罗恩还是竭尽全力支持哈利，并帮助他为三强争霸赛的第三项比赛做准备。

升入五年级后，罗恩惊讶地发现自己被任命为级长。作为奖励，他的妈妈送给他一把飞天扫帚，罗恩随后成了格兰芬多魁地奇球队的一名守门员。但是很快他便意识到成为众人关注的焦点并没有他想象得那么开心。在克服焦虑之后，罗恩帮助格兰芬多赢得了魁地奇杯。另外，罗恩的爸爸在为凤凰社工作期间被纳吉尼咬伤，罗恩也在和哈利去魔法部神秘事务司营救小天狼星布莱克的过程中遭到大脑的袭击。

十六岁那年，罗恩的感情生活迎来了转机——他和赫敏的关系越来越亲密。可是因为不安全感作祟，罗恩开始和拉文德·布朗交往。但是不出所料，他们之间的爱情并没有给罗恩带来满足感。在经历了一次中毒事件后，罗恩开始重新审视自己的人生选择。后来，拉文德怀疑罗恩和赫敏的关系不只是朋友那么简单，两人因此分手。同年年末，罗恩击退了潜入霍格沃茨的食死徒。

三人下定决心要摧毁伏地魔的所有魂器后，罗恩便随着哈利和赫敏一起离开了霍格沃茨。可惜的是，戴在罗恩身上的一个被诅咒的吊坠魂器加强了罗恩的嫉妒心和疑心病。很快他便认为哈利不仅是在带着他们瞎转，而且还想要抢走他的女朋友。罗恩的忍耐终于达到极限，他抛下两位好友

独自退出。但后来，他又用邓布利多的熄灯器找到了他们，并在危急时刻把哈利从结冰的池塘里救了出来。恢复理智的罗恩还摧毁了吊坠魂器。在霍格沃茨之战期间，罗恩和赫敏互相表白，但是随后悲剧来临——罗恩的哥哥弗雷德在战斗中被杀害。

离开霍格沃茨后，罗恩娶了赫敏为妻，两人育有两个孩子：罗丝和雨果。罗恩成为傲罗后致力于搜捕食死徒残存势力。后来他辞去工作，专心帮助他的哥哥乔治经营韦斯莱魔法把戏坊。

在《哈利·波特与被诅咒的孩子》中，罗恩和哈利、赫敏、金妮还有马尔福一起解决了由一个时间转换器引发的各种问题。在其中一条平行时间线中，罗恩娶了帕德玛·佩蒂尔为妻，两人有一个儿子名叫潘祖。而在另一条平行时间线中，他和赫敏一直过着被食死徒追杀的生活，直到被摄魂怪包围时才向彼此袒露真心。在《哈利·波特与被诅咒的孩子》的结尾，罗恩和赫敏决定修改他们的结婚誓词。

罗克珊·韦斯莱 Roxanne Weasley

罗克珊·韦斯莱首次被提及是在纪录片《J.K.罗琳：生命中的一年》（2007）中，她是弗雷德·韦斯莱和安吉丽娜·韦斯莱的小女儿。她的哥哥弗雷德·韦斯莱二世的名字用于纪念在霍格沃茨之战中战死的伯父。

维克托娃·韦斯莱 Victoire Weasley

维克托娃·韦斯莱首次登场是在《哈利·波特与死亡圣器》的结尾，她有媚娃血统，是比尔·韦斯莱和芙蓉·韦斯莱的第一个孩子，出生于霍格沃茨之战一周年之际。她和哈利·波特的教子泰迪·卢平谈过恋爱。

韦瑟比 Weatherby

详见第336页“珀西·韦斯莱”。

赫尔穆特·魏斯 Helmut Weiss

根据Wizarding World网站上的资料，赫尔穆特·魏斯是美国魔法国会最初的十二位傲罗之一。和其他早期的美国傲罗一样，他也英年早逝。

怪人温德林 Wendelin the Weird

怪人温德林首次被提及是在《哈利·波特与阿兹卡班的囚徒》中，她是一名中世纪时期的女巫，因为喜欢凝火咒带来的快感，她故意让自己被绑在木桩上受了47次火刑。她还出现在了巧克力蛙卡片上。

布丽奇特·温洛克 Bridget Wenlock

根据Wizarding World网站上的资料，布丽奇特·温洛克是一名13世纪的女巫，也是一名著名的算术占卜学家。她发现了数字7具备魔法。布丽奇特出现在了巧克力蛙卡片上。

埃里克·华莱 Eric Whalley

埃里克·华莱首次被提及是在《哈利·波特与“混血王子”》中，他是一名麻瓜孤儿，和汤姆·里德尔生活在同一家孤儿院。阿不思·邓布利多造访孤儿院时，听到管理人科尔夫人对一名助手说埃里克·华莱因为感染水痘弄得一床都是血。

肯尼沃思·惠斯普 Kennilworthy Whisp

肯尼沃思·惠斯普写了许多关于魁地奇的书，其中最有名的就是《神奇的魁地奇球》。他在书中提到自己生活在诺丁汉郡，是威格敦流浪汉队的球迷，喜欢吃素和收集复古飞天扫帚。

凯文·惠特比 Kevin Whitby

在《哈利·波特与火焰杯》中，凯文·惠特比是最后一个参加分院仪式的一年级新生，他被分入了赫奇帕奇学院。

威利·威德辛 Willy Widdershins

在《哈利·波特与凤凰社》中，威利·威德辛是一名巫师，他对马桶使用魔法导致马桶回涌，并在一次马桶爆炸事故中受伤。他在猪头酒吧偷听到哈利谈论邓布利多军的事情，并把消息通报给康奈利·福吉，作为交换，他被免于起诉。

威尔克斯 Wilkes

威尔克斯首次被提及是在《哈利·波特与火焰杯》中，他是一名食死徒，在第一次巫师战争期间被傲罗杀死。他在霍格沃茨就读期间，和他混在一起的斯莱特林学生后来都成了食死徒。

查莉蒂·威尔金森 Charity Wilkinson

根据Wizarding World网站上的资料，查莉蒂·威尔金森是美国魔法国会最初的十二名傲罗之一。她是美国魔法国会的第三任主席，并且安享晚年。

威廉 William

威廉首次被提及是在Wizarding World网站中，威廉是一个普克奇，伊索特·塞耶刚来美国时遇见了他，并和他成为好友，伊尔弗莫尼魔法学校普克奇学院的名字就是为了纪念他而取的。

威廉森 Williamson

威廉森是一名傲罗。在《哈利·波特与凤凰社》中，在伏地魔与阿不思·邓布利多的决斗后，威廉森被派去评估魔法部的现状。

吉尔伯特·温普尔 Gilbert Wimple

吉尔伯特·温普尔就职于魔法部实验咒语委员会。在《哈利·波特与火焰杯》中，他去观看了1994年的魁地奇世界杯决赛。他出现时头上长着角，很可能是因为在办公室里做实验发生了意外。

闪闪 Winky

闪闪首次被提及是在《哈利·波特与火焰杯》中，他是克劳奇家的家养小精灵。1994年魁地奇世界杯决赛期间爆发食死徒骚乱，后来人们发现闪闪拿着召唤出黑魔标记的魔杖。闪闪后来去了霍格沃茨的厨房工作。

蔫翼 Witherwings

详见第53页“巴克比克”。

希柯巴·沃尔夫 Shikoba Wolfe

根据Wizarding World网站上的资料，希柯巴·沃尔夫是一名家喻户晓的美国魔杖制作人。他是乔克托族的后裔，他制作的魔杖都雕有精细的花纹，并且以雷鸟的羽毛作为杖芯。希柯巴·沃尔夫的魔杖尤其适合施展变形术，但是威力过于强大，难以掌控。

奥利弗·伍德 Oliver Wood

首次提及 《哈利·波特与魔法石》

类别 男巫

性别 男性

外表 身材魁梧

学校 霍格沃茨

学院 格兰芬多

技能与成就

- 格兰芬多魁地奇球队守门员兼队长
- 普德米尔联队预备队队员
- 参与霍格沃茨之战

角色事件

弗雷德·韦斯莱曾开玩笑说："如果杀人不犯法的话，奥利弗会把整个斯莱特林魁地奇球队的人都干掉。"

哈利在霍格沃茨的前三年，奥利弗一直担任格兰芬多魁地奇球队的队长，他很有能力，对于魁地奇球更是充满无比的热情。在每次比赛前，他总是喜欢讲个不停。

在《哈利·波特与阿兹卡班的囚徒》中，当哈利在最后一场与斯莱特林的比赛中抓住金色飞贼时，伍德赢得魁地奇杯的梦想终于实现了。毕业之后，伍德成了普德米尔联队预备队队员，后来他回来参加了霍格沃茨之战。

"这是我们赢得魁地奇杯的最后一次机会，也是我奥利弗·伍德的最后一次机会。"

——奥利弗·伍德，《哈利·波特与阿兹卡班的囚徒》

奥古斯特·沃姆 Augustus Worme

在《神奇动物在哪里》一书中，纽特·斯卡曼德在致谢部分特别提到默默然图书公司的编辑奥古斯特·沃姆，感谢他委托他写这本书。

埃尔德·沃普尔 Eldred Worple

在《哈利·波特与“混血王子”》中，埃尔德·沃普尔是《血亲兄弟：我在吸血鬼中生活》一书的作者。他曾带着他的吸血鬼朋友血尼一起参加霍拉斯·斯拉格霍恩的圣诞派对。他还主动提出要为哈利撰写传记。

莫莫卢·沃特森 Momolu Wotorson

在《神奇动物在哪里》（2016年电影）中，莫莫卢·沃特森因为参议员小亨利·肖之死而前往美国魔法国会。他错把纽特·斯卡曼德认成他的哥哥忒修斯。

鲍曼·赖特 Bowman Wright

鲍曼·赖特首次被提及是在《神奇的魁地奇球》中，他是一名魔法金属匠人。就是他发明了金色飞贼，代替了濒临灭绝的金飞侠。出于这个原因，他出现在了巧克力蛙卡片上。

约瑟夫·朗斯基 Josef Wronski

约瑟夫·朗斯基首次被提及是在《哈利·波特与火焰杯》中，他是波兰格罗济斯克妖精队的找球手。他发明了著名的朗斯基假动作，即突然俯冲假装追捕金色飞贼，诱使对方找球手撞上地面。

怀伊飞龙 Wyvern of Wye

根据Wizarding World网站上的资料，在亚瑟王时期，怀伊飞龙经常兴风作浪，还吃掉了卡多根爵士的马，甚至差点摧毁了这名骑士巫师的魔杖。但是卡多根爵士断裂的魔杖引燃了它肚子里的烟气，导致怀伊飞龙爆炸而死。

科班·亚克斯利 Corban Yaxley

科班·亚克斯利首次被提及是在《哈利·波特与“混血王子”》中，他是一名食死徒，也是伏地魔安排在魔法部的重要人物。他对魔法法律执行司司长皮尔斯·辛克尼斯使用了夺魂咒，让他负责监管对麻瓜血统人士的审判。

西普里·尤德尔 Cyprian Youdle

根据《神奇的魁地奇球》，在1357年的一场魁地奇友谊赛中，比赛裁判西普里·尤德尔在比赛中身亡，人们怀疑观众席上有人对他使用了诅咒。西普里是唯一一个在魁地奇球比赛期间死亡的裁判。

伊芬 Yvonne

在《哈利·波特与魔法石》中，阿拉贝拉·费格摔断了腿，佩妮·德思礼又提到她的朋友伊芬去马约卡岛度假了，所以没人能在达力过生日时照顾哈利。

布雷司·沙比尼 Blaise Zabini

布雷司·沙比尼首次被提及是在《哈利·波特与魔法石》中，他和哈利同年级，是一个身材高大、爱慕虚荣的斯莱特林学生。在和潘西·帕金森聊天时，他说金妮·韦斯莱虽然漂亮，但他绝不会和她约会，因为她是个血统背叛者。

沙比尼夫人 Mrs. Zabini

沙比尼夫人首次被提及是在《哈利·波特与“混血王子”》中，她是一个出了名的美女巫师。她的七任丈夫全都神秘死亡，让她继承了大笔的遗产。因为自己的母亲是个名人，所以布雷司·沙比尼收到霍拉斯·斯拉格霍恩教授的邀请，让他加入鼻涕虫俱乐部。

拉迪斯洛·扎莫斯基 Ladislaw Zamojski

在《哈利·波特与凤凰社》中，罗恩·韦斯莱在魁地奇训练中成功扑救一球，大家都把他比作爱尔兰魁地奇球员巴里·瑞安，因为他最近在对战波兰追球手拉迪斯洛·扎莫斯基时也完成了一次精彩的扑救。